Rex Miller
FETTSACK

Rex Miller

Fettsack

Aus dem Amerikanischen von
Joachim Körber

PHANTASIA
PAPERBACK
CRIME

Phantasia Paperback – Crime
Band 4002

1. Auflage – Mai 2008
2. Auflage – November 2008

Titel der Originalausgabe:
Slob

»Phantasia Paperback« ist ein Imprint der Edition Phantasia

Umschlagbild: Steffen Winkler
Satz, Layout: Edition Phantasia
Gesamtherstellung: TZ-Verlag & Print, Roßdorf

ISBN: 978-3-937897-30-1

www.edition-phantasia.de

DER PRÄKOGNAT

Sein Verstand ist ein Hort von unvorstellbar Abscheulichem und Bösem. Eine Todeszone des Grauens, wo *Der Exorzist* und *Der weiße Hai* eine Verbindung eingehen. Er ist ein brutaler und soziopathischer Killer, so tödlich und unaufhaltbar, daß er das Herz deines schlimmsten Alptraums zu einem kreischenden, leeren, blutverschmierten Loch der Finsternis macht.

PROLOG

Zuerst nimmt sie ihn als eine Präsenz wahr. Unsichtbar. Einen Gestank. Er eilt ihm voraus um die Ecke, geht seinem persönlichen Erscheinen voran wie ein ekelerregender Abwind, der über sie dahinstreicht, und sie weicht vor dem Geruch zurück, einer Mischung von ungewaschenem Körper und Kloake und dem Schwefelwasserstoffaroma verdorbener Lebensmittel, der ihr in die Nasenlöcher dringt wie das Übel alles Bösen. Als sie ihn sieht, weicht sie noch weiter zurück, ringt um ihre Fassung, resolut, höflich, im Umgang mit der Öffentlichkeit ausgebildet, formt die Lippen zu einem starren Lächeln, während er sich in seinem gräßlichen, stinkenden Wirbel verpesteter Luft der Theke nähert.

Er grunzt einen einsilbigen Namen, nicht seinen richtigen, sie selbst murmelt etwas, als sie ihm die Bestellung reicht und den Preis abliest. Es sind exakt vierzig Dollar, auf den Penny genau. Sie nennt ihm die Summe, und er klaubt die Banknoten zusammen. Er gibt ihr die exakte Summe in schmutzigen, schweißfeuchten, zerknitterten Scheinen, die sie kaum anfassen kann. Sie dankt ihm, läßt das Geld mit einem Klingeln in der Registrierkasse verschwinden und schwört sich, daß sie sofort die Hände waschen geht. Er reißt die große Lebensmitteltüte mit seiner Riesenpranke von der Theke, schlurft davon und hinterläßt den stechenden, schrecklichen Gestank und eine lähmende, Herzrasen verursachende Angst vor einer eingebildeten und unaussprechlichen Gefahr. Für sie wird er immer »Omelettes für vierzig Dollar« sein.

Es ist der, den sie in Vietnam CHAINGANG nannten. Er ist der, von dem sie in Marion behaupteten, er habe für fast jedes Pfund seines Körpergewichts einen Menschen getötet, und er wog an die fünfhundert Pfund. Er ist der personifizierte Tod, dämonisch, unbesiegbar, blutrünstig und sehr, sehr real. Er reißt die Tür des gestohlenen Autos auf und wirft die Tüte mit den

Lebensmitteln auf den Beifahrersitz, während er sich hinter das Lenkrad fallen läßt, daß die Federn wie gequält ächzen. Er denkt daran, wie leicht er die hochnäsige Frau hinter der Theke da drinnen hätte töten können. Wie wonnevoll es gewesen wäre, ihr einen scharfkantigen Gegenstand in die Kehle zu rammen, ihn zwischen den Brüsten hindurch bis zum Unterleib herunterzuziehen, um sie danach auszuweiden und sich die Teile zu nehmen, die er am liebsten mochte. Allein der Gedanke daran erfüllt seinen Kopf mit einem scharlachroten Brüllen.

ED UND EDIE LYNCH

Sie war eine der Frauen, die je nachdem, wie sie sich fühlen, sich kleiden oder wann man sie erblickt, wie elf verschiedene Menschen aussehen können. Mit ihren achtunddreißig Jahren war Edith Emaline (reimt sich auf allein) Lynch eine Frau, die man sieht, aber fünf Minuten, nachdem man die Schlange an der Kasse des Piggily Wiggily verlassen hat, nicht mehr beschreiben kann. Sie ist die vage Gutaussehende in der zweiten Reihe beim Elternabend. Die Mutter mit dem nichtssagenden Gesicht, die mittwochabends an der Reihe ist, die Kinder zur Kirche zu fahren. Erwischt man sie jedoch, wenn der Mond günstig steht, ihr Selbstbewußtsein auf Hochtouren läuft, und läßt ihr ein paar Minuten Zeit, damit sie sich sammeln kann, dann steigt eine ganz neue Edie mit diesen langen, langen, wohlgeformten Beinen aus, die kein Ende zu nehmen scheinen. Und man hat ein Bombe.

Allerdings wäre »ausgebombt« in dem Moment der treffendere Ausdruck gewesen. Lose Haarsträhnen hingen um das breite, interessante, aber nicht wirklich hübsche Gesicht; sie war nicht gerade auf der Höhe. Seit Wochen hatte sie die Einsamkeit ohne Ed nicht mehr so heftig verspürt, und als sie in der Diele den Rahmen des Spiegels abstaubte, sah sie eine Art Schatten oder so etwas, wäre fast aus der Haut gefahren und spürte, wie ihr das Herz bis zum Hals schlug. Himmel! Großer Gott. Einen Sekundenbruchteil bildete sie sich ein, sie hätte etwas gesehen, nicht eben im Spiegel, sondern in den Schatten, nur die Andeutung einer Bewegung, und hatte, der Herr sei ihr gnädig, das Gefühl, als wäre der alte Bock draußen vor dem Fenster und beobachtete sie wieder.

Der alte Bock war ein vollkommen harmloser, aber nervtötend unverbesserlicher betagter Hausmeister, der allen Frauen im Viertel auf den Zeiger ging. Er war ein Fenstergucker, wie die Generation ihrer Mutter dazu gesagt hatte, ein Spanner, dem es den größten Kitzel verschaffte, wenn er durch ein Fenster sehen konnte. Er hatte nie etwas getan; auch wenn ihn die Polizei ohne Ende drangsalierte, ihn mehrmals für kurze Zeit einsperrte und er im hiesigen Polizeirevier längst kein Unbekannter mehr war, hatte er, von Erregung öffentlichen Ärgernisses einmal abgesehen, kein wirklich schlimmes Verbrechen begangen. Sein Spannen war in einer Großstadt, wo selbst die wohlhabenden Yuppie-Viertel ihr gerüttelt Maß an Regenmantelflitzern, Busengrapschern, Pimmelschwenkern und Dödeldaddlern hatten, doch eher vernachlässigbar. Trotzdem. Konnte man es *mit Sicherheit* sagen? Vielleicht würde der alte Bock ja eines Tages etwas spannen, das ihn so antörnte, daß er nicht mehr nur zum Fenster herein sah, sondern zum Fenster herein KAM.

Anfangs lachte sie im Kreis der Mädels ihres Kaffeekränzchens noch herzlich über all die Geschichten um den alten Bock, doch dann stattete er auch ihr einen Höflichkeitsbesuch ab – und da war es gar nicht mehr komisch. Den ersten Hinweis auf seine Anwesenheit bildeten die Spuren, die sie von Zeit zu Zeit rund um das Haus herum entdeckten. Schließlich fanden sie heraus, was sie verursachte. Sie stammten von der Holzkiste, in der der alte Bock sein Werkzeug herumschleppte. Plötzlich waren die Witze über seine »Handarbeit« nicht mehr so lustig. Er kam hierher, vermutlich nachts, sah zu den Fenstern herein und dachte sich Gott weiß was dabei. Ed rastete aus. Schließlich riefen sie die Polizei, und die Polizisten nahmen den alten Mann hopps.

Er versprach, daß er einen Bogen um Edies Haus machen würde. Und da sie ihn nie beim Spannen selbst ertappt hatten, ließen ihn die Polizisten nach einer strengen Verwarnung wieder laufen. Sollte ihn jemals jemand wieder auch nur in der NÄHE des Hauses der Lynchs sehen, würden sie ihn einlochen, bis er verfaulte. Sofort wurde er wieder ganz der unterwürfige, reumütige, harmlose Alte. Edie wußte, daß er immer noch irgendwo da draußen war, seinem Hobby nachging und Hausfrauen und Kinder fast zu Tode erschreckte. So harmlos war er vielleicht doch nicht, dachte Edie bei sich, wenn eines Tages seinetwegen jemand einen Herzanfall bekam.

Genau in diesem Augenblick, als sie an ihr klopfendes Herz dachte, Glasrein auf den Spiegel sprühte und zu wischen anfing, mußte sie daran denken, was Ed angetan worden war, und da ließ sie die Erinnerungen wieder in sich einströmen, sich davon überwältigen, kniff die Augen so fest sie konnte zusammen, tat so, als wäre der Schatten Ed gewesen, der sich hinter sie schlich, wie es so seine Art gewesen war, und erinnerte sich an das letzte Beisammensein mit ihm und wie kostbar ihr diese Erinnerung immer sein würde.

Er kam früh nach Hause, Lee Ann war drüben bei Jeanne, sie hatten fast das ganze Wochenende für sich. Tolle, phantasievolle Liebhaber waren sie beide nie gewesen. Ihr Sex war schön, aber nicht spektakulär. Eine Zeitlang hatte sie sich deshalb Gedanken gemacht, aber ganz gleich, was die anderen Frauen sagten und was sie in den Zeitschriften las, die sie abonniert hatte oder im Lebensmittelladen kaufte, sie wußte instinktiv, daß zwischen ihnen alles in Ordnung war. Sie brauchten einfach nichts Abartiges oder Ausgefallenes. Die herkömmliche, altmodische Methode genügte Ed voll und ganz. Er war zärtlich, vergeudete jedoch nie viel Zeit damit. Mit anderen Worten, es gefiel ihm, spielte jedoch keine übertriebene Rolle in ihrem Zusammenleben.

Sie erinnerte sich, wie prosaisch und langweilig das Gespräch gewesen war. Daß Lee die Grippe bekommen würde, daß er einen Vertrag mit Rathmusson Farms geschlossen hatte, daß Sandi und Mike dieses Jahr wieder mit ihnen nach Gatlinburg fahren und die Kosten teilen wollten, daß wieder Zeugen Jehovas geklingelt und einen *Wachturm* dagelassen hatten, daß man keine Anhalter mehr mitnehmen sollte, alle möglichen aufregenden Themen, über die sich Ehepaare eben unterhielten. Und doch stellte dieses Gespräch etwas ganz Besonderes für sie dar, war es doch ihr letztes Stündchen der Zweisamkeit gewesen. Sie wußte noch, er sagte, daß sie neue Türschlösser bräuchten, daß er gehört hätte, Ketten würden nichts nützen, und besonders das Wort *todsi-*

cher war ihr im Gedächtnis geblieben. Auch jetzt ging ihr dieses Wort wieder durch den Kopf und beschwor finstere Assoziationen. *Todsicher*.

Sie dachte daran, wie verwundbar sie allein in dem großen Haus mit den vielen Fenstern und den Schatten war, wie ausgestorben das Viertel um diese Zeit wirkte. Sie dachte an den Artikel in der Zeitung vom Vorabend, wonach ganz in ihrer Nähe ein kleiner Junge entführt worden war. Jemand könnte Lee Ann auf den wenigen Metern zwischen dem Schultor und ihrem Auto in seine Gewalt bringen. Herrgott. Alles in allem hätte man schreien mögen. Niemand war mehr sicher, dachte sie. Aber warum *Ed?* Er war so ein guter Mensch.

»Ritualcharakter«, sagten die Detectives, als sie beschrieben, wie er verstümmelt worden war. Mikes Eltern waren gewissermaßen ebenso so gestorben. Mike war Eds bester Freund, seine Frau Sandi Edies beste Freundin gewesen. Das Quartett paßte so gut zusammen, weil selbst die Kinder zusammen spielen konnten, Edies Achtjährige und Sandis Jüngste. Mikes Mom und Dad hatten eine Reise nach Japan gewonnen, das Flugzeug war gegen den Berg Fuji geprallt, niemand überlebte, und Mike erholte sich nie wieder davon. Das Massensterben hatte auch so etwas wie einen Ritualcharakter gehabt. Sie fand nie eine befriedigende Erklärung dafür, aber irgendwie machte das alles nur noch schlimmer. Und daß dann jemand Ed so etwas antat.

Ihre Gedanken überstürzten sich, sie spritzte wieder Putzmittel auf den Spiegel und stellte fest, daß sie immer und immer wieder dieselbe Stelle polierte. Die war blitzblank. Ihre Augen wurden trüb. Sie seufzte unwillkürlich, zog einen der Eßzimmerstühle unter dem Tisch hervor und ließ sich kurz darauf nieder, doch dann riß sie sich zusammen. Hör auf, dich selbst zu bemitleiden, Missy. Du mußt das Haus putzen, einkaufen gehen und eine süße achtjährige Tochter versorgen. Und das wird alles nicht dadurch erledigt, daß du hier sitzt und dir wünschst, Ed wäre noch da. Sie sprang von dem Stuhl auf und stürzte sich wieder in die Hausarbeit.

Mit etwas Glück würde Lee Ann nie die alten Schlagzeilen zu Gesicht bekommen. »VERSTÜMMELTE MÄNNERLEICHE GEFUNDEN«, war schlimm genug. Aber die Regenbogenpresse nannte den Mörder inzwischen den »Einsame-Herzen-Killer«. Dieser Ausdruck schwebte über Edie wie eine Wolke voll saurem Regen. Und jetzt, zwei Jahre später, tauchte dieser Name wieder in den Zeitungen auf. Er war immer noch irgendwo da draußen. Dieses – dieses DING, das Ed umgebracht und sein Herz genommen hat.

DER TOD

Der Nebel wird dichter, gerinnt, bildet Tropfen, legt sich auf die Haut wie eine nasse, klebende Decke. Fällt über die Bäume wie ein riesiges, ominöses Leichentuch, das den dreifachen Baldachin in feuchte Schwärze hüllt. Die nächtlichen Geräusche schwellen an. Die Luft ist schwanger vom Gestank faulenden Fischs und der Gegenwart des Todes. Dies ist Kadaverland.

Der unheimliche Killermond ist mittlerweile so gut wie verschwunden, der gelbe Schein fast erloschen, und dennoch: Er sieht, ER SIEHT, jeden Grashalm, jeden schleimbedeckten Zweig, jedes von Adern durchzogene Blatt und jeden Tropfen jeder Perle von Feuchtigkeit, von Regendunst, von klammem Tau, klar und deutlich, funkelnd und tanzend auf dem Laub. ER SIEHT. Das ist nicht nur gute Nachtsicht. Er sieht ohne zu sehen. Spüren wäre vielleicht das bessere Wort. Er spürt die Atome und Moleküle der Luft und der Materie und das Nichts der Dunkelheit. Ihm gehört die Nacht.

Die Präsenz des Todes bleibt stehen und atmet den Geruch dieser Welt der Nacht langsam und tief ein. Er hört die Bäume in der nassen Schwärze flüstern und lachen. Es ist das ferne Kichern und Klirren von abgehacktem Vampirgelächter, weshalb der Tod sein breites, strahlendes Grübchenlächeln aufsetzen muß. Vor seinem geistigen Auge sieht er jetzt einen Hexensabbat durch den Dschungel schwirren und wie eine Brise durch Reispapier rascheln, und er verlangsamt, verlangsamt seinen Herzschlag allein durch Willenskraft fast bis zum Stillstand.

Es ist die lauernde Inkarnation des schwarzen, öligen Todes, die da im Dschungel wartet und kaum atmet, reglos, unendlich geduldig, unaussprechlich böse. Er spürt die Bewegung dessen, was sich auf dem ausgetretenen Trampelpfad nähert, irgendwo dort draußen in der Nacht, jenseits des enormen, dreifachen Baldachin des Dschungelrands, auf der anderen Seite der Wiesen und Reisfelder und des fernen Waldrands, den Trampelpfad entlang, der ihre nächtliche vierspurige Autobahn ist, lautlos in der Dunkelheit.

Tick ... Tick ...

Aber jetzt ist er nicht im Dschungel, er fährt in einem gestohlenen Auto, fährt vorsichtig, wenn auch ziellos, fährt durch die dunklen Straßen einer fremden Stadt, alle Sensoren surren, sind ausgerichtet, wachsam, auf seine Umgebung konzentriert. Er ist nie desorientiert, verwirrt, er hat seinen starken inneren Kompaß, der ihn immer wieder auf die Spur bringt. Sein Geist ist ein Hitzefühler, der die Wärme eines verwundbaren, schlagenden Menschenherzens anpeilt. Es gefällt ihm hier, diese ziellose Fahrt durch gemütliche Vorstädte. Sein Lächeln ist breit, mit Grübchen. Er strahlt vor Freude, wenn er an die Familien in diesen Häusern denkt.

Der Tod fährt gern nachts durch fremde, dunkle Vorstadtstraßen, so wie andere Leute ihre Liebsten an einem kalten und verschneiten Dezemberabend ausführen würden, um die Weihnachtsbeleuchtung zu bewundern, eingemummt und fröhlicher Stimmung, das Herz voller Freude über den Anblick der hell erleuchteten Vorgärten und Häuser mit ihren bunten Spektakeln und Darstellungen der Weihnachtsgeschichte. Ihm wird warm ums Herz beim Anblick der goldenen Lichter, des *Mysteriums* der dunklen, von liebevollen Familien bewohnten Häuser. Das gefällt ihm.

Denn für den Tod ist eine Fahrt durch die vorstädtischen Reihenhaussiedlungen des müßigen Amerika wie eine Rundreise durch die fremde, wundersame und exotische Gegend eines unbekannten Landes. Die nächtlichen Wohngebiete sind für diese Kreatur ebenso fremd wie die Vision eines weit entfernten Planeten. Wer könnte in dem Haus mit den golden blinkenden Lichtern wohnen, fragt er sich von etwas erfüllt, das Ehrfurcht gleichkommt. Was machen die da drinnen? In jenem teuren, gepflegten, sorgsam gehegten Haus da drüben spürt er, wie Menschen hinter den Mauern ihr ruhiges Leben leben.

Und in dieser fremden Landschaft sieht er die Menschen als unendliche Zahl von Appetithäppchen, die er sich nur nehmen muß. Menschen in grenzenloser Vielfalt, alle glücklich, in ihren hell beleuchteten Heimen eingeigelt, hinter ihren lächerlich dünnen Wänden und zerbrechlichen Türen, wo sie sich mit ihren Fernsehern, Haustieren und Spielsachen beschäftigen, und während er sich genüßlich die grenzenlosen Wonnen ausmalt, die ihn hier erwarteten, die er sich nur GREIFEN muß, da verspürt er schon den Nervenkitzel, und wenn er der Hitze, die sich immer weiter in ihm ausbreitet, nicht Einhalt gebietet, dann wird er in eine dieser betonierten Einfahrten abbiegen, eine Tür eintreten und seinen gierigen, gefräßigen Hunger stillen, und da läßt er alles brüllend in seinen Kopf einströmen, und es hat die Farbe von Blut und den vollen, roten, durchdringenden Kupfergeruch des Lebenssafts.

Und jetzt ist er aus dem Auto ausgestiegen und schleicht sich abermals an Menschen an, stapft mit seinen baumstammgleichen Beinen durch die Dunkelheit, schneller, als ihn jemals jemand gesehen hat, und in der rechten Hand hält er die schwere Spule einer aufgerollten Kette, die stark genug wäre, einen Traktor zu ziehen. Noch wenige Sekunden, dann kommen die kleinen Schlitzaugen in der Schwärze den Trampelpfad entlang, schon spürt er den kräftigen Herzschlag eines Menschen ganz nahe und wälzt sich voran in die völlige Schwärze, wo dieser Mensch ist.

Die dicken Wurstfinger, wie enorme Zigarren aus Stahl geformt, schnellen mitsamt der Kette vorwärts wie ein Blitzstrahl, treffen krachend auf etwas Festes, ein Aufschrei ertönt, sein Gesicht strahlt vor Freude darüber, daß er dieses dicke, steinharte Handgelenk und den Unterarm mit seinen gewölbten Muskelsträngen endlich mit dieser geschmeidigen Bewegung einsetzen kann, die er so lange geübt hat, bis sie ihm in Fleisch und Blut übergegangen ist, flüssig und mechanisch schlägt er mit der tödlichen Kette zu, die sich aufrollt und zustößt wie eine große Schlange, so daß der Kopf des Menschen aufplatzt und die Kettenglieder sich in ihn fräsen und ihn mit einem einzigen mächtigen, klatschenden, feuchten Aufspritzen von Blut töten.

Und das heiße, rote rasende Ding hat sein Gehirn in Brand gesetzt, und der Tod hat die tropfende Kette fallen gelassen und stößt mit dem großen, rasiermesserscharfen Bowiemesser zu, wild und wahnsinnig, und während ihm endgültig sämtliche Sicherungen durchbrennen, schlitzt er den ganzen Menschen auf und reißt ihm das frische Herz heraus, eine einzige fließende Bewegung des Ausweidens, die Fleisch und Gedärme und blutige Organe und Knochen zerfetzt, während der reißende Strom des Todes über die Ufer tritt und die Nacht überschwemmt, und wer kann einen reißenden Strom aufhalten?

JACK EICHORD – BEKEHRTER ALKOHOLIKER

Auch neun Jahre später konnte ich noch den beißenden und rauchigen Geschmack von Tennessee-Whiskey aus saurer Maische schmecken. Ich konnte mich erinnern, wie er aussah, golden wie Honig und bernsteinfarben im Glas, der erste Blackjack Rocks des Tages, vier Fingerbreit Jack Daniels, Black Label, in ein großes, mit Eiswürfeln gefülltes Glas, für den ernsthaften Trinker eingeschenkt. Und an den Geschmack des ersten Schlucks, den Kick, wenn er sich brennend einen Weg nach unten bahnte und einem das Innerste wärmte. Herrgott, wie ich es geliebt hatte, zu trinken. Und wie ich es haßte, damit aufzuhören.

Vor neun Jahren bekam ich mein Leben wieder in den Griff. Auch daran erinnere ich mich noch ganz deutlich. Es war einer dieser Selbstmordmontage, an denen die Atmosphäre trostlos, ohne Hoffnung, trüb, winterlich und niederschmetternd ist. Wieder ein Motelzimmer. Wieder ein gräßlicher Tag voll von Depressionen, jeder Menge beängstigenden Überraschungen, verborgenen Schrecken und aufsteigender Verwirrung, in deren Angesicht man am liebsten wieder in das Zimmer gegangen wäre und die Rollos heruntergelassen hätte. Einer dieser kalten, furchteinflößenden, Tage, an denen man bis ins Mark hinein fror, wie man sie noch aus der sechsten Klasse im Gedächtnis hatte, als man in einem Pullover und einem dicken, schweren Mantel, mit Mütze und Ohrenschützern ausgestattet, auf dem Weg nach Nirgendwo war und zahllose Wochen der Leere bis zu den nächsten Ferien hinter sich bringen mußte, in denen man als Kind endlich wieder leben konnte. So war es, und hundertmal schlimmer. Ein tierischer Katzenjammer trat die Tür meines Verstandes ein.

Ich war damals im Osten, arbeitslos und ziellos, ein hoffnungsloser Trinker, zehn Flaschen von der Alkoholvergiftung entfernt. Ein Abstand, der immer kürzer wurde. Ich saß in dieser verwanzten Klitsche und trank morgens um acht Uhr fünfundzwanzig

Black Jack. Ziellos und hilflos. Ich wußte nicht, warum ich so früh wach war. Warum ich in diesem Motel war. Was am Tag zuvor passiert war. Oder wohin ich wollte. Ich ging hinaus, stieg in mein Auto, dessen Inneres wie eine Schnapsbrennerei roch, und da fing es an.

Ich erinnere mich noch an die kalten Sitzbezüge und wie mein Atem auf der Windschutzscheibe beschlug, während ich im Delirium tremens im Auto saß – ich hatte das Zittern früher schon gehabt, aber noch nie so schlimm. Ich fühlte mich, als würde mein ganzer Körper verfallen. Ich konnte meine Nervenenden vor Schmerzen schreien hören. Und genau da wurde es mir klar, auf dem Vordersitz des alten Chevy, da wurde mir klar, daß ich Alkoholiker geworden war. Denn in einem beängstigenden Augenblick eiskalter Realität ging mir auf, daß ich vergessen hatte, wer ich war. Ich war wirklich nicht mehr sicher, wer in meiner Haut steckte. Ich konnte mich an meinen Namen erinnern, aber an sonst nichts. Das war so monströs verwirrend, daß ich vor Angst schlagartig nüchtern wurde.

Ich erinnere mich, wie ich das Fenster herunterkurbelte, während es in meinem Kopf pochte wie das Schlagzeug bei einem Rockkonzert, und meinen Fusel auf den Parkplatz schüttete. Das war das letzte Mal, daß ich harte Sachen getrunken habe. Ich trinke immer noch ab und zu ein kaltes Bier oder zwei. Manchmal drei. Aber Fusel ist nur noch eine Erinnerung für mich. Und genau an diesem Tag brachte ich mein Leben wieder auf Vordermann. Binnen eines Jahres war ich ganz weg vom Tropf, arbeitete wieder bei der Truppe im Mittelwesten und war mit einer Frau verheiratet, die ein Kind erwartete.

Eine Menge Leute haben sich gefragt, wie ich »einfach so« aufhören konnte. Das konnte ich anderen nicht erklären. Stellen Sie es sich folgendermaßen vor. Rauchen Sie Zigaretten? Wenn ja, malen Sie sich aus, daß ein Arzt, dem Sie wirklich vertrauen, zu Ihnen kommt und sagt: »Okay, Freundchen, wenn Sie NOCH EINE ZIGARETTE rauchen, sterben Sie. Sofort. Das war's. Und tschüs.« Selbst einer, der fünf Packungen am Tag wegraucht, dürfte sich darauf keine mehr anstecken, wenn er nicht die ganz große Ausnahme darstellt. Angst ist etwas Erstaunliches. Stellen Sie sich vor, der Gesundheitsminister könnte auf eine Packung Glimmstengel drucken lassen: WENN SIE DIE RAUCHEN, KREPIEREN SIE. Das wäre vermutlich etwas wirkungsvoller als die momentanen Weicheierhinweise. Ich verschwendete einfach keinen Gedanken mehr an das Trinken. Ich war fertig damit.

Aber ich genoß es noch, an Fusel zu denken. Ich hatte wirklich gern getrunken. Ich konnte mich noch freuen, wenn ich mir vorstellte, wie ich um halb drei Uhr nachmittags eine schummerige, verruchte Bar betrat und dem Barkeeper zusah, wie er mir den ersten Doppelten oder Dreifachen einschenkte. Vielleicht bekommt ein Säufer das wirklich nie aus sich raus. Vielleicht schaltet deine Körperchemie nie zurück oder gewöhnt sich wieder daran, ohne auszukommen. Und ich zweifelte nie daran, daß in der Mitte meines Lebens immer noch einer in meiner Haut steckte, der mit Leib und Seele Trinker war. Wie man so sagt, der einzige Unterschied zwischen einem Alkoholiker und einem Säufer ist der, daß der Säufer nicht zu den Anonymen Alkoholikern gehen muß. Ich schätze, ich bin ein Säufer, kein Alkoholiker. Ich bezeichne mich gern als *bekehrten* Säufer, habe aber genug einschlägige Literatur gelesen, daß ich weiß, man sollte das Schicksal nicht herausfordern.

Als Rückversicherung bewahrte ich mir ein klares Bild an jenen Tag, als ich in diesem Gefrierschrank von einem Auto saß, nach Luft schnappte, während der Chor von Vorschlaghämmern und Ambossen in meinem Kopf dröhnte, den Gestank im Auto roch und mich zu erinnern versuchte, wer und was ich war und wohin ich wollte.

Ich wachte allein auf, wie so oft, da ich nicht auf Nutten stehe und nicht der Typ bin, der häufig Glück hat, wenn er sich eine Fremde aufreißen will, und vergeudete keine Zeit, zur Arbeit zu gehen. Arbeit war jetzt mein ganzer Lebensinhalt. Ich war schon so lang allein, daß ich alle Erinnerung an Joan aus meinem Gedächtnis getilgt hatte. Joanie war atemberaubend, verführerisch und vom Scheitel bis zur Sohle eine reiche Aufsteigerin. Ich habe es bei ihr vermasselt. Erst mit dem Job, dann mit dem Fusel, und dann wieder mit dem Job. Wenn ich zurückblicke, eine Mühe, die ich mir meistens nicht mehr mache, sehe ich ein, daß wir außer einer heftigen körperlichen Kompatibilität wohl nicht viel gemeinsam hatten. Sie haßte den JOB. Er beherrschte natürlich unser Leben, und sie betrachtete ihn ganz zurecht als Rivalen.

Daher gab sich Joanie noch mehr Mühe, sexy zu sein, belegte Gourmetkochkurse, las diese Lebenshilferatgeber, und jedes Gespräch wurde zu einer Art von verbalem Duell. Jeden Morgen wachte sie auf und wollte wissen, wer vorn lag, und der Punktestand war Job 31, Joan 14, daher verführte sie mich, noch ehe ich meine erste Tasse Kaffee runterkippen konnte, was anfangs gar keine so üble Pflicht war. Als ihr klar wurde, daß sie nicht gegen die »andere Frau« anstinken konnte, das Flittchen, das mich nachts von ihr fernhielt, zeigten sich erste Abnutzungserscheinungen. Ein Anruf genügte, daß sie die glatten Wände hochging. Und eines abends klingelte das verfluchte Telefon, als sie gerade das neueste ihrer großen kulinarischen Experimente servierte, und als sie mich sagen hörte, ich wäre schon unterwegs – da war der Arsch ab.

Rückblickend war es irgendwie komisch. Sie nahm ein Teil des Havilland-Porzellanservices ihrer Mutter, kam zu mir, zerdepperte das Ding auf meinem Kopf, nannte mich einen Dreckskerl und stapfte, von einer Symphonie schlagender Türen begleitet, ins Schlafzimmer. Hört sich nicht besonders spektakulär an. Tat auch gar nicht so weh. Ich habe einen dicken Schädel, was viele meiner Kollegen gewiß sofort bestätigen werden. Aber in diesem Moment war unsere Beziehung so kaputt wie das Porzellan. Sie zuckte nur noch mit den Schultern und löste sich auf.

Wenn ich jetzt aufwachte, versuchte ich, das kleine Apartment so schnell ich konnte zu verlassen, und kam selten bevor es Schlafenszeit war zurück. Ich hatte eine Sucht gegen eine andere eingetauscht, Alkohol gegen Arbeit, und fuhr nicht schlecht damit.

Und meiner beruflichen Laufbahn schadete es auch nicht. Ich hatte einige Male Glück gehabt und mir einen weitgehend unverdienten Ruf als einer der *nouveau* Experten für eine bestimmte Unterart von Mördern erworben, die sogenannten Serienkiller.

Als Jack Eichord seinen letzten Daniels ausgeschüttet hatte und sich wieder dem Metier der Verbrechensbekämpfung widmete, wurde er so etwas wie ein Bilderbuchpolizist. In einer Stadt, in der »Gefälligkeiten« oder »kleine Geschenke, die die Freundschaft erhalten« – eine Art von akzeptablem Bakschisch, dessen Spektrum von gestohlenen Äpfeln und kostenlosen Donuts über komplette Garderoben und Unterhaltungselektronik bis hin zu, als logische Fortentwicklung, Drogen und Drogengeld reicht – im JOB an der Tagesordnung sind, da war Eichord ein augenfälliger Anachronismus.

Die Polizei dieser Stadt im Mittelwesten hatte Korruption und Diebstahl so viele Jahre lang hingenommen, daß sie lediglich als Ausgleich für niedrigen Lohn und fehlende Gefahrenzulagen betrachtet wurden. Niemand redete darüber. So lief das eben. Es fing auf höchster Ebene an und zog sich nach unten, über Dezernatsleiter und andere hohe Tiere, bis hin zum Rest der Streifenpolizisten, Verkehrspolizisten und plattfüßigen Detectives.

Aber Jack Eichord blieb seinen Prinzipien treu, da ihn die Korruption der anderen nicht interessierte, sondern ausschließlich die Aufklärung von Morden. Daß es bei der Truppe so viele Diebe wie außerhalb gab, war nicht seine Sorge. Es gefiel ihm nicht besonders, aber er wußte, er konnte nichts dagegen tun, und es brachte ihn nachts nicht um den Schlaf. Er nahm Kleinigkeiten an, damit er keine ungebührliche Aufmerksamkeit erregte, die kostenlosen Mahlzeiten für Bullen, die eben zum entsprechenden Viertel gehörten, aber beim Rest der Zuwendungen mußte er passen. Und niemand sonst scherte sich darum. Er war kein Nestbeschmutzer. Er war nur ein bißchen daneben.

Er besaß, das mußten selbst die schlimmsten Polizisten zugeben, die Einstellung, die einen guten Bullen ausmachte. Er sah sich selbst nie als weißen Ritter oder überlegenen Verbrechensbekämpfer. Jack verkniff sich jede elitäre Eitelkeit, und auch, als er der Eliteeinheit McTuff zugeteilt wurde, glaubte er wirklich nicht, daß er etwas Besseres wäre als seine Polizistenkollegen, und darum kamen sie alle prima miteinander aus. Diese Art von Egomanie kann selbst der abgestumpfteste und dümmste Polizeibeamte spüren. Jack war sie fremd. Ihn interessierte wirklich nur, seine Arbeit zu machen. Er liebte es, Mordfälle zu lösen.

McTuff, wie sie genannt wurde, war in der Truppe das saloppe Kürzel für die eigens vom Commissioner eingesetzte Major Crimes Task Force, MCTF, eine Spezialeinheit für Schwerverbrechen, die ins Leben gerufen worden war, um besonders brutale Gewaltverbrechen aufzuklären. Die Einheit verfügte über einen eigenen Etat, was die ganze Sache ein wenig vom Reich lokaler Gesetzeshüter abgrenzte und die Maschinerie mit einem kleinen, aber höchst komplexen Netzwerk von Behörden mit ähnlicher Ausrichtung im ganzen Land verband. McTuff, deren Galionsfiguren ganz ureigene Versionen der Macht-dem-Verbrechen-die-Hölle-heiß-Spürhunde im grauen Trenchcoat waren, bestand zum Teil aus öffentlichkeitshuberischer Muskelmannschmiede, zum Teil aus großkotziger Eigenlobagentur und zum Teil aus einer Verbrechensbekämpfungsdenkfabrik. Jemand in, nehmen wir als Beispiel Pittsburgh, konnte sich in Bereiche wie Gefahreneinstufung und Terrorismusbekämpfung einloggen, bis dahin alleinige Domäne des FBI, oder den Jungs in Oklahoma City direkt das aktuellste Material über die jüngsten Serienmorde in Los Angeles zugänglich machen. Diese Fähigkeiten verliehen der Einheit zumindest den oberflächlichen Anschein einer Elitetruppe.

Aber Eichord war kein Egomane. Er war nur ein Bulle. Er betrachtete sich als ein Rädchen in der großen Maschine. Und er lebte für die Arbeit. Er hatte sein Ego, wie alle anderen auch, denn ein ausgeprägtes Ego ist wichtig für den JOB, doch seine Bauchpinselung bestand aus Erfolg, nicht aus Auszeichnungen oder Ehrungen. Was andere über ihn dachten, ging ihm völlig am Arsch vorbei. Bis zu einem gewissen Maß wollte er, daß man ihn mochte, aber abgesehen von dem ganz normalen menschlichen Wunsch, von seinen Mitmenschen geachtet zu werden, war ihm seine Arbeit Lohn genug. Und in Verbindung mit seinem Hang zu sechzehnstündigen Arbeitstagen machte ihn das zu einer Art Klassenstreber.

McTuff und die nämlichen Behörden an der Westküste, im Osten und im gesamten Land konnten nicht auf das reiche Erbe einer jahrhundertealten Tradition der Polizeiarbeit zurückgreifen. Serienkiller schienen Kinder der sechziger Jahre zu sein, eine Art von Kriegsanomalie oder eine durch das giftige Karma der Vietnamära entstandene Mutation. Die Tierkreiszeichen-Morde, die Greueltaten der Manson Family: Serienmorde breiteten sich, wie alle Modeerscheinungen, von Kalifornien aus ostwärts durch das ganze Land aus und zogen ein Kielwasser von Gestalten hinter sich her, deren Namen bald legendär werden sollten. Sechsundzwanzig Tote in Florida. Fünfunddreißig weitere in Chicago. Zweihundert hier. Drei- bis vierhundert dort. Die Serienmorde wurden immer bizarrer. Und je mehr rohe, neue Daten verfügbar waren, desto maßloser gerieten die Horror-Storys. Das Konzept des Massenmörders schien bald, wie das Gespenst des Terrorismus, von einer Art spirituellem Leuchten umgeben zu sein. Und wir versuchten, das Grauen von »Reverend« Jones und seinen Massenselbstmorden zu begreifen, oder des Knabenkillers im Clownskostüm, dessen Vornamen John Wayne lauteten. Alles verschmolz zunehmend miteinander.

Überall im Land machten Polizisten Überstunden, trieben bis Mitternacht oder drei Uhr morgens die Stromrechnungen in die Höhe und versuchten, den Durchblick zu kriegen. Arbeiteten mit Seelenklempnern, selbsternannten Prognostikern, Schwindlern, Hellsehern, übersinnlich begabten Medien oder Typen aus dem Showgeschäft zusammen, mit schlichtweg jedem, der ihnen helfen konnte, dieses seltsame Phänomen zu begreifen, das das ganze Land terrorisierte. Gab es das Profil eines Serienmörders? Wer war er? Woher kam er? Wie konnte man ihn beizeiten entdecken? Computer summten und klackerten, Milliarden Tatsachen und

Meinungen wurden gespeichert, abgerufen und wieder gespeichert. Auf diesem Nährboden wuchs Jack Eichord, professioneller Verbrechensbekämpfer, zu einer Art neuem Promi der achtziger Jahre heran. Ein waschechter, mit allen Wassern gewaschener Semi-Experte dieses beängstigenden, kitzligen Phänomens, das Serienkiller genannt wurde.

Es wäre unzutreffend, würde man behaupten, daß nur relativ wenige Morde aufgeklärt werden. Relativ wenig *schwierige* Morde werden aufgeklärt. Eine überraschend große Zahl von Tötungsdelikten landen in Akten, die theoretisch »unaufgeklärt« sind, während die Täter frei und ungeschoren herumlaufen. Die meisten oder wenigstens viele der Schwerverbrechen bleiben unaufgeklärt. Mama sticht Papa bei einem Ehekrach in der Bar des Viertels nieder. So was hat man ziemlich schnell in trockenen Tüchern. Bubba erschießt Tyrone vor acht Zeugen. Das ist im Handumdrehen abgehakt. Der unbekannte John Doe im Kofferraum des in der South Twenty-eight Street abgestellten Wagens – das landet vermutlich in einer Akte, die dann irgendwo Spinnweben ansetzt. Polizisten mögen sich mit Kugeln auskennen, aber gewiß nicht mit Kristallkugeln. Und das abgedroschene »Lassen Sie das im Labor auf Fingerabdrücke untersuchen« funktioniert im Fernsehen, aber selten im wahren Leben.

Eichord wußte, wie man Morde aufklärt. Anstrengende, lange, langweilige Stunden voll Erbsenzählerei und Hausaufgaben. Ein Netz von sorgsam herangezüchteten geheimen Informationen. Logik. Die Bereitschaft, einen vollen Achtstundentag zu investieren. Dann zwanzig Minuten für einen Hamburger und Kaffee, und wieder ans Werk, die ganze Nacht. Warten. Warten vor Telefonen, die nie klingeln oder nicht aufhören zu klingeln. Warten in kalten, einsamen Fabriken, wo einem vor Zigarettenrauch oder Müdigkeit die Augen brennen, während man versucht, sich zu konzentrieren und den observierten Tatverdächtigen nicht aus den Augen zu verlieren. Fragen. Tausend Fragen, immer und immer wieder neunhundertneunundneunzig Leuten gestellt, die entweder nichts wußten, nur dachten, daß sie etwas wußten, oder tatsächlich etwas wußten, aber mauerten. Und dann hatte man vielleicht – aber nur vielleicht – um Viertel vor zehn Glück, und eine der Fragen wurde beantwortet und brachte einen wieder auf Linie. Mord.

Das war eindeutig nichts für jeden. Aber Jack Eichord blühte bei guter, grundsolider Ermittlungsarbeit auf. Er liebte sie. Sie füllte die ganze Leere in ihm aus, war das Lebenselixier, das ihn in seinem Job bei der Stange hielt, er atmete und lebte sie in jeder Stunde, die er nicht schlief. Er war jetzt neun Jahre dabei. Die Hälfte davon bei McTuff. Vor ein paar Jahren bekam er einen Fall übertragen, den Mord an einem Mädchen, einem Teenager, und stürzte sich darauf. Es war der dritte Todesfall einer Reihe, die auf das Konto eines Serienmörders gehen konnte. Er watete darin. Wühlte im Dreck. Ließ sich davon runterziehen. Und als die nächste Leiche gefunden wurde, hatte er schon einige seiner Theorien über Bord geworfen und war dicht davor. Er hatte Glück. Er war im Büro, als das spezielle Telefon läutete und der Informant, ein Junkie auf Entzug, der Stoff wollte, sich meldete. Der wußte, daß er wegen Kleinscheiß gar nicht erst anzurufen brauchte. Er hatte was. Er hatte sich den Arsch aufgerissen, um was rauszukriegen. Er servierte Eichord den Killer auf dem silbernen Tablett.

Der Fall sorgte lokal für Schlagzeilen. Der Mörder war Zahnarzt. Ein junger, gutaussehender Bursche. Bisexuell, wie sich herausstellte, und voll in der Lederszene. Ein echter Kotzbrocken, dem es Spaß machte, die Mädchen zu quälen, die er abmurkste. Die Druckerschwärze floß in Strömen, kein Käseblatt konnte die Tinte halten, Dr. Geistesgestört gefaßt! – demnächst im Kino Ihres Vertrauens. Jack Eichord stellte fest, daß es ihm nicht gefiel, prominent zu sein. Er gab keine Interviews. Böser Fehler. Bei einer heißen Story läßt man die Presse nicht mit einem Nein im Regen stehen. Die erfinden dann nämlich einfach was, und man steht hinterher noch dümmer da. Herrgott noch mal, die versuchen *immer noch*, die Garbo zu interviewen. Den Umgang mit der Presse lernte er auf die ganz harte Tour.

Die Einsame-Herzen-Morde in Chicago bekam er eben wegen dieser Berichterstattung und dem Medienrummel an die Backe. Chicago fragte über die McTuff-Kanäle nach ihm, und so ließ ihn sein Boss eines Tages die Koffer packen und schickte ihn nach Windy City, seinen alten Spielplatz, sein Städtchen, Chicago. Er kam sich wie ein Idiot vor, als er mit seinem Ticket erster Klasse von der Chicagoer Polizei einflog wie die Einmannkavallerie der Verbrechensbekämpfung. Zu albern. Er war doch nur ein stinknormaler Ermittler. O Herr, warum ich, fragte er stumm, während das große Passagierflugzeug über den Köpfen der armen Pechvögel, die ein Grundstück mitten unter der Einflugschneise des Flughafens O'Hare gekauft hatten, zur Landung ansetzte.

Chicago hätte in den Händen eines minderen Polizisten eine eigene Horror-Story werden können. Soll heißen, in den Händen eines nicht so zurückhaltenden Egos hätte sich schon der erste Tag zu einer mittleren Katastrophe auswachsen können, nach der es nur noch weiter bergab ging. Doch Eichord kam so rüber wie immer, bescheiden und unauffällig, gerade freundlich und aufrichtig genug, daß er die Unentschlossenen auf seine Seite ziehen konnte, und den anderen gegenüber gerade gleichgültig genug, daß seine Ankunft nicht mehr Staub als nötig aufwirbelte. Noch in der ersten Woche luden sie ihn zu sich nach Hause zum Abendessen ein, und der große Zampano, der die Einsame-Herzen-Spezialeinheit leitete, bot Jack an, daß der ihn mit seinem Spitznamen »Lou« anreden durfte.

Eichord war die meiste Zeit auf der Straße. Aktivierte alte Seilschaften wieder, knüpfte neue, wo er auch hinging, stellte Fragen und hörte sich die Antworten genau an. Er war ein verdammt guter Zuhörer. Und er ließ die ganze Zeit Chicagoland in sich aufleben wie die Erinnerungen an einen See, in dem man als Kind geschwommen war. Ließ sich von der Strömung tragen wie vom Wind am Seeufer. Hörte zu. Begab sich in die Eingeweide der Stadt. Machte sich wieder damit vertraut. Hörte ihren Pulsschlag. Wartete.

SYLVIA KASIKOFF

Spielt es auch nur die geringste Rolle, wie ein Mensch stirbt? Kümmert es einen, ob man im Bett im Schlaf stirbt, während man von den grünen Wiesen Schottlands träumt, oder mitten in der feuchten Raserei von handfestem Sex? Ändert es etwas, wenn es relativ schmerzlos geschieht? Der Tod holt einen, und weg ist man. Es ist eine Eigenheit des Todes, daß er die Umstände des Sterbens und den Status des Dahingeschiedenen mit Sandpapier abschmirgelt. Wenn du stirbst, weil du von einem unbekannten Arschloch erschossen wirst, das dir in einer dunklen Gasse nicht weit von West Erie das Herz rausschneidet und deinen blutüberströmten, verstümmelten Leichnam liegenläßt, damit ein Polizeifotograf einen Schnappschuß für seine Akte machen kann, ist das irgendwie ein schlimmerer Tod als der eines Präsidenten, der im Koma auf der Bahre der Notaufnahme liegt und nach einem Attentat seinen Schußverletzungen erliegt? Der einzige Unterschied besteht darin, daß die Bilder des letzteren eine größere Verbreitung finden.

Und was ist mit dem unbekannten Täter oder den Tätern? Du wirst mit einem Mannlicher-Carcano ins Visier genommen, einem lächerlichen Karabiner aus dem Versandhauskatalog, einem Stück Dreck und – sagen wir einfach mal, nur der Diskussion wegen, mit einer zweiten Waffe. Kreuzfeuer. Du bist ein toter Mann. Ist das ein angemessenerer Tod für einen Präsidenten als der des Verblichenen mit dem fehlenden Organ? Wohl kaum. Wir sterben einen Tod. Dabei spielt es keine große Rolle, wie, wo oder warum – oder wer. Man kann auf ein Minimum an Schmerzen hoffen, ein Fitzelchen Würde, ein Maximum an Privatsphäre, mehr kann man nicht.

Aber andererseits gibt es auch einige Tode, die so schmählich und schrecklich sind, daß wir erschauern, wenn wir nur versuchen, uns die alptraumhaften Begleitumstände eines solchen

Endes vorzustellen. Manche Tode scheinen so konzipiert zu sein, daß sie dich immer wieder töten, dich Zentimeter für Zentimeter holen, so daß du über den Augenblick nachdenken kannst, wann das Lebenslicht erlischt, während du dich vor Entsetzen schreiend krümmst und windest. Die Frau auf der Wiese war kurz davor, so eines Todes zu sterben. Bei weitem nicht den schlimmsten vorstellbaren, aber ein brutaler Schocker für jemanden, der verhätschelt und beschützt wurde und – wie die meisten von uns – fernab der Grausamkeiten und Verirrungen des Lebens auf der Straße aufgewachsen ist.

Anfangs schien es, als hätte er keinen Schwanz, dachte sie in der Verwirrung des Augenblicks irrational bei sich. Sie dachte »Ding«, nicht Schwanz, aber dennoch. Nicht genug, daß sie von diesem gräßlichen, watschelnden Mastodon von einem Wahnsinnigen, diesem fetten, stinkenden Inbegriff des Grauens, der ihr Leben so unvermittelt auf den Kopf gestellt hatte, vergewaltigt und ermordet und vielleicht sogar brutal gefoltert werden würde, aber daß es sich obendrein um einen schwanzlosen FREAK handeln mußte, verstärkte ihre überwältigende Übelkeit, ihren Schrecken und ihre Desorientierung nur noch.

Die gutaussehende, junge Brünette, nackt, flach auf dem Rücken, vor Schrecken fast bis zur völligen Hilflosigkeit gelähmt, sah mit großen Augen zu der riesigen, grotesken Gestalt empor, die über ihr aufragte, während sie hilflos auf der rauhen Decke lag. Er war ungeheuer fett, ein wandelnder Fleischberg, und wie er so dastand und regelrecht auf sie heruntersabberte, schien es tatsächlich so zu sein, als hätte er keinen Penis. Er war derjenige, um den sie in Vietnam ein eigenes Killerkommando zusammengestellt hatten, derjenige, der CHAINGANG genannt wurde.

Tatsächlich war Daniel Bunkowskis Genital normal, vielleicht sogar ein wenig größer als der Durchschnitt, aber sein Geschlecht wurde von Kaskaden von Speckfalten verdeckt, die um seinen Bauch herum verliefen wie häßliche Lastwagenreifen aus Gummi.

»Auf die Knie«, murmelte er, während er in der untersten Speckfalte herumwühlte und das feuchte Ende eines rosa Pimmels zum Vorschein brachte, den er zimperlich zwischen zwei Fingern von der Größe stählerner Zigarren hielt. »Lutsch ihn, Schlampe«, befahl er.

Sie versuchte instinktiv, vor ihm wegzulaufen, als ihr gerade wieder einfiel, daß eine ihrer Hände mit Handschellen an eine Kette gefesselt war, die er um einen großen Baum in der Nähe geschlungen hatte. Sie befanden sich dicht am Zaun eines Farmers, auf einer Armeedecke, die er auf das Unkraut am Rand eines Waldgebiets geworfen hatte, unweit der Straße, wo sie jetzt parkte. Wenn sie sich nur irgendwie befreien und Reißaus nehmen könnte.

Es hatte sich alles in einem Augenblick alptraumhafter Realität abgespielt. Sie kam auf dem Heimweg vom Einkaufen über die Anhöhe, fuhr vielleicht vierzig oder fünfundvierzig Meilen mit dem Datsun, und der Mann stand einfach da, mitten auf der Straße, ein großer, fetter Mann, der mit den Armen ruderte, und fast hätte sie ihn überfahren, bevor sie das Auto bremsen und zum Stillstand bringen konnte.

Sie quetschte sich einen ihrer Füße mit den teuren Schuhen, so fest trat sie auf die Bremse, und der Datsun schlingerte über den Kies und kam mit ordentlich Gummiabrieb zum Stehen. Zuerst war sie so wütend. Er hatte sich nicht bewegt, nur mit den Armen gerudert, und sie war ohnehin spät dran, und machte ein besorgtes Gesicht, während er etwas rief, das sie nicht hören konnte. Warum kommt er nicht rüber auf die Seite? dachte sie.

»Was?« formte sie mit den Lippen durch die Windschutzscheibe hindurch. Er wirkte irgendwie freundlich, gewiß nicht bedrohlich, trotz seiner enormen und bärenhaften Erscheinung, und blieb wirklich und wahrhaftig direkt vor dem Fahrzeug stehen, während er ihr weiter etwas zurief und ihr, ohne daß sie es wußte, eine Kostprobe seiner routinemäßigen und makellosen Schauspielkunst gab.

Sie hatte das Fenster fast ganz heruntergekurbelt, konnte

immer noch nicht hören, was er sagte, und fragte ihn laut: »Was? Ich kann Sie immer noch nicht hören.«

»Tut mir leid, Ma'am«, sagte er höflich, während er zu ihrer Seite des Datsun gewatschelt kam, »wir haben ein Problem da unten beim [irgendwas, es hörte sich wie Franzplatz an].« Er redete schnell, mit diesem täuschenden Ausdruck großer Besorgnis im Gesicht, redete sehr schnell, während er auf die Seite kam und sich herunterbeugte, und sie fragte sich, ob die Straße wieder weggeschwemmt worden war, als sie, während er die nichtssagende Fassade seines Geplappers wahrte und sie mit sinnlosem Gestammel vollschwallte, plötzlich zu völliger Reglosigkeit verdammt war und seine klobige, riesige *Präsenz* sie auf dem Sitz festnagelte, während er hereingriff, die Zündschlüssel nahm, dabei den Motor ausmachte, sie nach hinten drückte, die Handbremse anzog und die Tür aufmachte, alles mit einer Abfolge von geschmeidigen, einstudierten, blitzschnellen Bewegungen seiner Hände.

»Hör zu«, polterte er, während er unten nach der Sitzverstellung tastete. »Hör mir genau zu, dann wirst du weder verletzt noch sonstwie belästigt. Hör mir zu – jetzt«, gab er mit einem tiefen, grollenden Basso profundo von sich, »schrei nicht und versuch nicht, Aufmerksamkeit zu erwecken, sonst tue ich dir weh. Ich will dir nicht wehtun oder dich irgendwie belästigen. Verstehst du, was ich sage? Nick, wenn du mich verstehst.« Sie nickt wie ein dressiertes Shetlandpony.

»Du mußt mir gehorchen, sonst tue ich dir weh. Das will keiner von uns. Als erstes möchte ich, daß du den Sitz so weit es geht zurückschiebst. *Los doch!*« Sie zittert so sehr, daß sie kaum den Hebel finden kann, und zuckte zusammen, als sie seine Hand berührte, die ihn umklammert hält. Er schiebt den Sitz grob zurück, sie wird durch den Aufprall nach vorn geschleudert wie bei einem Frontalzusammenstoß. Offenbar will er ihr nur beibringen, daß sie seinen Befehlen zu gehorchen hat. »Sehr gut. Und jetzt kommst du mit mir und machst genau, was ich sage. Kommst du mit mir? Nick.« Sie nickt etwa zwölfmal.

In den wenigen Sekunden, die er benötigt, um die Straße hinauf und hinunter zu sehen und das Feld an der Straße gegenzuchecken, gibt er ihr brummend und gepreßt einen ganzen Satz Anweisungen mit auf den Weg, daß sie ihm gehorchen, daß sie keine Szene machen soll, das Übliche, das er einem vor Schreck starren potentiellen Opfern immer sagt. Sie befindet sich schon fast in diesem Zustand der Lähmung, aber er hat andere Pläne mit ihr, daher muß er sie wieder aufrütteln.

Er legt eine Pranke um ihr dünnes Handgelenk und umklammert es wie die mächtigen Kiefer eines stählernes Schraubstocks auf einer Werkbank. Sie wird mir nichts, dir nichts aus dem Auto gezerrt und spürt, wie sie durch die Luft getragen und in den Straßengraben gezerrt wird, wo er eine riesige Tragetasche parat hat. Die Tasche, die Sie oder ich nicht einmal vom Boden hochheben könnten, wird hochgehoben, wie unsereiner einen kleinen Bücherstapel hochheben würde. Er schnappt sich eine Decke aus der Tragetasche, wirft sie wieder in den Straßengraben, und dann gehen sie über die Wiese neben der Straße, eigentlich trägt er sie mehr, ihre hohen Absätze berühren nur bei jedem fünften oder sechsten Schritt den Boden.

»Lächle«, befiehlt er ihr, und ehe ihr benommenes Gehirn das richtig registrieren kann, wird sie so hilflos wie eine Puppe durch die Luft geschüttelt. *»Lächle!«* Sie kleistert sich folgsam eine lächerliche Grimasse ins Gesicht, und dann sind sie auch schon bei dem Zaun angelangt.

»Also. Du mußt mir *ganz* genau zuhören, wenn du diesen Tag überleben möchtest.« Er legt ihr klirrend Handschellen aus Edelstahl und Teflon an und befestigt eine Art Kette an einem Baumstamm in der Nähe, während er das sagt. »Ich tu dir nicht sehr weh, wenn du dich nicht gegen mich wehrst, schreist, Aufmerksamkeit zu erregen versuchst oder mich sonst irgendwie reizt. Wenn du genau das machst, was ich dir sage, darfst du bald nach Hause gehen. Nick mit dem Kopf und sag mir, ob du verstanden hast.«

Sie nickt wieder, wie ein dressiertes Pony mit den Hufen am

Boden scharren würde, mit vorsichtigen, beherrschten Bewegungen. »Ich – äh – verstehe«, sagt sie trocken und heiser.

»Gut. Jetzt fängst du an zu weinen. Ich will *nicht*, daß du weinst. Hör auf.« Sie kann die Flut nicht zurückhalten und bricht in Tränen aus.

KLAAAAAAAATTTSCHSCHSCH! Sie wird fester geschlagen, als sie je in ihrem Leben geschlagen worden ist. Von einer Hand wie eine Bratpfanne aus Edelstahl. Sie wird zu Boden geworfen und verliert fast das Bewußtsein. Einen Moment sieht sie hellblaue Sterne, dann macht die Druckwelle der Schmerzen sie wieder wach. Sie weint jetzt ganz unverhohlen, daher schaltet er einen Gang runter und beruhigt sie ein wenig.

»Tut mir leid, daß ich das tun mußte, aber du mußt dich normal verhalten. Ich kann Flennen nicht ausstehen. Wenn du wieder anfängst, zu weinen, schlage ich dich wieder, und das tut dir weh. Du weinst noch. Du mußt aufhören, hast du verstanden?«

»Äh – es – ähem – tut mir lei... leid.«

»Aufhören!« Sie zwingt sich, die Tränen mit einem Schniefen einzudämmen und zieht die Nase hoch. Sie versucht, tief durchzuatmen und sich zu konzentrieren.

»Weißt du, was ich mir jetzt von dir wünsche?« Er schält sich aus dem Hemd und läßt die Hose runter, die die Größe einer mittleren Flagge hat. Sie schüttelte verneinend den Kopf.

»Komm hierher und lutsch ihn. Auf der Stelle.« Sie versucht, zu gehorchen, das ekelhafte Ding in den Mund zu nehmen, muß würgen, weicht instinktiv und unwillkürlich zurück und verspürt wieder schlimme Schmerzen. Er hat die Stahlfinger in ihrem Haar, das sie zu einem Dutt hochgesteckt hat, und drückt sie an sich. Sein Glied wird steifer und dicker, je grober der Mann mit ihr umspringt, und sie kann es kaum ganz in den Mund nehmen.

Er rammt ihr das erigierte Ding in den Hals, sie erstickt fast daran, aber sie kann den Kopf nicht wegnehmen und atmen, und ehe sie sich selbst Einhalt gebieten kann, beißt sie aus einem Reflex heraus zu.

»Du hast mich gebissen!« schreit er. Er hält ihre Haare im

Schraubstock seiner linken Hand, zieht seinen Schwanz mit der rechten zu voller Länge aus, schiebt gleichzeitig den untersten Rettungsring zur Seite und versucht zu sehen, ob sie seinem bereits schrumpfenden Penis ernsten Schaden zugefügt hat.

Einen Herzschlag lang verhaart er starr. Leblos. Dann kommt seine andere Persönlichkeit zum Vorschein und schnellt wie Frankenstein aus jenem Pfuhl, in dem lebende Materie aus Nichts generiert wird. Eine zur Faust geballte Rückhand schießt durch die Luft wie eine Ramme und trifft ihr Gesicht mit einem Krachen, das ohne jeden Zweifel von Knochen stammt. Der brutale Hieb bricht ihr das Genick. Er hält ihr Haar weiter mit der linken Hand gepackt, während er in ihr starres, jetzt lebloses Gesicht onaniert.

Er wichst seinen geschrumpften Penis zu so etwas wie einer ansatzweisen Erektion hoch, dann kann er endlich abspritzen und schießt ihr den Samen mitten ins Gesicht. Er wischt sich an der Armeedecke ab, wickelt den Leichnam darin ein und stopft das ganze Bündel in eine leichte Vertiefung in einem Dickicht aus Lacksumach. Das macht er vor allem aus Gewohnheit, denn im Grunde genommen ist es ihm herzlich egal, wann oder ob oder der Leichnam gefunden wird.

Er vergewissert sich, daß niemand kommt, hinkt an den Straßenrand zurück und holt seine Tragetasche aus dem Straßengraben. Er ist ein wenig verdrossen über sein, wie er es sieht, schlechtes Verhalten. Ihm fällt auf, daß er sich in letzter Zeit öfter wie ein Schwachkopf benommen hat. Zuließ, daß er, untypisch für ihn, die Kontrolle verlor.

Ein Ford-Pickup kommt über die Anhöhe, und in seiner Wut, und weil er mit einem wunden Penis herumwatscheln muß, wirft er die Tasche auf die Rückbank des Datsun und gibt dem Wagen ein Zeichen, anzuhalten.

»Sagen Sie, mein Freund, wissen Sie, wo es zu Fran's Scrace geht?« Das ist eine vernuschelte, sinnlose Frage, eine von einem runden Dutzend, die er sich ausgedacht hatte, um Zeit zu gewinnen.

»Franz was?« fragt ein zähes, haariges Individuum ein wenig mißtrauisch. Bunkowski lächelte sein unschuldiges Grübchenlächeln.

»Sorry. Ich fragte, ob Sie mir sagen können, wie ich zu –« aber da hat er dem Mann schon das Stahlseil über den Kopf geworfen und hält mit seinen enormen Pranken die überkreuzten Ringe mit PVC-Überzug, die er von der Seite des Pickups weg und nach unten zieht, so daß der Kopf des Fahrers aus dem Fenster gezerrt wird und ein Ring aus Blut durch den Bart herausquillt und auf die Finger des Pickupfahrers strömt, während der nach dem Seil krallt, das tief in seine Kehle schneidet.

Er beachtet die zappelnde Gegenwehr des Mannes gar nicht, sondern hat ein wachsames Auge auf die Straße und hält nach weiterem Verkehr Ausschau. Er hält das Seil fest, während er bis dreißig zählt, läßt die heiße Flutwelle seiner Wut ein wenig abklingen und löst dann rasch das Drahtseil, das sich tief in den Hals des Mannes hineingefressen hat. Er wischt die Garotte am Hemd des Mannes ab.

Bunkowski öffnet die Tür, stößt den bärtigen Mann in eine zusammengesunkene Haltung und reißt ihm auf der Suche nach der Brieftasche die Gesäßtaschen auf. Er untersucht eine Uhr und Ringe, die ihm nur einen geringen Wert zu haben scheinen. Er findet einen Geldclip in der vorderen Hosentasche und staunt über die Hundertdollarscheine außen an der Rolle. Mindestens vierhundert Dollar in dem Clip, ein großer Fang für Daniel. Er findet selten nennenswerte Summen bei seinen Opfer, aber natürlich tötet er nur für Geld, wenn es unbedingt sein muß. Seine meisten Morde begeht er aus reiner Freude am Töten selbst.

Er ist ein kritischer Beobachter und stellt fest, daß ihm keiner dieser Morde Spaß gemacht hat. Dies ist keiner seiner besseren Tage, denkt er. Er schiebt den Leichnam unter einiger Anstrengung weiter zur Seite, zwängt sich in die Kabine des Pickup, läßt knirschend den Motor an und fährt mit dem Fahrzeug an dem Datsun vorbei und von der Straße herunter zu einem nicht weit entfernten Wendehammer am Wiesenrain.

Er kurbelt die Fenster hoch, macht die Tür des Ford zu und wischt automatisch die Abdrücke seiner Pranken weg, vergißt jedoch nicht, auch noch im Handschuhfach nach Wertsachen zu suchen. Er findet ein kleines Tütchen Gras und wirft es wieder hinein. Er raucht nicht. Er schließt den Pickup ab und geht, macht sich aber nicht einmal die Mühe, seine Fußabdrücke zu verwischen, als er zu dem anderen Auto zurückgeht. Er ist finsterer und mürrischer Stimmung.

Mit einem Grunzen läßt er seine enorme Leibesfülle in den Datsun fallen und startet wütend den Motor. Er leert die Einkaufstasche der Frau, schüttet den gesamten Inhalt auf den Beifahrersitz und strahlt ein wenig, als er einige Schokoriegel entdeckt. Er reißt das Papier eines Mounds-Riegels auf und verschlingt die Süßigkeit mit einem Bissen. Die war schon ein wenig geschmolzen, er ißt ein Stück Papier mit der Schokolade. Er öffnet eine Zweilitertüte Milch, um alles hinunterzuspülen, aber die Milch ist schon so warm, daß sie nicht mehr schmeckt, daher wirft er die Tüte in den Straßengraben und hinterläßt einen oder zwei prächtige Abdrücke auf der Plastikverpackung.

Er bleibt einen Moment verdrossen sitzen, was ihm wiederum nicht ähnlich sieht, steigt dann mit äußerster Willensanstrengung aus dem Auto aus und holt die Milchtüte, die er ausleert und auf den Fußboden vor der Rückbank wirft. Hastig durchwühlt er ihre Geldbörse, das Handschuhfach, den Aschenbecher, tastet unter dem Armaturenbrett, nimmt sich ein oder zwei Dinge von Interesse und kippt den Rest des Inhalts in die leere Einkaufstüte. Er löst die Handbremse und tritt das Gaspedal durch.

Der Name, der in seinem Führerschein stehen würde, wenn er einen hätte, ist Daniel Edward Flowers Bunkowski, und selbst das wäre nicht ganz exakt. Er hat öfter getötet als jeder andere lebende Mensch, »um die vierhundertfünfzig Personen«, hat er einmal geschätzt, als er während eines seiner zahlreichen Aufenthalte in Haftanstalten unter Einfluß von Betäubungsmitteln stand.

Momentan wiegt er vierhundertneunundsechzig Pfund und

ist einsachtundneunzig groß. »Entdeckt« wurde er im Loch des Bunkers im Bundesgefängnis von Marion, Ohio, was Einzelhaft im Hochsicherheitstrakt bedeutet. Man diagnostizierte bei ihm eine einzigartige Mischung aus offenbar geistig zurückgebliebenem Psychopathen und Killer mit dem IQ eines Genies. Er war Gegenstand eines militärischen Projekts gewesen. Eines Feldexperiments, sozusagen.

In Vietnam hatte er den Spitznamen »Chaingang« verpaßt bekommen und ging mit einem autarken Einmannkillerkommando auf die Jagd. Bei einer geheimen Mission des Teams sah er Gefahr für sich voraus und spürte irgendwie den Verrat, der den Untergang seiner restlichen Teamgefährten in der Provinz Quang Tri besiegelte, daher desertierte, er kurz bevor die gesamte Einheit durch Feuer aus den eigenen Reihen vernichtet wurde.

Eine Zeitlang streifte er durch das Tiefland des Sektors Echo von Quang Tri, während es um seinen Geisteszustand immer schlechter bestellt war und er sich angewöhnte, seine frisch abgeschlachteten Opfer zu verspeisen. Schließlich konnte er, kurz vor dem völligen Zusammenbruch, mächtige innere Reserven mobilisieren und vom Abgrund zurückweichen.

Er klammerte sich erfolgreich an dieses letzte Restchen Vernunft und zwang sich, den langen und gefahrvollen Weg zurück in zivilisiertere Gegenden anzutreten. Schließlich gelang es ihm durch einen brillanten Fluchtplan zuerst nach Hawaii und dann auf das nordamerikanische Festland zurückzukehren.

Kurz nach seiner Rückkehr in städtische Gebiete fing er wieder an zu töten, allerdings bei weitem nicht im Maßstab seiner Aktivitäten in Südostasien, und manchmal sehnte er sich nach der guten alten Zeit, als es Opfer noch im Dutzend billiger gab.

Alles an ihm war irrational und extrem, von seinem Appetit bis hin zu seiner Neigung zu Gewalt. Sein Körper glich einer wahren Schatzkammer extremer Belastbarkeit und außergewöhnlichen Stoffwechsels. Er sprengte jedes Diagramm, wich von jeder Kurve ab. Als geistig wie emotional Abnormer gehörte er zu dem seltenen Menschenschlag, die man als *physikalische Präkognitive* bezeichnet, und erlebte regelmäßig biochemische Phänomene, die die mechanistischen Gesetze von Kinesiologie und Kinetik transzendierten. Fügte man jetzt noch ein psychologisches Ungleichgewicht und die gigantische Größe und Körperkraft hinzu, dann hatte man eine menschliche Killermaschine ohne Beispiel.

EDITH EMALINE LYNCH

Der Abend brachte das Ende eines Tages physischer Katharsis. Lee Anne saß mit gewaschenen Händen am Tisch, ließ ihr Gemüse auffällig unbeachtet und schnitt das Essen als Vorbereitung für das Abendbrot in fein säuberliche geometrische Figuren.

Edie erinnerte sich, wie absurd prosaisch es schien, wenn sie an Ed dachte, wie er Essen haßte, das nicht ordentlich auf dem Teller voneinander abgetrennt war. Eine Überreaktion auf den Militärfraß, vermutete sie. Ed aß sogar in kleinen, Skulpturen gleichen Häppchen, und sie sah ihn immer noch vor sich, wie er jede Ecke seiner Eiskrem oder seines Kartoffelpürees wie ein Vermesser in perfekte, schnurgerade Linien aufteilte.

Es war ein Samstag gewesen, der, was sie anging, nicht im Kalender angestrichen werden würde. Ein Tag mit harter, verbissen erledigter Arbeit, ein Tag dichter Wolken von Depressionen und Kummer, die sie auf Schritt und Tritt zu begleiten schienen und sich auch dann nicht verzogen, als sie sich mit Feuereifer auf die vagen Fußspuren, den angetrockneten Schmutz und die verschiedenen Flusen stürzte, die den Küchenboden verunzierten, nur Edith und ihr alter Freund Meister Proper. Ein langer Samstag, der noch nicht zu Ende war.

»Essen wir!« Lee Anne war bereit, die Mahlzeit anzugehen.

»Möchtest du heute abend gern das Gebet sprechen?«

»Lieber Gott, hab schönen Dank für [murmel] und Trank. Amen«

»Vater im Himmel«, sagte Edie, atmete tief durch und spürte, wie die mörderischen Kopfschmerzen zurückkehrten, »danke, daß Du uns diese Speisen geschenkt hast. Viele müssen heute abend hungern.

Herr, danke, daß wir Menschen haben, die uns lieben. Auch wenn wir um die trauern, die nicht hier sein können, wissen wir, daß unsere Liebsten bei Dir sind und ihren Frieden gefunden haben, Vater im Himmel, und viele heute abend einsam sind. Wir haben allen Grund, dankbar zu sein.

Vater im Himmel, wir danken Dir für das Geschenk des Lebens, wir bitten dich, führe und behüte uns und sei stets bei uns und hilf uns, Dein Werk zu tun. Wir bitten Dich im Namen Jesu Christi. Amen«

»Amen, essen wir.«

»Amen.«

»Mom, warum gibt es kein blaues Essen?« fragte Lee Anne und machte sich über ihr Würstchen her.

»Vielleicht hat sich der Herr, als er Blaubeeren und blaue Kartoffeln schuf, gedacht, daß das genügend blaues Essen wäre. Und sich überlegt, daß es schön wäre, auch ein bißchen Grün und Gelb und Orange zu haben, und darum hast du jetzt dieses Mischgemüse auf dem Teller, das du so gern magst.«

Mit einem Mund voll Würstchen und Brötchen: »Igitt, ich hasse Mischgemüse. Gibt es wirklich blaue Kartoffeln?«

»Zufällig gibt es die heute zum Nachtisch.« Lee Anne lachte schalkhaft und zeigte die Lücke zwischen den Schneidezähnen. Edie lächelte, nahm einen Bissen zu sich, kaute langsam und schmeckte nichts.

Sie hatte sich in einen Wahn vorgezogenen Frühjahrsputzes gestürzt, nachdem sie im Griff einer hartnäckigen Paranoia in einem leeren Bett aufgewacht war, an das sie sich einfach nicht gewöhnen konnte, und eine Stunde bei Kaffee und einer Scheibe Toast vertrödelt hatte. Sie las den gesamten Text auf der Zerealienpackung, als hätte Dostojewski ihn geschrieben, und als sie sich endlich zwang, etwas zu tun, hatte sie sich den gesamten Nährwertgehalt einer fragwürdigen Müslimischung eingeprägt, die »alle wichtigen Vitamine und Mineralien« versprach, und obendrein das Rezept für einen suspekten Partymix, der einem ermöglichte, noch mehr von dem Produkt zu verzehren.

Es war ein Exorzismus. Eine physische Säuberung in mehr als einer Hinsicht. Eds alte Krawatten waren heruntergefallen und bildeten, wie Schlangen ineinander verschlungen, einen dunklen Haufen, der Staub ansetzte. Ein einzelner Schuh. Ein Hut in der schwärzesten, entlegensten Ecke eines Schranks, seine sämtlichen Sachen, die sie, von Kummer überwältigt, im ersten wirbelwindartigen Zusammenraffen für die Altkleidersammlung übersehen oder es nicht über sich gebracht hatte, zu berühren. Sie leerte unterste Schubladen, zu hohe Regale, Krimskramskisten und Verstecke und längst vergessene vollgestopfte Kartons.

Ein herzzerreißender Kamm, in dessen Zähnen sich noch Haare eines toten Liebsten verfangen hatten, ein verlorener Manschettenknopf, eine eselsohrige Familienbibel – jeder dieser Erinnerungsauslöser zog eine zehnminütige wortlose Phantasieunterhaltung mit ihrer verstorbenen Mutter, ihrem Ehemann oder einer Lieblingstante nach sich, während sie wie hypnotisiert gerahmte Familienfotos betrachtete oder sich das Haar mit einer von Eds Bürsten kämmte.

Sie war stolz auf ihre langen Haare, einen üppigen Schopf, den er immer als ihre Mähne bezeichnete und der auch mit achtunddreißig noch natürlich dunkel und seidig aussah. Ihre Haut war hell, mit leichten Sommersprossen, ihre Augen groß und wunderschön. Sie sahen wechselweise dunkel- und haselnußbraun aus, da sie sich in jeder Lichtquelle auf mysteriöse Weise veränderten. Sie hatte Lachfältchen dünner Krähenfüße in den Augenwinkeln und gerade mal einen Ansatz von Linien an jedem Mundwinkel. Ihre Nase war recht groß, nicht gerade und hätte mitten in einem anderen Gesicht vielleicht unattraktiv gewirkt.

Hübsch im klassischen Sinn war sie nie gewesen. Sie war kein attraktives Kind, reifte aber zu einer jener interessanten, wenn auch nicht besonders einprägsamen Frauen heran, die andere Frauen als »beherrscht« und »selbstbewußt« bezeichnen, zu denen sich Männer oft hingezogen fühlen, weil sie so unnahbar wirken. Aber sie war nicht die Schneekönigin, die sie zu sein schien.

Im Bett verspürte sie eine natürliche Lüsternheit und hatte insgeheim immer gewußt, von ihnen beiden war sie die – wie lautete das richtige Wort dafür? Nicht triebhaftere. Aber vermutlich ungehemmtere. Sie machte aus ihrem Herzen keine Mördergrube. Edie gehörte zu diesen seltenen Geschöpfen, die keine unaufrichtige oder gemeine oder boshafte oder egoistische Ader in sich haben. Und sie gab sich dem Mann ihres Lebens so hin, wie sie alles andere anpackte. Von ganzem Herzen. Aufrichtig. Voller Güte und der Einstellung, daß das, was man geben kann, wahre Freude bringt.

Sex war angenehm für sie, aber keine wilde, aufregende oder allesbeherrschende Angelegenheit, wie bei so vielen Kids, mit denen sie zur Schule gegangen war. Edie hatte eine Ehe nach der anderen an den Klippen der Scheidung zerschellen und untergehen sehen. Und viele dieser Ehen waren eben jene, in denen die Frauen ihren Freundinnen streng vertraulich von den heißen, lodernden Flammen des Sex erzählt hatten, der die Beziehungen zu ihren Herzallerliebsten zu einer Sache explosiver emotionaler Extreme machte.

Sie wuchs in einem streng religiösen Elternhaus auf, aber als sie älter wurde und ihre Heimat in einem Städtchen in West Virginia verließ, das, wie sie häufig witzelte, so arm war, daß »*Coal Miner's Daughter* dagegen aussah, als wäre es in Beverly Hills gedreht worden«, da entfremdete sie sich von der Kirche. Es passierte einfach. Sie gab dem Arbeitspensum die Schuld, Krankheit, jeder beliebigen Anzahl bequemer Ausreden. Doch das Bedürfnis nach Jesus Christus hinterließ eine Leere in ihrem Leben.

Nicht lange, nachdem sie als Sekretärin bei Chicago Carburetor angefangen hatte, lernte sie einen Vertreter namens Ed Lynch kennen und ging ein paarmal mit ihm aus. Ed war sanft, witzig und ein guter Mensch mit festen religiösen Überzeugungen. Sie ließ sich von Ed auf den rechten Weg zurückbringen und freute sich darauf, mit ihm zu gehen. Am Anfang sonntags. Er holte sie ab, und sie gingen zur Kirche, und dann, gegen halb zwölf oder zwölf, in ein kleines Restaurant, wo sie zu Mittag aßen.

Bald ging sie auch am Sonntagabend mit ihm hin, dann mittwochabends zur Bibelstunde, und es dauerte nicht lang, da gehörten sie zu den Stammgästen von Kirchenversammlungen, Picknicks, Wohltätigkeitsveranstaltungen, Fortbildungskursen, und Edie war in den Schoß des Herrn zurückgekehrt. Nach wenigen Monaten trat sie vor die Gemeinde, bekannte, daß sie gesündigt hatte, und bat den Herrn, daß er ihr gestatten möge, Jesus Christus wieder anzunehmen. An dem Abend machte Ed ihr einen Antrag.

Was Ed an Phantasie fehlte, machte er an Inbrunst wieder wett. Sex mit Ed war so, wie Gott es gewollt hatte, da war sie ganz sicher, zärtlicher und aufrichtiger Verkehr zwischen Eheleuten. Sie schätzte das biologische Wohlgefühl des Akts als Ventil, aber weder sie noch ihr Mann rückten ihn allzu sehr in den Mittelpunkt. Physiologisch spielte er keine größere Rolle in ihrem Leben als jede andere Körperfunktion auch.

»Weißt du, was ich an unserem Liebesleben mag?« fragte er sie einmal.

»Alles, hoffe ich«, murmelte sie und schenkte ihm ein Lächeln.

»Das stimmt. Alles. Aber am meisten daran mag ich *dich*. Es mit einer anderen zu machen« – er schüttelte den Kopf – »wäre *bedeutungslos*.«

»So geht es mir mit dir auch«, sagte sie und küßte ihn. Ed hatte sie zu einer heißen, liebenden und erfüllten Frau gemacht. Aber jetzt hatte sie die Tür zu diesem Abschnitt ihres Lebens zugeschlagen.

Sie fand ein altes Parfüm in einer unbekannten Flasche, kippte einen Tropfen auf den Finger, schnupperte daran und sagte laut »Arpège« zu dem Spiegel. Sie hatte die Gefriertruhe ausgeräumt und die Nachbarin nebenan mit allen Arten von perfektem und genießbarem Gemüse, Katzenwels, den Ed persönlich ausgenommen hatte, und in Alufolie verpackten Überraschungen ohne Aufschrift beschenkt, die die alte Dame heimlich in den Müll warf. Sie wollte sich das Silber vornehmen, überlegte es sich jedoch anders, nahm eine Flasche Ofenspray zur Hand putzte den Backofen, bis er glänzte.

Sie erstellte eine Einkaufsliste, schnitt Coupons aus, machte sich eine Tasse entkoffeinierten Kaffee und trank ein Drittel davon. Sie schrieb eine seit einem Monat überfällige Dankeskarte an jemanden, den sie nicht kannte, nahm ein langes, heißes Bad, zog ihre beste Unterwäsche, einen langen Wildlederrock, hochhackige Lederschuhe, eine Bluse nebst Wildlederjacke und goldene Creolen an. Betrachtete sich, zog sich aus, streifte ein fadenscheiniges Sweatshirt und ihre ältesten Bluejeans über, warf etwas Tinnef weg, weil sie es satt hatte, ihn abzustauben, holte ihn nach einem heftigen Anfall von Schuldgefühlen wieder herein, entschied, daß sie nichts Produktives mehr zustande brachte, und machte Feierabend.

Sie knabberte etwas und war dankbar für die Geräuschkulisse von Achtjährigengeplapper in der Nähe, reizend anzuhören, wenn auch mehr unterbewußt, wie das sonore Murmeln des Fernsehers im Wohnzimmer, dessen Lautstärke nicht ganz heruntergedreht worden war, und bemühte sich innerlich sehr, keine deprimierenden Gedanken zu bekommen. Hör auf, dich selbst zu bemitleiden, Missy, dachte sie, während sie sich daran erinnerte, wie sie bei der Zubereitung des Abendessens überlegt hatte, daß die Ganzheit ihres Lebens irgendwie ausgelaufen war wie Flüssigkeit aus einem gesprungenen Glas.

DANIEL EDWARD FLOWERS BUNKOWSKI

Er hat extrem brutale sexuelle Phantasien gehabt, solange er sich erinnern kann. Wegen seiner einzigartigen Kindheit sogar schon vor der Pubertät. Phantasien in pechschwarzen, abgeschlossenen Schränken, in einer stickigen Blechkiste, unter einem schmutzigen, selbstgezimmerten Bett angekettet, in einer Zelle, die das Loch genannt wurde, an tausend Orten, in der Todeszelle im Trakt, bei Hunderten nächtlichen Patrouillen in Vietnam, in seinen einsamen, wundervollen Einmannhinterhalten, zu Fuß, in Autos, in zahllosen Verstecken. Er besitzt die Gabe der Geduld und Reglosigkeit und phantasiert in den langen Wartezeiten der Tatenlosigkeit unaussprechliche Dinge.

Aus dem Kassettenrekorder des gestohlenen Autos donnert »Route 66« von Manhattan Transfer, aber er stellt es nicht leiser. Mit einem breiten Lächeln malt er sich aus, wie ungewöhnlich und spaßig es wäre, eine ganze Gruppe zu vergewaltigen und zu töten. Während er gleichsam als theoretische Herausforderung die Schwierigkeiten überdenkt, skizziert er die Beschaffung der erforderlichen Hintergrundinformationen und überlegt sich, wie leicht es ihm fallen würde, sich gerade lange genug in ihr Leben zu drängen, um es ihnen zu nehmen.

Er ist zu monströsen Taten fähig. Er tötet unbekümmert, mühelos, voller Freude. Das Viertel, durch das er ziellos fährt, liegt am Rand eines kleinen Städtchens im Süden von Illinois, »Hinterland«, wie sie hier sagen. Das Viertel heißt »Bluetown«, eine kommerzielle Fehlkalkulation aus der Zeit der fünfziger Jahre, nach dem Koreakrieg, als eine Gruppe von verzweifelten Kaufleuten, die mit ansehen mußten, wie die Läden sich aus den zunehmend verwahrlosteren Innenstädten zurückzogen und sich rund um die großen Einkaufszentren herum ansiedelten, nach einem Strohhalm griffen und die Farbe Blau als letztes Aufbäumen zu ihrem Motto machten, das sie sich auf die Fahnen schrieben. Sie strichen alle Häuser blau, setzten ihre letzte Hoffnung auf eine blitzkriegartige blaue Werbekampagne, gaben ihrer winzigen Gemeinde den Namen Bluetown, Illinois, und überschwemmten die Medien mit Sonderangeboten, bei diesen Preisen erleben Sie Ihr blaues Wunder, ehe sie letztendlich von der unaufhaltsamen Flut städteplanerischer Neuerungen in der Umbruchstimmung der 1950er Jahre fortgespült wurden.

Jetzt hängen im geisterhaften Grau vor der Dämmerung Schilder wie BILLIG!!! MÖBEL AUS ZWEITER HAND!!! an den verblassenden blauen Wänden leerstehender Geschäfte, während dieses Monster von einem Mann, der sich hinter das Lenkrad eines gestohlenen Mercury Cougar gezwängt hat, durch diesen Ort namens Bluetown fährt. Er hat einen wunden, pochenden Knöchel und seine Gallenblase meldet sich wieder. Er wiegt an die fünfhundert Pfund und hat in den letzten achtundvierzig Stunden drei Menschenleben auf dem Gewissen. Das Lenkrad, das er beim Fahren mit seinen Stahlfingern umklammert hält, schneidet ihm in den Bauch, während er sich überlegt, wie er am einfachsten herausfinden könnte, wo Janice Siegel wohnt. Für ihn ist das nichts Persönliches, lediglich ein Zeitvertreib. Aber manchmal läßt er zu, daß die Phantasie eines Tagtraums in die Wirklichkeit herüberschwappt, dann wird ihm ganz merkwürdig im Kopf und er begeht im Blutrausch schlimme Taten.

Ein sechster Sinn sagt ihm, daß er sich beherrschen und konzentrieren soll, daher knallt er einen dicken Zeigefinger auf die Stop/Eject-Taste des Rekorders und läßt die Kassette herausschnalzen. Er schaltet den Ton ab. Er horcht angestrengt, hört die Reifen des Cougar auf dem nassen Asphalt singen, und der sechste Sinn stupst ihn wieder an. Rasch, mit enorm schnellen Bewegungen für eine so gewaltige Masse, reagiert er auf dieses Anstupsen, steuert das Auto auf einen dunklen Parkplatz neben einem Geschäft, bremst, stellt Motor und Scheinwerfer ab, duckt sich auf den Beifahrersitz, damit man ihn nicht sieht, eben noch auf der Straße, in Bewegung, jetzt in den Schatten verborgen, immer im Einklang mit diesen Schwingungen, die sich nie irren.

Er wartet. Hört dem Motor beim Abkühlen zu. Horcht wonach? Vielleicht einem vorbeifahrenden Streifenwagen. Er wartet in den dunklen Schatten eines Parkplatzes von Bluetown. Er wartet lange Zeit, horcht und absorbiert. Wartet. Er verlagert sein Gewicht, richtet sich mit dem Quietschen von Sprungfedern als Begleitmusik wieder auf, läßt den Motor an und fährt zurück auf die Straßen von Bluetown.

Bei seinen gespenstischen Einmannpatrouillen in Vietnam hat er sich penibel auf Vorbereitungen konzentriert. Er, den sie CHAINGANG nannten, wurde nie unvorbereitet erwischt. Er glaubte fest an das russische Diktum »Harte Planung, leichter Kampf«. Nur plante er hart und kämpfte hart, und bei Gott, wenn er gegen einen kämpfte, dieser Berg reinster Mordlust, dann konnte man, wie es in einem populären Klassiker heißt, nur noch »eintreten und alle Hoffnung fahren lassen«. Wenn er sich mit seiner eigentümlichen Mischung aus laserscharfer Konzentration und minutiöser Vorbereitung auf ein Ziel stürzte, dann war er ein bemerkenswerter Gegner.

Jedesmal, wenn er sich über die Grenze vorwagte, worum es sich auch handeln mochte, befestigte Geschützstellung oder improvisierter Schützengraben, prägte er sich im Geiste haargenau ein, was er in seinem riesigen Rucksack hatte. Er trug ein regelrechtes Warenhaus bei sich, das weder Sie noch ich überhaupt hätten stemmen können, in dem er fein säuberlich alles zum Überleben notwendige verstaut hatte, von Zündschnüren bis zu seinen kostbaren, gefriergetrockneten »Langratten«, dem Proviant, der ihm ermöglichte, lange Strecken zurückzulegen, ohne daß er ständig auf das Nachschublager und diese Idioten und Amateure angewiesen war, die keine Ahnung vom Töten hatten. Bei jedem Ausflug merkte er sich jeden einzelnen Gegenstand peinlich genau. Fehler konnte man sich keine erlauben, damals.

Jetzt beruhigt er sich und reißt sich zusammen, fährt durch die Geisterstadt mit dem klingenden und sinnlosen Namen Bluetown, den Traum, mit dem einst ein längst vergessener Geschäftsmann Schiffbruch erlitten hat, sitzt am Lenkrad seines heißen Merc

Cougar und handelt wieder seinem Charakter entsprechend. Er macht im Geiste automatisch Inventur und erinnert sich an die Nummernschilder, die er letzte Nacht in der Vorstadt mitgehen ließ, als er den kümmerlichen Datsun der Frau abgestellt hat. Er überlegt sich, welches Paar er anschrauben wird, und lächelt, als er an den gestrigen Mord denkt, die durch und durch erfreuliche Erdrosselung des Vertreters, dessen Fahrzeug er jetzt fährt.

Er konzentriert sich wieder ausschließlich auf das naheliegende Problem, bremst, steuert den Cougar vor der Fassade eines leerstehenden Ladens mit dem abblätternden Schriftzug MÖBEL AUS EITER HAND an den Bordstein, überlegt es sich anders und biegt in eine schmale Gasse zwischen den Läden ein. Unter großer Anstrengung hievt er seine Masse hinter dem Lenkrad hervor, so daß die Sprungfedern wieder erbost quietschen, steigt aus, nimmt eine kleine Ölkanne und den Werkzeugbeutel aus der Riesentasche und geht zum Heck des Merc.

Er sucht sich das geeignetste Nummernschild aus (er hat die aktuellen Vorsilben und Zahlenkombinationen aller fünfzig Bundesstaaten auswendig gelernt), drückt ein paarmal auf die Ölkanne und denkt, während er das Öl kurz in die Schrauben einziehen läßt, über seine aktuellen Optionen nach. Dann dreht er die rostigen Schrauben aus dem Nummernschild der Frau heraus und bringt die neuen Schilder an.

Als er die Aufgabe vollendet hat, verbiegt und dreht er die Nummernschilder zu einem nicht identifizierbaren Blechakkordeon zusammen und schließt es im Kofferraum ein, damit er es in den nächsten Bach werfen kann, den er überquert. Morgen will er das Fahrzeug neu lackieren, wenn die Umstände es erlauben, und ergänzt die Liste der benötigten Sachen in seinem Unterbewußtsein, seinen Einkaufszettel, im Geiste um die Worte ABKLEBEBAND und ZEITUNGEN. Er zwängt seinen schwabbelnden Körper wieder hinter das Lenkrad, fährt los und hinterläßt die einsamen Straßen so, wie er sie vorgefunden hat, tot und blau.

Als er wieder auf dem Highway ist, fährt er vorsichtig, aber stets mit dem rauschenden Strom des Autobahnverkehrs, hält sich so dicht an sechzig Stundenmeilen, wie es der Rest der rasenden Autos und Lastwagen erlaubt, und versucht, so gut es geht innerhalb einer Fahrzeugkolonne zu bleiben, ohne Extremgeschwindigkeiten zu fahren. Um diese Zeit würde ein Auto, das die erlaubten Fünfundfünfzig fährt, ebenso auffallen wie eins mit neunzig, daher läßt er seinen schweren Fuß das Gaspedal etwas näher zum Boden durchtreten.

Er fährt auf einer Ebene, plant auf einer anderen, hellsichtig, kalt und introspektiv seziert, sondiert und analysiert er zielstrebig – alles mit einer eiskalten Objektivität, die selbst bei den extremsten Präkognaten ungewöhnlich ist. Er brettert, in die gestohlene Rostlaube eingezwängt, den Highway entlang, lauscht dem endlosen Summen des weißen Mittelstreifens, des hypnotischen Weiß, das niemals endet und zwischen den Reifen singt, während er sinniert.

Er kennt, genau wie in Vietnam, wie in allen Gefängnissen der einen oder anderen Art, exakt das Ausmaß der Gefahr, in die er sich begeben hat. Als er seine jüngste Sorglosigkeit und generelle Nachlässigkeit analysiert, kann er intuitiv spüren, wie er in eine zähflüssige Grube der Gefahr gerissen wird, die ihn in die Tiefe zieht wie Treibsand.

Drei Stunden und zehn Minuten später braust er mit dem Mercury von einer schwarz asphaltierten Ausfahrt auf eine Deichstraße und eine alte Holzbrücke ohne Geländer, die über einen offenbar tiefen Abwassergraben führt, rast durch ein mit einer Kette verschlossenes Gatter mit einem rostigen Warnschild, GESCHLOSSEN – KEIN ZUTRITT, und kommt schlitternd in einer Wolke von Sand und Staub zum Stillstand. Große, unübersehbar angebrachte Schilder mahnen, an alte Eichen und Baumwollpflanzen genagelt, BETRETEN VERBOTEN, während sie in den feuchten, kühlen Schatten vor sich hinrosten.

Er hinkt zurück zu dem demolierten Gatter, verwischt seine Fußspuren mit einem belaubten Ast, und gibt sich starren Blikkes größte Mühe, das Gatter wieder so herzurichten, daß es seinem vorherigen Zustand des Verfalls entspricht. Die zerrissene

Kette und das Vorhängeschloß liegen nicht weit entfernt im Gras, und er hebt die Kette hoch, wiegt sie in der Hand, da ihm das Gewicht gefällt, und überlegt sich, wie leicht er damit einen Menschen in den ewigen Schlaf versetzen könnte, schlingt die Kette, deren Vorhängeschloß unversehrt ist und an einem Ende baumelt, jedoch wieder um das zerschmetterte Gatter.

Er befestigt den ganzen Wust mit mehreren Längen rostigen Zaundrahts am Gatter und kehrt zum Auto zurück. Jahre der Erfahrung schlagen zu Buche, er bewegt sich jetzt wie bei seinen nächtlichen Dschungelexkursionen, vertraut ganz seinen animalischen Instinkten, trifft jede Entscheidung aus dem Bauch heraus, prüft seine Wahlmöglichkeiten und handelt intuitiv, voller Selbstbeherrschung, während er auf einer unbekannten Wellenlänge agiert, auf jede Schwingung achtet und dem lautlosen Trommelschlag von Jäger und Gejagtem folgt.

Der Mercury holpert über den zugewucherten Feldweg, wo gerade harte Stoppeln, die sich so starr anfühlen wie abgeerntete Maisstauden, den Unterboden pieksen. Er fährt stur weiter durch das hohe, nasse Unkraut, bis er schließlich gezwungen wird, doch langsamer zu machen, da er dem Weg, der sich um den Deich herum windet und zum nahgelegenen Fluß führt, immer schwerer folgen kann.

Jetzt verschwindet auch das letzte Restchen des Wegs, der parallel zum Flußufer verläuft, das gestohlene Auto schlingert durch immer höheres nasses Unkraut, und dann tatsächlich durch Wasser, das an den tieferen Stellen fast bis zum Bodenblech reicht, und immer noch fährt er weiter. Er fährt jetzt durch sehr tiefes Wasser, fährt so, wie er immer fährt, indem er einem geheimen magnetischen Pol folgt, einem inneren Kompaß, fährt mit der Strömung und verzieht kaum eine Miene, als das Wasser über den verchromten Kühler spritzt und droht, den Motor abzuwürgen.

Daniel Bunkowski fährt einfach stur geradeaus weiter, drückt auf die Tube, bleibt in Bewegung, fährt unbesorgt, sogar ziemlich gelassen, achtet nicht auf das immer höhere Wasser. Und dann ist das Fahrzeug plötzlich wirklich und wahrhaftig wieder auf höherem Gelände, die Wasserpflanzen, die über die Windschutzscheibe reichen, teilen sich, als er zu einem Trio von verwahrlosten Wochenendhäuschen fährt, die unmittelbar in der Ufernässe in einem Hain hochgeschossenen Schilfgrases stehen.

Er spürt, daß er hier allein ist, und seine Fähigkeit, die Nähe anderer Menschen zu spüren, ist geradezu unheimlich, hat ihm aber in Südostasien wieder und immer wieder das Leben gerettet. Er bringt das Fahrzeug zum Stillstand und fertigt in aller Hast eine Tarnung aus Schilfrohr und dem riesigen, zusammengelegten Tarnnetz an, das er in seiner stets präsenten Tragetasche mit sich herumschleppt. Er denkt darüber nach, wie er seine Menschenfallen aufstellt, und darin kann es kein anderer mit ihm aufnehmen. Er ist der unangefochtene Meister der finalen Überraschung.

Er malt sich aus, überlegt, PRÄKOGNIERT, wie sie kommen könnten, während er den Feldweg entlang bis zu der kurvenreichen Deichstraße und der Holzbrücke blickt. Die Schätzungen führt er mit seinem computergleichen Verstand aus. Wie lange ihm bleibt, bis sie ihn finden. Nicht lange. Wie viele kommen werden. Viele. Wie sie vorgehen könnten. Mehrere eindeutige Optionen. Er ist in Harmonie mit seiner fleischlichen Hülle und eins mit seiner Umgebung, während er penibel genau die Fallen aufstellt, die unmittelbar neben dem getarnten Mercury Cougar beginnen.

Eines der Elemente, die Daniel Bunkowski zu einer so ungemein gefährlichen Killerspezies machen, ist das Licht seines Autopiloten. Das ist jetzt wieder eingeschaltet, und während er seine Menschenfallen zu Ende baut, rekapituliert er automatisch und unterbewußt die letzten vierundzwanzig Stunden, den Diebstahl der Nummernschilder, die Fahrt aus der blauen Geisterstadt hinaus, wie er Öl auf die Schrauben der Nummernschilder gespritzt hat, wie er die Straße beobachtete, die Positionen der Leichen, Finger- und Fußabdrücke, Hautreste unter Fingernägeln, mikroskopische Stoffspuren, alle noch so geringfügigen forensischen Einzelheiten werden in sein Online-Terminal eingespeist.

Jedes winzige Detail wird durch das Vergrößerungsglas seiner unfehlbaren Analyse betrachtet: Kreditkarten, Blutspuren, Parkplätze, alles flimmert noch einmal über seinen geistigen Monitor, während er seine Fallen aufstellt. Im Geiste tötet er auch wieder, jetzt eiskalt, auf Autopilot, jeden einzelnen erledigt er noch einmal, spürt dabei Knochen knacken und brechen, das letzte Keuchen vor dem Ersticken, die letzten Seufzer ausgehauchter Leben. Er fährt wieder, brettert im Geiste die Anhöhe des Deichs hinab, durchbricht das Gatter, bindet es wieder mit Draht zusammen, durchlebt jeden Augenblick des vergangenen Tages und der vergangenen Nacht erneut, analysiert gnadenlos, seziert, sucht nach den vergessenen Fehlern, den winzigen Makeln, den verborgenen Stolperdrähten.

Er kommt zum Ende und wählt eine der Hütten aus, in der er sein Versteck einrichten wird. Er ist leichtfüßig wie ein tanzender Fettsack, ein fünfhundert Pfund schwerer Balletttänzer, nähert sich den Treppenstufen anmutig und behende, inkongruent beschwingt und graziös – wenn das die richtigen Worte sind –, ein augenfälliger Kontrast zu seinen präzisen Bewegungen, mit denen er vorsichtig die morschen Stufen meistert, die zu einer der Hütten aus Dachpappe führen. Hätten Sie ihn dabei beobachtet, hätten Sie ihn vielleicht als einen tapsigen, tanzenden Grizzlybären gesehen, als einen lächelnden Kloß von einem Mann, als einen grinsenden Clown, der zimperlich über halb verfaulte Bretter huscht.

Die baufälligen Hütten stehen einigermaßen prekär auf einem unregelmäßigen System von stelzenartigen, geteerten Pfählen in Betonfundamenten in dem lößartigen Schlick. Diese Pfähle sind noch weitgehend stabil, die Hütten selbst jedoch halb verfallen, daher muß er ganz genau darauf achten, wo er hintritt. Er geht mit dieser intensiven Konzentration, die so oft seine Taten beherrscht, außen an der Seite der Stufen hinauf, übersieht nichts, alle Sensoren auf Dauerbetrieb geschaltet, jedes Geräusch, jeder Geruch, jede Bewegung wird registriert.

Er knackt das Vorhängeschloß mühelos, öffnet das aufgequollene Fliegengitter, stemmt die hölzerne Eingangstür auf, und eine überwältigende Melange von verfaultem Fisch und abgestandener Luft schlägt ihm entgegen. Der Gestank ist greifbar und brechreizerregend. Hastig klappt er die Sicherungsbügel sämtlicher Läden hoch und hält diese mit den zugehörigen Stäben offen, die er in der Hütte verstreut findet. Der Geruch des toten Fischs ist unerträglich, löst jedoch die Erinnerung daran aus, wie er einmal in Vietnam getötet hat, und da muß er von einem Ohr zum anderen grinsen, da er sich voll nostalgischer Wonne an diesen nächtlichen Einsatz erinnert. Es hat ihm solche Freude bereitet, die kleinen Leute zu töten. Freudestrahlend lächelt er, als er an den kleinwüchsigen Kerl denkt, den er in jener Nacht ausbluten lassen konnte.

Da sämtliche Läden hochgestützt sind und eine leichte Brise durch die Hütte weht, läßt der stickige Geruch soweit nach, daß er es endlich ertragen kann, das Innere zu betreten, daher geht er wieder in die Hütte hinein, ein primitives Ding mit drei schlichten Räumen. Ein Schlafbereich, der durch einen schmutzigen Vorhang abgetrennt ist, und ein größerer Wohnraum mit einem Tisch und wenigen Stühlen und daneben eine Art Kochnische. Die winzige Kochecke enthält nur eine Spüle mit einer Handpumpe und einen leeren Eisschrank, der unter einigen Regalbrettern steht.

Er stellt seinen Rucksack und die große Tragetasche ab und reiht seine Vorräte nacheinander auf dem Regal auf. Eine Milchtüte voll mit frischem Wasser. Ein Sack Äpfel. Dosenfleisch, Chili, Rindfleischeintopf, Gemüse, Gewürzschinken, eine Literflasche Wild Turkey, die er etwas später trinken möchte. Er wird sie pur und bei Zimmertemperatur trinken, sie in einer Stunde wegputzen, damit er mit einem leichten Schwips einschlafen kann. Er kann phänomenale Mengen Alkohol zu sich nehmen, und nimmt sie auch zu sich, ohne daß er einen Vollrausch bekommt.

Er öffnet eine Dose Wiener Würstchen, ißt eine ganze Handvoll auf einen Bissen und spült sie mit einem halben Liter Wasser hinunter. Dann gibt er das erste Mal seit seiner Ankunft einen

Laut oder ein Geräusch von sich, einen gewaltigen, langanhaltenden, schallenden Donnerschlag von einem Rülpser, der die Stille zerreißt wie der dumpfe Ton eines Nebelhorns.

»BRRRRUUUUUUUUAAAAAAAAAAAPPPPP!« Gefolgt von einem zufriedenen »Aaaaah« und einer Wolke übelriechenden Atems.

Das Innere der Hütte entspricht dem eines typischen verlassenen Anglerschuppens. Ein Bett, ein Tisch, drei kleine Stühle, ein Feldbett, ein Klappstuhl, eine fast leere Petroleumlampe, zwei Angelruten und eine billige Gerte mit Schnurrolle, nichts von Interesse. Ein mit Klebeband ausgebesserter Kasten mit Anglerzubehör steht in einer Ecke, daneben ein kleines, aus einem gebrochenen Ruder hergestelltes Paddel. Ein paar schmuddelige Taschenbücher und alte Zeitungen liegen in der Hütte verstreut. Keine Decken, Handtücher, nichts, was in einen Haushalt gehört, was darauf hindeutet, daß schon lange niemand mehr hier gewesen ist.

Er denkt, daß es in der Hütte stinkt, als wäre sie seit mehreren Monaten nicht mehr geöffnet worden. Der Fischgeruch ist immer noch extrem stark, daher schenkt er sich ein großes Glas Whiskey ein, leert es mit zwei Zügen und erschauert jedesmal dabei. Er mag den Geschmack von Whiskey nicht, nur die Wärme, die sich beim Trinken in ihm ausbreitet. Er wünscht sich, er hätte Eis. Er wünscht sich, er könnte sich waschen.

Später wird er einen Topf nehmen, hinausgehen, sich etwas Flußwasser holen und versuchen, die Pumpe wieder zum Laufen zu bringen. Aber im Augenblick will er nur die Füße hochlegen und seinen geschwollenen Knöchel entlasten. Er läßt sich auf einen der Stühle plumpsen, der ächzt und um ein Haar unter dem Gewicht zerbricht. Er legt den schmerzenden Fuß auf den Tisch, trinkt aus der Literflasche Whiskey und malt sich aus, wieviel Spaß er haben könnte, würde die Familie, der die Hütte gehört, plötzlich zu einem Kurzurlaub hier auftauchen. Was für eine hübsche Überraschung könnte er ihnen allen bereiten; Mommy, Daddy, klein Brüderchen und Schwesterchen. Er würde die Kinder und Daddy zusehen lassen, wie er Mommy eine ganz besondere Überraschung bereitet – über das alles denkt er nach, während er in diesem stinkenden Rattenloch am Fluß im Dunkeln sitzt, wo es nach Fisch stinkt; er trinkt seinen Fusel und träumt davon, daß er Menschen umbringen kann.

Er weiß, wenn er nicht in Bewegung bleibt, ist es um ihn geschehen. Sie werden bald nach ihm suchen kommen. Seine Spur ist klar und deutlich. Ein gigantischer, schwangerer Bär von einem fetten Mann in einem gestohlenen Mercury, heißer als die Höllenpforte, silbermetallic mit Vinyldach – fehlen nur noch reflektierende Schilder an den Türen, auf denen steht: HE, HIER BIN ICH! Sein erstes Problem ist, er muß das Auto verschwinden lassen. Und dann muß er sich verschwinden lassen. Er hat etwas getan, das ihm nie passiert. Er hat Fehler gemacht. Viele Fehler. Er kennt den Preis der Unachtsamkeit. Wenn er ab sofort nicht besser aufpaßt, schnappen sie ihn.

Er zerrt die schwere Tragetasche zu sich und nimmt Sachen heraus, bis er auf eine dicke, blaue Kladde stößt. Es handelt sich um ein abgegriffenes Kassenbuch von Boorum and Pease: Vierhundertneunundreißig der fünfhundert Seiten sind mit minutiös ausgeführten Zeichnungen und peinlich genau recherchierten Daten vollgeschrieben. Die Überschrift der ersten Seite lautet

NÜTZLICHE FLUCHTWEGE

in fein säuberlichen, strengen Großbuchstaben. Das ist Chaingangs Bibel.

Er trinkt einen großen Schluck Wild Turkey, erschauert leicht, als die brennende Flüssigkeit seine Kehle hinunterfließt, schlägt Seite einhundertsechs auf und plant seinen ersten Schritt. Das ist das Buch der Pläne, das ihm ermöglicht, frei unter ihren Nasen herumzulaufen. Er wird nach Chicago zurückkehren und aus reinem Spaß Menschenleben nehmen. Viele, viele Menschenleben.

LEE ANNE LYNCH

»Komm, junge Dame, du weißt, was wir über das Zubettgehen vereinbart haben.«

»Ich weiß«, antwortete Lee Anne und marschierte ins Bad, um sich die Zähne zu putzen. Edie war dankbar, daß sie ein braves Kind hatte. Keine Heulsuse. Man legte die Regeln fest, und damit war der Fall erledigt. Ohne Ed war es allerdings schwieriger, selbst mit einem braven Kind wie Lee. Mit acht Jahren braucht ein Kind eine feste Hand. Ein Meter vierzig potentieller Ärger.

Sie kam mit rosigen Wangen und splitternackt aus dem Badezimmer, hob die Knie zweifellos immer noch zu den Trommelklängen eines unhörbaren Parademarschs und glänzte auf Brust und Unterleib, wo sie von zu vielen Süßigkeiten einen leichten Bauch bekam, immer noch feucht vom Badewasser. Edie würde eine Zeitlang besser auf ihrer beider Ernährung achten müssen. Was kein Problem sein sollte.

»Mom«, tönte es leise aus dem Kinderzimmer, und Edie ging hinein und deckte ihren kleinen Schatz zu.

»Mom, erzähl mir von Icky und Bu-Bu«, sagte sie schläfrig, lutschte am Daumen, überlegte sich, daß sie derartig kindische Beschäftigungen schon seit Jahren hinter sich gelassen hatte, kuschelte sich an ihren Lieblingsteddybär, einen sprechenden Panda, dem sie den Namen George gegeben und mittlerweile so heftig und oft geknuddelt hatte, daß sein synthetischer Pelz an einigen Stellen schon ganz abgenutzt war, und schmiegte sich in das Kissen. Icky und Bu-Bu waren ein Eskimo und ein Karibu, die ihr Vater erfunden hatte oder noch aus seiner Kindheit kannte.

»Okay, aber zuerst das Nachtgebet, Pummel.«

»Müde bin ich, geh zur Ruh, mache beide Äuglein zu. Vater, laß die Augen dein über meinem Bette sein.«

»Amen.«

»Amen.«

»Es war einmal ein kleiner Eskimojunge namens Icky –«

»Ein Mädchen, Mom« verbesserte sie, als Edie tief Luft holte.

»Es war einmal ein vorlautes und kleines Eskimomädchen namens –«

»Vorlaut? Komm schon, Mom.«

»Entschuldige. Okay. Jetzt mach die Augen zu und ich fang von vorne an. Es war einmal, hoch droben im Norden, ein kleines Eskimomädchen namens Icky, und sie besaß ein wunderschönes Rentierbaby namens Karibu. Es hatte schon immer eines der Rentiere des Weihnachtsmanns sein wollen, aber es war ein Karibu, daher gab Icky ihm den Namen Karibu, damit es wissen sollte, was für eine Art von Tier es war. Aber Icky konnte das Wort Karibu nicht aussprechen, weil sie ein kleines Eskimomädchen war, darum konnte sie nur Bu-Bu sagen, und das war der Name des Rentiers.« Sie dachte bei sich: Ist es ein Rentier, das ein Karibu sein möchte, oder umgekehrt? Ich habe vergessen, wie Ed die Geschichte erzählt hat.

»Und Bu-Bu ging zur Werkstatt des Weihnachtsmanns, um sich als Weihnachtsrentier zu bewerben. Aber Mr. und Mrs. Weihnachtsmann waren ausgegangen, deshalb fragte es nach Rudolph« – und Lee Anne atmete schon gleichmäßig, Gott sei Dank, weil Edie wirklich keine Ahnung mehr hatte, wie es weiterging.

Sie stand so leise sie konnte vom Bett auf und schlich auf Zehenspitzen zum Lichtschalter. Sie sorgte für Dunkelheit im Zimmer und wollte gerade die Tür schließen, da ertönte eine leise, von Kissen und Müdigkeit gedämpfte Stimme.

»Mom, du bringst die Geschichte ganz durcheinander. Bu-Bu ist ein Karibu, kein Rentier.«

»Okay. Du kannst mir morgen davon erzählen. Nacht, Engel.«

»Nacht, Mom, ich hab dich sooooooooo lieb.«

»Ich hab dich auch so lieb, Schatz«, sagte sie und schloß leise die Tür.

JACK EICHORD – DER POLIZIST

»Weißt du, wie man in Mississippi einen Nigger vom Baum herunterkriegt?«

»Wie?« fragte Eichord pflichtschuldig den großen Polizisten, der neben ihm im Curley's stand, der Polizisten-Bar, wo alle von der achtzehnten Division abhingen. Die Jungs, die von sechzehn Uhr bis Mitternacht Dienst hatten, trudelten nach und nach aufgekratzt und durstig ein, und Jack hielt sich zwischen zwei Typen vom Raubdezernat, die seit langen Jahren Partner waren und rechts und links von ihm standen, an einer Flasche Stroh's Light fest. Der Große im Ledermantel trug ein Seidenhemd, das fünfundsiebzig Dollar gekostet haben mußte, große, böse Fu-Manchu-Halsketten aus Gold und einen Armreif mit Gravur, ein richtiger Westentaschenlude; und der Schwarze, der eine Figur wie ein Hydrant hatte, ebenfalls ein offenes Hemd und jede Menge Kettchen; der weiße Polizist sah Jack an, *redete* jedoch mit seinem Partner, mit dem er wie stets herumalberte.

»Man schnappt sich verdammt noch mal ein Gewehr und SCHIESST ihn runter.« Alle an der Bar lachten, Eichord ebenfalls, aus Höflichkeit, als er spürte, wie jemand ihn am rechten Arm zupfte; er drehte sich um.

»Weißt du, woran man ein Flugzeug der Polackenluftwaffe erkennt?«

»Scheiße, du hirnloser Blödmann, kannst nicht mal 'n Witz erzählen, Herrgott, es heißt, woran erkennt man ein polnisches Flugzeug, und nicht von der Scheißpolackenluftwaffe, du strohköpfiger Watussipygmäe.«

»Jetzt hör mir mal gut zu, du großer, stinkender Scheißhaufen, wenn ich gut genug für deine *Mama* bin, dann bin ich auch gut genug für dich. Wie dem auch sei, woran erkennt man ein Polackenflugzeug?« Eichords Lachmuskeln sind immer noch verkrampft, aber er schüttelt verneinend den Kopf. »Es ist das mit den *Haaren* unter den Tragflächen!« Der schwarze Polizist bekommt einen regelrechten Lachanfall. Eichord hat diese Sprüche schon hundertmal gehört.

»Wißt ihr, wie man sechs Nigger in einem Volkswagen nennt?« fragt der große Polizist in die Runde

»Einen *Mistkäfer!*« brüllen alle im Chor.

»Wißt ihr, warum man hundert Anwälte braucht, um ein Omelett zu machen?« wirft Barkeeper Curley ein.

»Einer nimmt die Eier in die Hand und neunundneunzig passen auf, daß sie auch wirklich IN DIE PFANNE GEHAUEN werden!«

Als Jack aufgehört hatte, zu trinken, ging er nicht einmal an einer Kneipe vorbei, aber nachdem er ein paar Monate weg von der Flasche war, wurde ihm klar, daß das ein bißchen absurd war. Man hatte sich im Griff oder nicht. So einfach war das. Wenn man in einen Spirituosenladen gehen, all den Jack Daniels', I. W. Harpers und Seagrams ins Gesicht sehen und dann nur mit einem Sechserpack Bier wieder hinausgehen konnte, dann konnte man das auch in einer lauten, verrauchten Taverne. In seinem Metier mußte man regelmäßig Bars besuchen; wenn man das nicht machte, entging einem garantiert das eine oder andere. Außerdem wußte er, wie wichtig es war, einen umgänglichen Eindruck zu machen. Und er konnte in die übelste Säuferspelunke der Stadt gehen, zwei Oly Light oder was auch immer trinken, es genießen, nach Hause gehen, den Abend mit einer Tasse Instantkaffee ausklingen lassen und sich aufs Ohr hauen.

Curley's war typisch schummerig, verraucht und laut. Ein wenig zuviel Geselligkeit, jedenfalls mehr, als er gewohnt war, aber die Tatsache, daß die Jungs vom Raub, die er nicht kannte, ihn einluden, war ein gutes Zeichen, es sprach sich herum, daß er ganz okay war. Er wartete, weil Bill Joyce, einer der Detectives von der Mordkommission, der den Fall Sylvia Kasikoff bearbeitete, vorbeischauen und etwas mit ihm trinken wollte.

Die achtzehnte Division, in Windy City sprach man nicht von Revieren, war eine Abteilung für Schwerverbrechen, die für einen Großteil des Innenstadtbereichs von Chicago zuständig war. Das riesige Stadtgebiet von Chicagoland war in Zonen eingeteilt, diese in Divisionen, die, zumindest auf dem Papier, von Divisionsleitern geführt wurden. Eichord war eine Leihgabe für die Mordkommission in der achtzehnten, einer Einheit, die sich den größten Teil der Stadt mit der ersten teilte. Sie hatten ihm erklärt, wo die Grenzen der Jurisdiktion gezogen waren, aber nach so vielen »Eleventh und State Streets«, die hin und hergeschossen wurden wie Tennisbälle, klinkte er sich einfach aus. Er fand gerade nach vielen Jahren seine Orientierung wieder. Das Wichtigste war, es war eine große Stadt, in der man sich verirren konnte.

»Geh nach Süden, bis dein Hut schwimmt«, sagte der weiße Polizist gerade, und alle lachten über eine Polizistengeschichte. Eichord lächelte und versuchte, nicht auf die Uhr zu sehen.

Der Raubdezernatstyp im Ledermantel war mitten in der lauten und ziemlich peinlichen Schilderung eines amourösen Abenteuers, in dem er die Hauptrolle spielte, als Bill Joyce hereinkam und Jack Eichord winkte. Eichord flüsterte ein Bis später, klopfte seinen beiden Trinkpartnern auf die Schultern und legte zwei Scheine und einige Münzen auf den nassen Tresen.

»Was gibt's?«

»Kommen Sie.« Er folgte Joyce zum Streifenwagen. Joyce hatte das Blinklicht an, aber nicht die Sirene. »Sie haben wieder eine. Diesmal drüben in der ersten.«

»Four Ocean Six«, tönte es knisternd aus dem Funkgerät.

»Hier Four Ocean Six, over.«

»Four Ocean Six, bitte schalten Sie auf Tak-zwei, over.«

»Four Ocean Six, schalte auf Tak-zwei.« Er streckte automatisch den Arm aus, drehte den Regler und wechselte für eine persönliche Mitteilung auf den taktischen Kanal zwei. So konnte der Streifenwagen Nachrichten empfangen und senden, die nicht über den offenen Kanal gingen. Er drückte auf das Mikro.

»Four Ocean Six bereit, over.«

»Jack, sind Sie da drüben?«

»Das ist Gomez«, sagte Joyce.

»Geht klar.«

»Sie haben hier was Übles gefunden. Derselbe MO wie bei Sylvia Kasikoff und den anderen. Weiblich, weiß, Mitte Dreißig, eben kommt der GM, ich muß los. Ende.«

Eine Minute oder so verging, während sie durch die Straßen von Chicago fuhren. Das Funkgerät knisterte wieder.

»Four Ocean Six, wo sind Sie?«

»Ich mach das«, sagte Bill Joyce und nahm das Mikrofon. »He, Gomez, wir sind in fünf, sechs Minuten da.« Er gab ihm ihre Lage durch. »Ist Lou schon da?« Er erhielt eine Bestätigung und meldete sich mit den Worten ab: »Wir sehen uns in ein paar Minuten, okay?« Sie waren da, Eichord stieg am Tatort aus, folgte Bill Joyce und hatte schon in dem Moment, als sie das Auto verließen, ein Gefühl böser Vorahnungen.

Als Sylvia Kasikoff bezeichneten sie das Serienkillerkomplettpaket, aber Sylvia Kasikoff als Person war eine junge, gutaussehende Hausfrau aus Downer's Grove gewesen, die auf einer der wenigen verbliebenen Wiesen nicht weit von hier entfernt gefunden worden war. Sie war in eine Decke eingewickelt gewesen, aber der Killer hatte ihr nicht das Herz herausgenommen. Die Verbindung zu den anderen Opfern bildeten Spermaspuren in ihrem Mund. Bei einem anderen Herzopfer gab es dasselbe Sperma in Mund, Vagina und Anus, und auch dieses Opfer war mit gebrochenem Genick gefunden worden. Es sah ganz danach aus, als wäre der Täter wieder im Geschäft und auf Achse.

Eichord spürte, oder bildete es sich wenigstens ein, die Gegenwart des Todes, bevor sie die Absperrung passiert hatten und nach hinten gegangen waren. Joyce sprach zwei uniformierte Streifenpolizisten an, die ihm sagten, wo Arlen steckte. Ein Tatort besitzt manchmal eine ausgeprägte Aura, besonders bei bestimmten Arten von Morden oder besonders schlimmen Selbstmorden. Vielleicht erwartet man aber auch nur das Gräßliche und Furchteinflößende, und alle Lichter und grimmigen Gesichter und makabren Bemerkungen erzeugen nur eine Atmosphäre, die derartigen Gedanken und Empfindungen zuträglich ist. Doch ob real oder eingebildet, Jack spürte etwas Starkes.

»He, Amigos«, sagte Vernon Arlen.

»Lou.«

»Wir haben eine Jane Doe«, teilte der Lieutenant ihnen mit und zeigte zu einem Metallcontainer, wo ein Fotograf ein Blitzlichtgewitter entfesselte, »um die fünfunddreißig, nackt, verstümmelt, ohne Herz. Eine Stadtstreicherin hat sie gefunden, als sie den Müll durchwühlte. Der GM sagt Sperma und die ganze Palette. Oberkörper aufgeschlitzt, wie immer. Blut in dem Container, aber nicht außerhalb. Der Täter hat sie vermutlich anderswo ermordet, in Plastik oder einen Teppich oder was auch immer gewickelt, sie hier reingeworfen und ihr da das Herz herausgenommen, was das Blut dort und nirgendwo sonst erklären würde.« Er breitete eine in Plastikfolie eingeschweißte Karte des Stadtgebiets aus und zeigte drauf, als Bill und Jack näherkamen.

»Wir sind ungefähr hier – und arbeiten uns in geraden Linien vor. Bill, Sie und Jack nehmen sich diese Gasse vor, wenn Sie wollen, und gehen einfach schnurgerade durch, wenn wir hier fertig sind. Wahrscheinlich finden Sie nichts, aber wir versuchen es und treffen uns dann im Büro.« Sie gingen zu dem Müllcontainer.

»Was von der Stadtstreicherin?« Eichord sah eine alte, verwahrloste Frau, die in sich zusammengesunken bei einer der Einheiten saß.

»Nix. Vergessen Sie's. Wertlos«, sagte er und drehte sich zu Eichord um. »Versuchen Sie Ihr Glück, aber sie ist eine durchgeknallte Irre. Aus der kriegen Sie nichts raus.«

»Gut.«

»Showtime, Leute«, sagte der Lieutenant, dann sahen sie das Grauen in dem Container.

»Großer Gott.«

»Wenn so was passiert, Mann, kann es eine ganze Stadt lahmlegen. Ich hab das hier schon mal erlebt, genau wie in Atlanta, L. A., Boston, New York – alle haben Angst. Ich will hundertprozentig sicher sein, daß Zeitungen und Fernsehen daraus keinen neuen Jack the Ripper machen. Fehlende Herzen, wenn die das spitzkriegen, wird es schlimmer als der verdammte Dracula.« Er nickte zustimmend und betrachtete die verstümmelte Jane Doe.

Die alte Stadtstreicherin stöhnte, und Jack Eichord, der es satt hatte, in den Müllcontainer zu sehen, näherte sich der Stelle, wo sie an einem der Funkfahrzeuge lehnte, stellte fest, daß er den Atem angehalten hatte, und sog gierig Sauerstoff in die Lungen.

Einer der jungen Streifenpolizisten sah aus, als würde er gleich umkippen. »Verkraften Sie es, Partner?« fragte Eichord leise.

»Muß«, murmelte der junge uniformierte Polizist, wandte sich ab und würgte nichts in das Unkraut. Eichord versuchte verbissen, sich auf den Fall zu konzentrieren, da es nichts gab, von dem ihm übel wurde, außer, wenn er mit anhören mußte, wie ein anderer sein Essen wieder von sich gab.

Er überlegte sich, welche Fragen er der Stadtstreicherin stellen wollte, als er vor ihr stand. »Ma'am?« sagte er leise.

Sie drehte sich um und murmelte etwas, das sich anhörte wie »Leer Tasch.«.

»Ma'am, alles in Ordnung?« wiederholte er.

»Leck Flasch.« Dann verstand er, daß sie »Leck mich am Arsch« sagte.

»Tut mir leid. Ich weiß, das muß ein –«

»Hmmmmmmmmmmmmmmmmmm.« Ein schrilles, wimmerndes Geräusch entrang sich ihr. Er streckte instinktiv den Arm aus und tätschelte sie behutsam, sie drehte sich um und sah ihn an, aber das Wimmern verstummte.

»Alles wieder gut, Ma'am?«

»Gott hat mich zur Bienenzüchterin erkoren.« Jedenfalls hörte es sich so an. Er bat sie, es zu wiederholen, und sie sagte etwas anderes.

»Die Leute verstehen nicht, wie das ist. Er sendet mir die vielen Signale, und ich muß mich darum kümmern, manches, manchmal manchmal manche Leute und dann und dann muß ich und manchmal die Leute und dann wird es dann ist es –«

Sie sackte ein wenig in sich zusammen. »Gott spricht durch Sie, richtig?« fragte er sehr sanft.

»Ja, das stimmt, Mr. Polizeipersonalmann. Gott spricht durch mich das macht sie das ist hundertprozentig richtig.« Sie betrachtete ihn eingehender, wollte vielleicht feststellen, ob er sich über sie lustig machte oder sie verspottete.

»Davon habe ich gehört«, sagte er, »es muß eine große Verantwortung sein, die Sie da mit sich herumtragen.« Sie sagte nichts. »Wenn jemand so etwas tut«, fuhr er behutsam fort, »wollen wir herausfinden, wer es getan hat, damit wir ihn daran hindern können, bevor er noch jemandem wehtut. Darum muß ich wissen, ob Sie etwas gesehen haben, bevor –«

»Ich habe Aale und Schlangen im Haar und elektrischer Strom fließt meine Arme rauf und runter und wieder hier rein und dann haben wir dann ist das dann sieht man so irgendwie daß sie da sind und das ist dann so und so und ich kann und was passiert ist man bringt alles durcheinander und in die falsche Reihenfolge.«

»Ja.« Er nickte zu dem, was sie gerade gesagt hatte, als ergäbe es einen Sinn. »Ich weiß, was Sie meinen. Und wenn jemand etwas Schreckliches tut, muß die Polizei ihn aufhalten. Klar?«

»Hm-hmm. Klar.« Ein wissendes Nicken. Sie führten hier ein echt gutes Gespräch. Sie sah Eichord mit schiefgelegtem Kopf an.

»Ich habe Sie noch nie gesehen. Wohnen Sie hier?«

»Nein. Ich wohne weit weg.«

»Ich wohne auch weit weg. Ich wohne auf einem Planeten hinter dem Mond und auf der anderen Seite der Sterne und Gott tut seine Weisheit durch meine elektrische Zunge kund und ich weiß daß Sie nicht hier wohnen weil ich Sie noch nie gesehen habe aber weiß wie ich mir jemanden merken kann den ich schon gesehen habe und wen ich nicht gesehen habe und Sie und ich sind uns noch nicht und darum weiß ich daß sie nicht haben. Also, hier, und da, und dort, und –« Er unterbrach sie mit seinem sanften, beschwichtigenden Tonfall und versuchte die ganze

Zeit, sie zu beruhigen, zu besänftigen. »Sie wußten also, daß Sie mich noch nie hier gesehen haben. Sie wußten, daß ich hier ein Fremder bin, nicht?«

»Ja, das stimmt.« Sie lächelte und ließ Blut in ihrem Mund sehen.

»Ma'am, Sie haben Blut im Mund, haben Sie sich geschnitten?« fragte er teilnahmsvoll.

»Hä?«

»Ihr Mund. Haben Sie sich im Mund verletzt?«

»Äh. Ich –« Sie tupfte sich den Mund mit einem schmutzigen Lappen ab, sah Blut daran und lachte. »Ich hab schlimmes Zahnfleisch«, sagte sie. »Meine Zähne sind echt gut, mein *Zahnfleisch* ist schlecht und manchmal tut es mir da weh und äh – darum –« Sie verstummte.

»Sie wußten, daß ich hier ein Fremder bin. Sie müssen jeden hier kennen.«

»Ich kenne jeden hier.«

»Wenn sich jemand da drüben zu schaffen gemacht hätte« – er zeigte zum Müllcontainer, wo ein Team mit einem Leichensack zugange war – »und Sie hätten ihn noch nie gesehen, dann wüßten Sie das, oder nicht?«

»Hm-hmm.«

»Und ich wette, Sie könnten ihn beschreiben«, flüsterte er ihr leise zu.

»Ich kann ihn ganz leicht beschreiben, und ich spreche in vielen Zungen so daß er schnell wissen kann was da des Weges kommen mag und was ich wo sehen kann und dann kommen sie und bringen es wieder zurück und ich kann nicht und ich bin nie in der Lage zu sehen daß ich nicht war und –«

»Schon gut«, sagte er, als ihm klar wurde, daß er nichts aus der armen alten Frau herausbringen würde, nahm eine Visitenkarte und einen Kugelschreiber aus der Tasche und schrieb Telefonnummern darauf, während er zu ihr sprach. »Ich möchte Ihnen gern etwas geben, und ich möchte, daß Sie etwas für mich tun, wenn Sie wollen.«

»Sie wollen mir ein Geschenk geben?« Sie strahlte.

»Auf dieser Karte stehen meine Telefonnummern, geschäftlich und privat. Bitte heben Sie sie auf. Es ist sehr wichtig« – er sprach sehr langsam und deutlich und hoffte, daß er ihre Aufmerksamkeit halten konnte – »daß Sie mich anrufen, wenn Ihnen einfällt, daß Sie heute jemanden hier gesehen haben, den Sie vorher noch nie gesehen haben. Jemand, der dieser Frau etwas Schlimmes angetan haben könnte. Jemand Kräftiges. Denken Sie für mich daran?«

»Elektrischer Strom fließt durch meine Augen und das tut weh und ich kann keine Signale vom Mond empfangen wenn sie nicht dorthin gesendet werden wo ich sehen kann und dann werden Sie sehen und kommen rauf und kommen her und kommen zu mir und –« Sie wiegte sich hin und her und hielt die Visitenkarte, die er ihr gegeben hatte. Er mußte mit Joyce gehen, der sein Gespräch mit dem Lieutenant beendet hatte, und dankte der alten Frau, die nicht mehr aufschaute. Aber als er sich entfernte, sagte sie etwas, das sich wie »Du« oder »Hu-hu« anhörte, da drehte er sich um, und sie sagte »Tschüs, Polizistenbübchen«, und er lächelte und winkte ihr zu.

Er und Joyce gingen die Gasse hinauf oder hinunter, was auch immer, und er sah etwa ein Dutzend andere in Teams ausschwärmen, Streifenpolizisten, ein halbes Dutzend in Zivil, darunter zwei Detectives der Mordkommission der achtzehnten, Gomez und Riordan, denen er schon begegnet war. Eichord konnte hören, wie jemand, möglicherweise der junge uniformierte Polizist, trokken würgte, spürte seinen eigenen Magen unwillkürlich rumoren und kämpfte gegen das Erbrochene an, das in ihm selbst hochstieg. Er schluckte und konzentrierte sich auf die anstehende Aufgabe.

Jemand war krank und sehr kräftig. Einen Menschen so zerfetzen zu können. Einem Paar waren die Rippen vollkommen abgerissen worden. Und er dachte an den toten Farmer in dem Pickup unweit der Stelle an der Straße, wo diese Frau Kasikoff gefunden wurde. Ein großer und muskulöser Schläger, sogar mit einem Vorstrafenregister, ehemaliger Rausschmeißer, Ex-Marine, dem bekanntermaßen gern mal die Hand ausrutschte. Der Killer hatte ihn mühelos erledigt. Vielleicht war er Augenzeuge des Mordes an Sylvia Kasikoff gewesen, und der Killer hatte ihn erledigt, um sich selbst zu schützen. Aber wen hatte er zuerst getötet, die Frau oder den Mann im Pickup? Und warum die beiden zusammen? Und gab es einen Zusammenhang zwischen den beiden, dem Farmer, der Avery Johnson hieß, wie ihm jetzt wieder einfiel, und der Frau? Vielleicht der Geliebte der verheirateten Frau? So viele Möglichkeiten mußten berücksichtigt werden.

Als sie zwei Stunden später aufgaben und durch die Gasse zu ihrem Fahrzeug zurückkehrten, bewegte sich etwas in den Schatten an der Mauer, und Joyce stupste Eichord an und zeigte auf die Stadtstreicherin, die aus den Schatten kam, sich Eichord aus der Dunkelheit näherte und ihren Einkaufswagen mit scheppernden Rädern auf ihn zuschob.

Eine Sekunde stellte er sich vor, sie käme zu ihm, um ihm zu sagen, daß sie sich an einen großen, kräftigen Gewichtheber- oder Bodybuildertyp erinnerte und er diesen Fall wie im Fernsehen aufklären würde, aber sie kam zu ihm ins Licht, wo er und Joyce standen, lächelte liebenswürdig und wandte sich in einem verschwörerischen Flüsterton an ihn.

»Marjorie hat Schlangen und Aale die in ihrem Haar nisten und der elektrische Strom von dem Haar kommt runter und fließt durch ihr Haar und in ihren Körper und sie kann nicht sehen was sie wollen wegen so viel Planungen und Entscheidungen gleichzeitig und dann weiß man nicht mehr wo man was tun und wohin man als nächstes gehen soll weil soviel im Inneren passiert und wie soll man verstehen oder erklären daß soviel nachts vom Mond durch die Luft kommt oder wenn die Energie Signale sendet und die nie aufhören so daß man manchmal eben etwas vergißt.«

CHAINGANG

Die hünenhafte Gestalt liegt wie ein riesiger, massiger gestrandeter Wal auf der Plane, die das schmutzige Bett bedeckt. Flach auf dem Rücken. Ein leise schnarchender, großer, auf und ab wogender lächerlicher Berg, ein Clown von einem Menschen, der träumt, manchmal im Traum lächelt, das Gesicht verzerrt und in der Dunkelheit und dem Gestank zu einem breiten Grinsen zusammenkneift.

Er träumt in dieser Mikrosekunde, daß er immer noch fährt, und hört im Schlaf das konstante Summen der weißen Linie, während er durch die Nacht braust, um wieder zu töten. Er lauscht dem monotonen, tröstlichen Lied und wird eins damit.

Und die weiße Linie summt unter ihm, unablässig, hypnotisierend, und Little Baby Danny, der kleine Junge, der als Baby mißbraucht und gequält und verletzt und später ausgesetzt wurde, diese andere Persönlichkeit Dannys bricht aus dem Inneren hervor, tief aus dem dunklen Versteck, wo er wimmert, weil er mit einem Stromkabel verprügelt wurde.

Und Little Danny wird hypnotisiert vom Summen der weißen Linie, dem langen, ununterbrochenen, endlosen Lied der Straße, die unter den rollenden Reifen summt, und sein Verstand ist eine Vision in Weiß. Jungfräuliches Weiß und rein und makellos und glatt. Heiß. Ein loderndes weißes Feuer. Eine Glut weißer Hitze, die die wunden Ränder seines gequälten Geistes versengt.

Sie erscheint als eine perfekte und makellos runde Kugel und brennt, brennt, brennt. Sie brennt als wohlbekanntes weißes Feuer, und wenn Danny sie eingehend betrachtet, gleicht sie einem weißen Ball, während die Linie weiter zu ihm singt, ihn beruhigt, hmmmmmmmmmm, und er kann sie mit den scharfkantigen Spitzen seiner Phantasie durchbohren, kann den weißen Ballon platzen lassen, so daß die Schwärze seines dunklen Verstecks in die Kugel einströmen, sie mit seiner tintenfarbenen Flüssigkeit abkühlen und ein gutes Gefühl entstehen lassen kann, wo das Kabel seine feurigen, brennenden Spuren hinterlassen hat.

Der schwarze Strom füllt den runden weißen Ball wie die Gezeiten dunklen Wassers, das in einer runden, vollkommenen, reinen weißen Schüssel aufsteigt, das aufsteigt, während die weiße Hitze in dem schwarzen Wasser abkühlt, und die Krümmung der weißen Schüssel ist jetzt eine schwarze Krümmung, als das Wasser überläuft und die ganze Schüssel ausfüllt, und die Krümmung der schwarzen Kurve, die er so deutlich vor sich sieht, wird zum glänzenden, polierten Deckel des Flügels, auf den Mommy immer so stolz gewesen ist, und auf ihrem Flügel steht ein tickendes Metronom, das Metronom seiner Mutter, und Daniel Edward Flowers Bunkowski-Zandt atmet die Essenz der Schwärze ein und verlangsamt das Pochen seines Herzschlags, indem er ihn an das Ticken des Metronoms anpaßt.

»Tick ... Tack ... Tick ... Tack ...«

Und subtil beginnt die kaum wahrnehmbare und unerklärliche Eindämmung. Langsamer, im Einklang mit dem behäbigen, gemessenen Takt der endlos tickenden Pyramide, mit jedem Schlag seines kräftigen Herzens, ba-bumm, ba-bumm, verlangsamt reduziert verlangsamt reduziert verlangsamt er seinen Herzrhythmus um eine Winzigkeit, während er träumt, daß er fährt und dem hypnotisierenden hmmmmmmmmmmmmmmmmm der weißen Linie lauscht, dröhnend durch die dunkle Hülle Nacht braust, die Dunkelheit mit seinem Zwillingslaser durchbohrt, auf den nächsten Mord zoomt, während die weiße Linie ihn tröstet und seinen Herzschlag mit dem gemessenen Takt des Metronoms auf Mommys Flügel verlangsamt reduziert verlaaaaaaaaaaaaaaangsamt.

»Tick ... Tack ... Tick ...«

Und zuerst träumt er von einer Zeit, als er Angst hatte. Ja, selbst er hat manchmal Angst. Er muß in ein Flugzeug einsteigen, und er haßt sie, weil er sich am Knöchel wehtut, wenn er herausspringt, und dann muß er weite Strecken zu Fuß gehen, und das ist nicht gut. Außerdem hat er Angst vor dem Rand dort, wo er manchmal sitzen muß und nicht nach unten sehen kann, weil sonst das Blut wie im Rausch durch seine Adern strömen und er vornüberkippen und Tausende Meter in die Tiefe stürzen und da unten im Dschungel sterben würde, und er hat Angst, wenn er unter dem kreisenden Rotor durchgehen muß, und er hat Angst, wenn der Lärm laut genug ist und Schreie ertönen und er weiß, daß er sein Gewicht schnell auf eine bestimmte Weise verlagern kann, damit das Flugzeug kippt und alle Insassen sterben, und es gefällt ihm, sich das auszumalen, wenn die Einsatzleiter versuchen, sein Gewicht auszugleichen, und der einzige Grund, sie nicht alle zu töten, ist der, daß er sich selbst verletzen könnte, wenn die Maschine kippt, und er ist immer froh, wenn er spürt, wie sie in einem Wirbel von Steinen und Staub und Zweigen und schmerzenden Splittern vom Boden aufsteigen, weg von ihm, und er stellt sich oft vor, wie er eine Splittergranate in die Maschinen wirft, wenn sie starten, und was für ein Spaß es wäre, wenn das Flugzeug in einem orangeroten Feuerball explodieren würde, und wie schön es sein würde, die lächelnden Insassen zu töten.

Aber er ist ein Realist, ein Detailversessener, und muß den Traum in der richtigen Reihenfolge träumen, sonst kommt er nicht zu dem Augenblick, an dem er dort im Dschungel ist und die Menschen tötet und sich die Teile nimmt, die seinen gefräßigen Hunger stillen, und darum muß er zuerst an die Zeit denken, als er noch in der Maschine sitzt, weil der Traum nun mal so anfängt:

Es ist 14:30 Uhr, und er steht mit einem Schützenkommando auf den gestanzten Stahlblechen von Rampe 2 des Flughafens von Quang Tri, »Viceroy«. Sie besteigen einen Helikopter, und er muß als erster an Bord, damit sie sein Gewicht für den Start positionieren können. Sie sind arrogant, wie das gesamte Hubschrauberpersonal, und er könnte sie mühelos töten, aber sie bringen ihn dorthin, wo ohne Einschränkung und auf wunderbare Weise getötet werden darf, zu wonnevollen Schlachtfeldern, wo er viele,

viele Menschenleben nehmen kann, und darum ignoriert er diese kindischen Männer.

Der Anlasser gibt ein gräßliches, gequältes Geräusch von sich, die Turbine läuft an, der Rotor über ihnen stimmt sein ja-wusch, ja-wuuuusch, jaaaaa-wusch, wusch, wusch, wrrrrrschschschsch an, während er an Tempo gewinnt, und der Lärm ist ein ohrenbetäubender Feuerofen, bis die Maschine ächzt und erschauert und so unfaßbar, wie es immer ist, mit einem wupp-wupp-wupp von kreisenden Rotorblättern und Krach und Hitze und Chaos vom Boden abhebt, und er kann den Piloten sagen hören: »Ja, Diamond 21, Viceroy-Tower, wir haben eine *Ladung* und heben ab und sind unterwegs nach Hillside Killer.« Der Pilot grinst.

»RRRRRRRAAAAAAAAWWWWWRRRRR«, tönt es knisternd aus dem Funkgerät, »[unverständliches Gestammel] Diamond 21.« Und er hört das statische Zischeln von Funkrauschen.

Hillside Killer ist das Gebiet, wo sie dieses vierköpfige Schützenkommando absetzen. Hillside Killer ist in Wahrheit der Einsatzort, wo ein Mann wie Chaingang auf sich allein gestellt handelt, de facto als Ein-Mann-Schützenkommando, und er lächelt von einem Ohr zum anderen, als er an den einsamen und nervenkitzelnden Dschungelhinterhalt denkt, den er einrichten darf.

Die anderen Teamgefährten an Bord von Diamond 21 treffen sich mit Personal von Central Park Killer, das ist die Stelle, wo der vorherige Helikopter gerade die Landezone überflogen hat. Die Mission dieses lächerlichen Teams interessiert ihn nicht die Bohne, auch nicht, was aus den anderen Leuten wird. Er arbeitet allein. Er grinst voller Vorfreude.

Aber jetzt läuft der Traum im schnellen Vorlauf weiter, er muß nicht in der lauten Maschine fliegen, den übelkeiterregenden Landeanflug spüren, den schrecklichen Lärm hören oder den grauenhaften Zeitpunkt erleben, wenn er von der Kufe hinunterspringen und mit seinen mehreren hundert Pfund durch die Luft sausen und sich den ohnehin schon schmerzenden Knöchel erneut verstauchen muß, und er hat keine Erinnerung daran, wie er in der LZ landet oder die Maschine schwebt und dann wieder aufsteigt, während sich das Team im Dschungel verstreut.

Er stößt tiefer in seinen Traum vor, und der Traum führt ihn in eine andere Nacht, zu einem anderen Hinterhalt, es ist Tag, und dies ist einer seiner Lieblingsträume – er erlebt einen seiner besten Hinterhalt-Träume –, und weiße hypnotisierende Linien tragen ihn mitten in seinen gemütlichen und wohlvertrauten Dschungel.

Er träumt von einem wunderbaren Augenblick, davon, wie er zwei Menschen im Dschungel von Vietnam tötet. Es ist eine Mission wie alle anderen Missionen auch; er nimmt nur der nächtlichen Patrouillen wegen daran teil. Alles andere ignoriert er. Er bildet die Nachhut, damit keine Unvorsichtigkeit ihm zum Verhängnis wird. Er denkt immer daran, die Hintertür zu schließen, in beide Richtungen zu sehen, bevor er die Straße überquert, leise zu gehen und einen dicken Knüppel mitzunehmen.

Sie haben gerade ein Feld überquert, und er ging langsam, ließ die anderen vorausstolpern und hoffte, daß einige von ihnen getötet werden würden. Ihm kommen sie wie Narren vor, er kann sie als Soldaten nicht bewundern. Es ist angenehm warm, er genießt das Gefühl des heißen Sonnenscheins, während er langsam das Feld überquert und sich wenig später im Dschungel befindet. Große Bäume, wie er gehofft hatte. Er kommuniziert mit Bäumen, führt tatsächlich intelligente Gespräche mit ihnen, und er wird diese Bäume nach Informationen fragen.

Die Lücken zwischen manchen Bäumen sind sehr schmal, und ihm wird klar, wie er sich das später zunutze machen kann. Schlingpflanzen erschweren das Vorankommen noch mehr und machen es an einigen Stellen ganz unmöglich. Dickichte, Dornbüsche und alle Arten von undurchdringlichen Dschungelgewächsen beherrschen den Pfad, den er eingeschlagen hat, den auch die anderen genommen haben, wie die nassen, vollgelaufenen, schleimigen Fußabdrücke belegen.

Wasser! Wasser und ein Pfad können nur eines bedeuten. Hinterhalt. Er kann überall kleine Menschen riechen. Der Hauptweg führt nach links, aber er kann das Wasser rechts hören und riechen und folgt dieser Witterung. Unter einem schützenden Bogengewölbe von Baumkronen, die auf beiden Seiten eines Bachbetts emporwachsen und eine Art von Dach bilden, einen perfekten grünen Tunnel, fließt ein Rinnsal dahin.

Das Wort HINTERHALT schreit ihm regelrecht entgegen. Seine Haut kribbelt voll Vorfreude und Erwartung. Er weiß, er kann hier warten und einige der kleinen Menschen töten. Er denkt nicht in Begriffen wie unsere Seite/der Feind oder Nord/Süd. Er tötet Armee der Republik Vietnam und Cong gleichermaßen, da es in Wahrheit häufig keine Möglichkeit gibt, beide voneinander zu unterscheiden. Derlei Unterscheidungen sind ihm sowieso von Herzen egal. Er lechzt förmlich nach einem Hinterhalt der kleinen, die die anderen Schlitzaugen und Gelbe und Reisfresser nennen. Es dürstet ihn nach ihrem Lebenssaft, gelüstet ihn nach Blutvergießen. Das ist der Traum des träumenden Monsters.

Natürlich existiert er gar nicht. Die versichern einem das und sehen einem dabei dreist in die Augen. Sein Beruf wurde abgeschafft, überflüssig, versichern die einem, längst ausgestorben, wie das Iguanadon der Kreidezeit, ein Beruf, der überflüssig geworden ist, erzählen die kaltlächelnd, vom Antlitz der Erde verschwunden wie das Vaudevilletheater, ein Artefakt längst vergangener Zeiten wie die Drei-Cent-Briefmarke und Davy-Crocket-Mützen. Eine Tierart namens Profikiller gibt es nicht. Vielleicht in Rußland. Aber nicht hier.

Und darum wird uns jedesmal, wenn wir von einem Assassinen hören, einem professionellen Killer, sofort versichert, daß er die eine einzige Ausnahme war, die die Regel bestätigt. Ein einsamer Elefantenbulle. Eine einmalige Verirrung, die berichtigt oder ausgemerzt und nie wieder versucht wurde. Die Tatsache, daß Sie von seiner Existenz erfahren haben, beweist doch hinreichend, wie ungeübt wir mit so etwas sind. Nein. Außerhalb der Filmindustrie oder des Literaturbetriebs, oder vielleicht in einem antiken Überbleibsel dessen, was die Großmuftis heutzutage Cosa Nostra nennen, ist er eine reine Erfindung. Ein fiktiver Buhmann. Und das ist unsere offizielle Stellungnahme. Was sonst.

Die wahren Killer werden selten in der Unterhaltungsliteratur porträtiert. Sie sind selten hübsch genug, daß man sie goutieren möchte. Das Wort *Assassine* bedeutet buchstäblich einen, der unter dem Einfluß von Haschisch tötet, und beschwört heute das Popkulturporträt eines Ninjas im schwarzen Anzug herauf, der von einem Baum herunterspringt und die Bösewichte zu Klump kickt. Das echte Töten ist selten so sauber, wie man es auf der Leinwand sieht. Jede Menge Blut und Gekröse und Grauen. Und das »Handwerk des Mordens«, das Abschlachten als Beruf, fordert vom Täter ebenso seinen Tribut wie vom Opfer.

Die wahre Ironie freilich ist doch, daß unsere Spionagemeister und jene, die den Moloch unseres Geheimdienstes kontrollieren, sich wünschen, sie hätten eine ganze Armee höchst tüchtiger Superkiller zur Verfügung, auf die sie zurückgreifen könnten. Wie prächtig wäre es, könnten sie für jeden Einsatz auf eben das große und vielfältige Arsenal zurückgreifen, dessen Existenz unsere populäre Unterhaltung uns weismachen will. Natürlich haben wir Killer, und zwar schon ziemlich lange. Aber die Liste ihrer Opfer ist alles andere als beeindruckend.

Im Gegensatz zum KGB und den Israelis unterhalten wir keine Spezialeinheit von Sicherheitspersonal, dessen einzige Aufgabe darin besteht zu töten. Wir waren gezwungen, ein kleines Reservoir an Leuten außerhalb der Geheimdienstkreise aufzubauen, in den Eliteeinheiten des Militärs, in bestimmten Bereichen der Polizeiarbeit und in ganz geringem Umfang auch auf dem privaten Sektor, zur »Terminierung mit extremer Vorsicht«.

1960, als die Nerven blank lagen, beschloß der Nationale Sicherheitsrat, eine kleine und streng geheime Einheit aufzustellen, die für Attentate herangezogen werden konnte. Zu der Zeit unterrichteten unsere Geheimdienste Leute in der Kunst des Tötens, aber nur als Begleitumstand des Metiers. Wir hatten keine Entsprechung zur Abteilung für aktive Abwehrmaßnahmen von

SMERSH, die verdeckt arbeitete und durch Regierungsdekrete sanktionierte Morde beging.

Für unsere Lenker war es so schwierig, Auftragskiller zu finden, wie für viele aufgebrachte Ehefrauen, jemanden anzuheuern, der dem fremdgehenden Männe einen Denkzettel verpaßt. Daher wandten sich unsere Sicherheitsleute auf der einen Seite an das, was heute lachend als das organisierte Verbrechen bezeichnet wird, und auf der anderen Seite an das Militär. Eines dieser militärischen Experimente war MACVSAUKOG, eine Buchstabensuppe, die sich der aktive Arm des Nationalen Sicherheitsrats ausgedacht hatte. »Macvausaukog«, wie es ausgesprochen wurde, war die erste der sogenannten geheimen Sanktionengruppen und aufgrund ihres speziellen Status als »paramilitärische« Einheit auch die geheimste der geheimen.

MACVSAUKOG war selbst da draußen im geheimniskrämerischen Dunstkreis jenseits der Einstufung SUPER ULTRA STRENG GEHEIM NUR FÜR BEFUGTE noch ein Geheimnis. Seine Hauptaufgabe bestand in der Aufruhrbekämpfung. Und das erste, was es seinen stolzen Vätern präsentierte, war eine häßliche kleine Angelegenheit namens Einsatzgruppe. Die Einsatzgruppe war nur zu einem einzigen Zweck gegründet worden. Im Geheimen zu morden. Und sie wurde um einen einzigen Mann herum aufgebaut, einen Vierhundertpluspfünder, der da gerade in der Todeszelle eines Bundesgefängnisses in Illinois saß und darauf wartete, daß über sein Gnadengesuch entschieden wurde. Er war in jeder Hinsicht eine »Entdeckung« ungewöhnlichen Ausmaßes.

Die Bundeshaftanstalt von Marion hat eine Reihe von Spitznamen, von denen einer der zutreffendsten »Das Haus der Schmerzen« sein dürfte. Es ist die einzige Besserungsanstalt des Bundes mit der Sicherheitseinstufung sechs. Ein Verbrecher in Marion verbüßt eine Freiheitsstrafe, die im DURCHSCHNITT bei vierzigeinviertel Jahren liegt. Streng bewacht, zweiundzwanzigeinhalb Stunden täglich hinter Schloß und Riegel in einer Festung mit acht Wachtürmen und Maschendraht und rasiermesserscharfem Stacheldraht, sitzen hier einige der gemeingefährlichsten, gefürchtetsten und brutalsten Killer des föderalen Justizsystems ein. 1961 gehörte, neben rund dreihundertvierzig weiteren Tieren im Trakt, auch ein gewisser Daniel Bunkowski dazu.

Zum Zeitpunkt seiner Inhaftierung brachte Daniel Edward Flowers Bunkowski vierhundertzweiundzwanzig Pfund auf die Waage. Mit seinen knapp zwei Metern war er ein Glücksfall. Eine einmalige Kombination – geistig ein wenig zurückgeblieben, aber dabei gleichzeitig mit einem scharfsinnigen Intellekt ausgestattet, ein scheinbar rationaler und »geistig gesunder« soziopathischer Massenmörder. Wenn man seinen Ausführungen in drogeninduzierter Hypnose glauben konnte, hatte er öfter getötet als jeder andere lebende Mensch. Tatsächlich sogar so viele, daß er sich selbst nicht mehr recht daran erinnern konnte.

Ein angesehener Soziologe hatte etwas in dieser Persönlichkeit gesehen, eine Tarnung, ein Signal, begann eine Reihe sorgfältig strukturierter Tests mit Daniel und kam ins Staunen. Bunkowskis IQ war nicht meßbar. Er »sprengte« das Diagramm. Er war ein Autodidakt, ein Selfmade-Killer, dessen erschreckender Hang zu Gewalttätigkeit, wie es aussah, allenfalls vom Intellekt eines Genies übertroffen wurde. Die Testergebnisse und Resultate von Mr. Bunkowski wurden in einen Computer eingegeben. Und dieser Computer war mit einer ganzen Reihe von ausgesuchten und streng geheimen Online-Terminals verbunden.

Es gab sogar eine bizarre und alles andere als wissenschaftlich fundierte Meinung, die ein gewisser Dr. Norman in der Behörde zum Ausdruck brachte. Er war der festen Überzeugung, daß dieser Behemoth von einem Menschen sich seiner Entlarvung und Festnahme über einen so langen Zeitraum hinweg hatte entziehen und unterdessen wahllos und willkürlich morden können, weil er über präkognitive Fähigkeiten verfügte. Ein geborener Präkognat. Niemand außer Dr. Norman selbst glaubte ernsthaft an diese Möglichkeit, aber sie machte die Akte Bunkowski um so interessanter für gewisse Leute im nebulösen Geheimdienstbetrieb, für die jede noch so giftige Wolke einen Silberstreif besitzt.

Nach weiteren Tests, Gesprächen, Hypnosesitzungen unter Medikamenteneinfluß, zurückhaltenden und brutalen Verhören, Untersuchungen und Lagebesprechungen wurden die gesammelten Daten in die Computer eingegeben, versammelten sich die Macher, um dem *deus ex machina* des Metiers ihre Hochachtung zu erweisen, und die Ausdrucke erfüllten sie mit Gewißheit. Zumindest theoretisch war dieser Bunkowski geradezu ideal für die Zwecke, die ihnen vorschwebten. Und sie stellten ein Einsatzkommando um diese ungewöhnliche Entdeckung herum auf.

Und so erschafft man einen Daniel »Chaingang« Bunkowski. Nimm einen kleinen Jungen. Nimm ihm seinen Daddy weg, wenn er noch ein Baby ist, und ersetze ihn durch eine Reihe von Säufern, Taugenichtsen, Perversen und sonstigem menschlichem Abschaum. Mach Mommy auch zur Säuferin, dann gib dem Baby einen besonders gemeinen »Stiefvater«, der das Baby nicht weinen hören mag. Er bringt Danny gern an hohe Stellen, wo das Kind vor Angst schreit, oder sperrt ihn Tage, ja, *Tage*, in Schränke ein. Und weil er ein böser kleiner Junge ist und das alles überlebt, kette ihn in einer speziellen kleinen Blechkiste an, die du nur für ihn gemacht hast. Das ist seine *Disziplinierungskiste*. Und nachts, wenn der »Onkel« Mommy besuchen kommt, und Mommy fort ist, dann kettet ihn der Onkel unter dem Bett an, zieht ihn hervor, damit er ihn mißbrauchen kann, schiebt ihn hinterher wieder an seiner Kette unter das Bett und läßt ihn aus einem Hundenapf essen und trinken. Und wenn du ihn schlägst, nimm zuerst die Fäuste, dann ein hübsches Stromkabel und später ein kurzes Stück Gummischlauch, damit Mommy nicht zu viele Blutergüsse entdeckt. Zwing den kleinen Jungen zu jeder abscheulichen, unaussprechlichen, schändlichen und degenerierten Untat aus dem Lexikon der Perversionen und erfinde noch einige neue dazu, damit es nicht langweilig wird. Und vergiß nicht, ihn so oft es geht mit Wäscheklammern, Drahtstücken, Streichhölzern, brennenden Zigaretten und einem Lötkolben zu foltern – kurzum, mit allem, das plötzliche und unerträgliche Schmerzen verursacht. Und wenn der Junge größer geworden ist, steck ihn in ein Heim, wo ihn viele noch größere Jungs mißbrauchen können; so macht man einen Daniel Bunkowski.

Und jetzt verspottet und quält und verprügelt und mißbraucht ihr den kleinen Danny und versucht am Ende gar, ihn zu töten. Und wenn Danny euch alle überrascht und ÜBERLEBT ... Gott im Himmel ... wenn er ein über vierhundert Pfund schwerer, zutiefst und heftigst gestörter Mann geworden ist, einsachtundneunzig, mit Beinen, so hart wie Sprungfedern und so dick wie Baumstämme, und Fingern, die einen Kiefer abreißen können, die reißen und zerren und brechen wie Werkzeuge aus Stahl, und wenn er etwa die Hälfte seines grauenhaften Lebens in der einen oder anderen Haftanstalt verbracht hat, jetzt aber frei herumlaufen kann, also dann solltet ihr bei Gott in der Höhe lieber auf die Knie fallen und beten, denn er ist eine KILLERMASCHINE und SEIN ist die Rache, und ihr solltet lieber glauben, daß er hundert verschiedene Möglichkeiten kennt, wie er euch jagen und zur Strecke bringen und in eine unkenntliche Badewanne voll blutroter, breiiger und dampfender Hundescheiße verwandeln kann.

Und hier haben wir ihn, den Träumer all dieser Träume. Er träumt, daß es Nacht und er getarnt ist, die Fallen sind aufgestellt in der grünen Röhre, unter dem perfekten grünen Dach, der Deckung aus Laub und Geäst, die das Rauschen des Baches maskiert. In seinem Traum ist er wieder Chaingang. Eine stumme, reglose, unsichtbare, einsame Killereinheit. Wartet. Achtet nicht auf die winzigen Insekten, die über ihn krabbeln oder um ihn herum summen. Wartet in der absoluten Schwärze des tiefsten vietnamesischen Dschungels, lauscht den Moskitos und der Sinfonie nächtlicher Geräusche, der dunklen Ouvertüre, die ihm die Ankunft der kleinen Männer verraten wird. Und mit den Stahlzigarrenfingern seiner gigantischen rechten Pranke streichelt er zärtlich über die spezielle Tasche aus Leinwand und Leder, in der die knapp einen Meter lange, mit Klebeband umwickelte Traktorkette steckt, während er den letzten Zentimeter des durchhängenden Drahts straffzieht, der seine Granatenfalle auslöst. Und er wartet unendlich geduldig, mit einem strahlenden Lächeln, dessen Grübchen ihm wie ins große Gesicht gemeißelt sind. Und davon träumt er. Daß Menschen in der Dunkelheit kommen.

Er träumt, daß er reglos wartet. Kaum atmet. Seine Vitalwerte auf ein Minimum gesunken sind. Ein tödlicher, hingebungsvoller, völlig skrupelloser Killer. Tüchtig. Ein atavistischer Rückfall in vorzivilisatorische Zeiten, als der Mensch noch tötete, um zu überleben. Und er wartet in der Schwärze mit dem leichten Maschinengewehr M-60, der brutalen Höllenmaschine seiner Handgranaten in der Schrapnellfalle, seinem rasiermesserscharfen Bowiemesser und mit einer knapp ein Meter langen, schweren Kette. Und in seinem Traum lächelt er sein groteskes Grübchenlächeln und erinnert sich an den roten Nebel und den Geschmack von frischem, blutigem Menschenherz.

JACK EICHORD TRIFFT DIE FAMILIE LYNCH

Drei Tage und den größten Teil eines vierten saß Jack Eichord in einem Büro des Reviers an einem geliehenen Schreibtisch auf seinem Hintern und las abwechselnd die Akte Sylvia Kasikoff oder erledigte fruchtlose Telefonanrufe der einen oder anderen Art. Er grast auf längst abgegrastem Boden. Als Polizeiarbeit vermutlich wertlos, und um die Zeit totzuschlagen nicht viel besser. Langweilige Routine. Leute waren umgezogen, Telefonanschlüsse abgemeldet, Leute hatten sich einen Tag freigenommen, Durchwahlnummern am Arbeitsplatz sich geändert, Leute hatten sich krankgemeldet oder waren beschäftigt, aber er ruft Sie umgehend zurück, und so weiter. Nichts ist schlimmer als Stunde um Stunde am Telefon zu verbringen, besonders, wenn die Resultate zipper-di-du-da waren.

Viele der Telefonate waren Ferngespräche; bei jeder direkt anwählbaren Verbindung ging der Schuß nach hinten los, und wenn er die Vermittlung einschalten mußte, hatte er jedesmal den Eindruck, als hätte er Vermittlungsroulette gespielt und verloren. Als würden die Fräuleins vom Amt, theoretisch, geduldig abwarten, und wenn man die 0 wählte, bekam man die übellaunigste, arroganteste, giftigste, anmaßendste, herablassendste und dümmste Kuh an den Apparat, die die Telefongesellschaft für einen parat hatte. Nach zwei Tagen entwickelte er eine Telefonparanoia und entwarf im Unterbewußtsein kleine Szenarien, in denen die Telefongesellschaft, da sie sauer über schwächelnde Märkte war, sich an der Bevölkerung insgesamt rächte, indem sie allen Telefonistinnen explizite Anweisungen gab, so störrisch und verbohrt und nervtötend schnippisch und cholerisch zu sein, wie es nur irgendwie ging.

Am dritten Tag gab es eine Störung in der Leitung; bei allen Nummern, die mit einer 1 anfingen, meldeten sich prompt Telefonistinnen, die darauf bestanden, daß er sein Problem doch

»bitte der Störungsstelle melden« sollte. Nach einigen dieser Gespräche ließ er das Telefonieren ganz sein, Orts- und Ferngespräche gleichermaßen, und konzentrierte sich auf das Studium von alten Polizeiberichten, Tatortfotos, Gesprächsprotokollen, Zeitungsartikeln über den Einsame-Herzen-Killer, Laborberichten, Mitschriften und alle Arten vergnüglicher Lektüre, von offiziellen Presseerklärungen bis hin zu Autopsieberichten. Es gab eine Tonne Papier zu verdauen, und er hatte bislang nur an der Oberfläche gekratzt.

Gegen vierzehn Uhr warf er das Handtuch und ging mit seiner Karte in Vernon Arlens Büro, ließ sich den Weg zum Haus der Lynchs beschreiben, füllte seinen zerkratzten Aktenkoffer mit ungelesenen Hausaufgaben und fuhr nach Norden, in die Vorstadt, obwohl bei den Lynchs vier Tage nacheinander niemand ans Telefon gegangen war. Aber immer noch besser als in einem Revier zu sitzen und abgestandenen Rauch einzuatmen.

Um diese Uhrzeit dachte er immer daran, in einer netten kleinen Taverne in der Nachbarschaft einzukehren und ein kaltes Bier zu trinken, um sich in einer vertrauten Umgebung zu entspannen, ein paar Minuten die Seele baumeln zu lassen und zu beobachten, wie die arbeitende Bevölkerung auf einen Absacker hereinkam, ein kleines Bierchen oder zwei auf dem Nachhauseweg, und, ach, was soll's denn, einen Doppelten als krönenden Abschluß auf dem Weg zur Tür raus. Er liebte den Alkoholgeruch von Bars, und er würde sich ein Export gönnen und genießen, wie der Strom kleinster Partikel per Osmose in seinen Blutkreislauf eindrang.

Oder er könnte auf ein Happy-Hour-Schlückchen in ein kleines Bistro gehen. Einen netten, dunklen Saloon, heimelig, voll Qualm und dem durchdringenden, betörenden Schnapsaroma, das er so liebt. Während er durch die grauen Straßen von Chicago fährt, beschwört seine Phantasie das Ambiente herauf und überschüttet ihn mit Erinnerungen an diese Mischung, die so typisch ist für ein Bistro zur Happy Hour. Lentheric, VO, Johnny Walker Red, Chanel, Gibsons, Margaritas in geeisten Gläsern, ein Harvey-Wallbanger; die verschiedensten Gerüche großstädtischer Dekadenz wehen durch seine Phantasie.

Vor seinem geistigen Auge sieht er einen netten, halbdunklen Saloon mit schwerer, massiver Holzverkleidung, einen verschnörkelten Barschrank voller Kristall, eine glänzende, funkelnde Stange aus Messing. Lederhocker. Kein Chrom. Kein Plastik. Kein wummernder Discobass. Die Musik strömt aus der Dunkelheit und dem Alkoholgeruch, kühle, fließende Noten, goldfarben und berauschend, wie das Zeug in den Gläsern – der feuchte Tagtraum eines Trinkers. Die Musik schneidet durch den Dunst wie ein silbernes Stilett, das in nassen, schwarzen Samt gestoßen wird, und durchbohrt den Rücken des Genießers mit Blue-Note-Jazz. Und der ist ernst, zäh, vielleicht ein wenig verschroben, ein überzeugender Alkoholiker, der die Schnapsseligkeit ebenso genießt wie die Atmosphäre dieses Saloons für den gehobenen Trinker.

Aber jetzt hat er den Hauptverkehrsstrom hinter sich gelassen und fährt, unter zahlreichen suchenden Blicken, damit er die nächste auf der Karte angestrichene Straße findet, durch eine Kulisse, die wie jede beliebige Kleinstadt des Mittelwestens aussieht, Reinigungen und Spirituosenläden und Videotheken und »Radio Shack«-Elektronikmärkte und Imbißrestaurants, eine endlose Abfolge von Neonreklamen, graue Straßen und der Ansatz eines schönen Sonnenuntergangs im Hintergrund, während er durch das unbekannte Gebiet manövriert und sich alles genau einprägt, damit er in der Dunkelheit den Rückweg wiederfindet. Und jetzt durch das Industriegebiet, an Schrottplätzen und Wiederaufbereitungsanlagen und Kindergärten vorbei, und weiter in die Vororte.

Sechzehn Uhr neunzehn. Eichord parkt schon seit über einer Stunde vor dem Haus der Lynchs. Er hat Akten gelesen, dabei aber stets mit einem Auge den Straßenverkehr beobachtet, nachdem er zuvor geläutet und ein paar Minuten gewartet hatte. Keine bellenden Hunde. Die Straße ist einsam und verlassen, abgesehen von einer Meute von Kindern auf dem Heimweg von der

Schule. Er sieht zwei Flugzeuge, die über das Gebiet hinwegfliegen und Kondensstreifen auf die Stratokumuluswolken malen, und er dreht den Hals von einer Seite auf die andere, um eine Verkrampfung zu lösen, und hört den zweiten Wirbel knacken wie ein Fingerschnipsen.

Zwanzig Minuten später hat er seine langen Beine diagonal über den Beifahrersitz ausgestreckt und wünscht sich, er hätte eine Thermoskanne Kaffee mitgebracht. Bis jetzt scheint sich dieser Tag zu einem völligen Reinfall zu entwickeln. Soviel Polizeiarbeit wartet auf ihn. Für manche kann Observierung einer der verhaßtesten Jobs sein. Aber Überwachung ist ein notwendiges Übel in diesem Beruf. Er sieht wieder auf die Uhr. Er beschließt, daß er noch zwanzig Minuten warten und sich dann einen Cheeseburger und Kaffee holen und wieder herkommen wird. Irgendwann muß sie nach Hause kommen. Auf dem Rasen liegt nur eine Zeitung, was ein ermutigendes Zeichen ist. Nachbarn auch noch nicht zu Hause. Diese Straße wäre geradezu ein natürliches Revier für einen Einbrecherprofi, der sechs oder sieben Häuser an einem Nachmittag abklappern wollte, nur Tafelsilber und Schrotflinten, minimales Risiko.

Niemand zu Hause. Keine Autos in den Einfahrten. Kinderspielzeug in den Vorgärten verstreut. Wo sind die alle? Abgesehen von einigen Autos und der Kindermeute hat er keine Menschenseele gesehen. Vor einem der Häuser steckt ein ZU VERKAUFEN-Schild im Vorgarten. Rasen ein wenig verwildert, aber jeder andere Vorgarten sieht aus, als wäre er mit der Nagelschere geschnitten worden, bevor das letzte Herbstgras wuchs. Laub gerecht. Blitzblankstadt. Er wartete mit dem Verstand im Leerlauf und beobachtete einen der schönsten, spektakulärsten Sonnenuntergänge, an die er sich erinnern konnte. Der Himmel hoch droben noch hellblau, mit einem leichten Hauch Apricot, und dann tiefer, zum Horizont, wo ein wunderschönes Rot das dunkle Graublau mit einem grellen, atemberaubenden Streifen Farbe erhellt. Diesen Anblick sog er gerade förmlich in sich auf, als Edie Lynch in ihre Einfahrt bog.

»Sind Sie Mrs. Edward Lynch, Ma'am?« fragte er und lächelte freundlich, als sie sich an der Eingangstür zu ihm umdrehte.

»Ja.«

»Entschuldigen Sie, daß ich Sie noch einmal stören muß, Mrs. Lynch«, sagte er und zeigte ihr seinen Ausweis und die Marke, während er das sagte, »aber wir ermitteln gerade in einem ähnlich gearteten Fall, und da habe ich mich gefragt, ob ich Ihnen ein paar Fragen stellen dürfte. Es wird vermutlich keine Minute in Anspruch nehmen.« Sie schien sich sichtlich zu entspannen, als er diese Worte aussprach.

»Oh, ja.«

»Kann ich Ihnen behilflich sein?« bot er ihr an.

»Nein, danke, lassen Sie mich nur diese eine Tüte mit der Milch und den Sachen reintragen und – Lee Anne, bring bitte die Tüte auf dem Rücksitz für Mommy mit rein – und ich kann das nehmen.« Er nahm ihr, noch ehe die Worte aus ihrem Mund waren, die größere der beiden Tüten aus der Hand, sie bedankte sich mit einem Schulterzucken und einem Lächeln, während er der Frau ins Haus folgte und das Kind mit einer Tüte voll Papiertüchern oder etwas ähnlichem über den Bürgersteig lief und ihnen folgte.

»Prima«, sagte sie, »stellen Sie es einfach dort ab, danke.«

»Lassen Sie sich nicht stören und verstauen Sie Ihre Lebensmittel, Ma'am, kein Problem.«

»Schon gut. Nur, äh – Lee, Liebes, geh bitte in dein Zimmer und fang an aufzuräumen, den Rest erledige ich.« Sie wandte sich wieder an Eichord. »Ich möchte nicht darüber reden, wenn sie dabei –«

»Ich verstehe. Ich will versuchen, mich so kurz wie möglich zu fassen, aber ich bin bei dieser Ermittlung gerade erst an Bord gekommen, und wenn es Ihnen nichts ausmacht, würde ich gern die alten Aussagen aus der Zeit der Tragödie gern noch einmal mit Ihnen durchgehen. Nur um sicher zu sein, daß ich alle Informationen habe.«

»Die haben mir damals so viele Fragen gestellt, ich bin

sicher, Sie haben in Ihren Akten da mehr, als ich heute noch im Gedächtnis habe, aber natürlich werde ich versuchen, zu beantworten, was ich kann.« Sie war offensichtlich sehr müde. Er fragte nicht, überlegte aber, was sie die letzten Tage gemacht haben konnte.

Nach einem Blick in seine Unterlagen begann er ohne zu zögern und kam gleich zur Sache. »Ich muß schmerzliche alte Erinnerungen wecken, möchte Sie aber bitten, daß Sie mir helfen, diesen Abend zu rekonstruieren«, begann er leise, beschwichtigend, in gemessenem Tonfall, um Vertrauen aufzubauen, wie er es immer machte. In wenigen Minuten würde er sie mit dem Vornamen ansprechen und ihr als Vorbereitung auf die Sachen, die wirklich an die Nieren gingen und die der einzige Grund dafür waren, weshalb er diese alte und kalte Spur nochmals aufrollte, ruhig belanglose Fragen stellen.

Sie wiederholte alle Informationen, die sie schon unzählige Male zuvor geschildert hatte, fügte hier und da etwas dazu, vergaß hier und da etwas, war jedoch sehr direkt in ihrem Bemühen, die alltäglichen Ereignisse, die zu jener schicksalshaften Nacht geführt hatten, so gut sie sich daran erinnern konnte, zu rekapitulieren. Und dann spielte er ihr den Ball zu, wechselte das Tempo und bereitete sie auf die schnellen, harten Würfe vor, auf die er nicht verzichten konnte.

»Wie lauteten seine exakten Worte, als er an diesem Abend aus dem Haus ging, wenn Sie sich erinnern können?«

»Er sagte, er würde Zigaretten holen gehen und gleich wieder hier sein.«

»Nein. Edie, versuchen Sie, es mir genau so zu sagen, wie er es an dem Abend zu Ihnen gesagt hat.«

»Na ja ... er sagte.« Sie machte eine Pause und versuchte, es richtig hinzubekommen. »Ich geh runter zum 7-Eleven, Zigaretten holen. Brauchst du etwas?«

»Und Sie sagten was?«

»Ich sagte, nein danke«, antwortete sie und schüttelte den Kopf.

»Wieviel hat Ed geraucht – wie viele Packungen am Tag, wissen Sie das noch?«

»Nicht sehr viel, denke ich. Nie mehr als zwei Packungen täglich.«

»Erinnern Sie sich an die Marke?«

»Parliaments«, sagte sie etwas entnervt wegen dieser Frage.

»Edie, als Ed gefunden wurde, hatte er eine halbe Packung Parliaments in der Tasche. Wir haben den Unterlagen zufolge Zigaretten hier im Haus gefunden. Also könnte das bedeuten, daß er keine Chance hatte, zu dem Laden zu kommen, als er überfallen wurde. Aber es könnte auch etwas anderes bedeuten.« Sie machte große Augen und runzelte leicht gereizt die Stirn. Doch er ließ nicht locker. »Es könnte auch bedeuten, daß Ed an diesem Abend gar keine Zigaretten holen wollte.«

»Was soll das heißen?«

»Es könnte bedeuten, daß er sich mit jemandem treffen wollte.«

»Nein. Er sagte, daß er zum Laden wollte, das habe ich Ihnen doch eben gesagt.«

»Aber Ehemänner sagen ihren Frau nicht immer die Wahrheit.« Er betrachtete sie sehr eingehend und durchbohrte sie förmlich mit kalten, prüfenden Blicken seiner wachsamen Augen.

»So waren Ed und ich nicht. Er war stets aufrichtig zu mir.«

»Was wäre, wenn – nur als rein hypothetische Situation, Edie – was wäre, wenn er an dem Abend jemanden treffen wollte? Zum Beispiel eine andere Frau, und er wollte nicht, daß Sie es wissen. Wie sicher können Sie sein, daß er sich an diesem Abend nicht mit jemandem treffen wollte?«

»Das ist die lächerlichste Frage, die mir jemals jemand gestellt hat. Wir haben eine gute Ehe geführt, und Ed war ein anständiger, aufrechter Mann. Ich kann mir wirklich nicht erklären, warum Sie hierher kommen und so etwas fragen.«

»Ich entschuldige mich«, sagte er leise zu ihr, »aber ich muß diese Fragen aus folgendem Grund stellen. Es könnte sein, daß der Mann, der Ihren Ehemann überfallen hat, wieder Verbrechen begeht. Wenn die Chance besteht, daß es in dieser Nacht noch einen anderen Zeugen gegeben haben könnte, jemanden, der jemand – oh, sagen wir, Verdächtigen gesehen haben mag und uns in dieser Hinsicht weiterhelfen könnte, dann würden Sie sicher wollen, daß wir diese Information bekommen, denke ich.«

»Ich kann Ihnen versichern, daß diese Möglichkeit ausscheidet. Ed wollte an diesem Abend zum Laden, mehr ist da nicht.«

Er ruderte mit seinen Fragen ganz behutsam wieder in ruhigeres Fahrwasser zurück, Zeiten, Ortsangaben, die sie einfacher beantworten konnte. Langsam verschwand ein Teil der Anspannung und Gereiztheit aus ihrem Gesicht, und er machte sich bereit, zum Abschluß zu kommen und hoffte, daß kein allzu bitterer Nachgeschmack zurückbleiben würde, wenn er wieder aus ihrem Leben verschwand, als die personifizierte Niedlichkeit, die sich nicht mehr zurückhalten konnte, die Treppe heruntergehüpft kam. »Hi, Mom, können wir jetzt essen?«

»Hi«, sagte er und lächelte, während ihre Mom den Kopf schüttelte.

»Nein, Liebes, aber wir essen bald. Das ist meine Tochter Lee Anne, Mr. –«

»Eichord. Jack Eichord.«

»Mr. Eichord ist ein Detective, der an Dads Fall arbeitet.«

»Mr. Akkord?« wiederholte sie fragend.

»Ei-kord«, verbesserte ihre Mutter sie.

»Ich wette, den Namen hast du noch nie gehört oder?« fragte er. Sie schüttelte als Antwort schüchtern den Kopf, lächelte, kam ganz nahe, einer dieser Menschen, die durchs Leben gehen und nie einen Fremden treffen.

»Lee Anne ist ein hübscher Name.«

»Danke.«

»Wie alt bist du?«

»Bald neun.«

»Ein tolles Alter. Magst du die Schule?«

»Hm-hmm. Ich mag Mrs. Spencer am liebsten. Sind Sie ein richtiger Detective, so wie die im Fernsehen?«

»Ich bin ein richtiger Detective.«

»Können Sie mit meinem Bären reden? Er war sehr böse und muß von einem Detective der Polizei verhört werden.«

»Bären sind zufällig mein Spezialgebiet. Was für ein Bär ist er denn?«

»Er ist ein sprechender Bär.«

»Süße«, unterbrach ihre Mutter sie, »Mr. Eichord hat keine Zeit, sich –«

»Nein. Schon gut. Wirklich«, sagte er hastig. »Eigentlich ist das der Hauptgrund, weshalb ich hierher gekommen bin, um zu sehen, was einige dieser Bären hier draußen im Schilde führen.« Und Lee Anne half ihm gewissermaßen vom Stuhl hoch und drängte ihn zu dem Zimmer, wo der Bär wartete, während er Edie stumm ein Zeichen gab, daß es ihm nichts ausmachte, wenn es sie nicht störte, und sie ließ diese knappe Schulterzucken und die Kopfbewegung sehen, die okay sagen sollten, in Wirklichkeit jedoch bedeuteten, wenn Sie sonst nichts Besseres zu tun haben, da sie innerlich immer noch wütend war. Und bevor es sich jemand anders überlegen und gesunder Menschenverstand und Vorbehalte die Oberhand gewinnen konnten, befand sich Jack Eichord, der vor wenigen Minuten Mrs. Lynch gegenüber explizit angedeutet hatte, ihr verstorbener Mann könnte ein außereheliches Verhältnis gehabt haben, mit deren Tochter im Kinderzimmer. Die Wege des Schicksals sind rätselhaft und unergründlich.

»Wie heißt dieser sprechende Bär denn?« konnte sie ihn fragen hören.

»Mein Name ist Ralph«, antwortete ihre Tochter mit ihrer Bärenstimme, »und der Name meines Bruders ist George.«

»Bitte nur die Fakten«, sagte Eichord, worauf der Bär kicherte.

»Also mir ist zu Ohren gekommen, daß du dich daneben benommen hast. Könntest du mir die nackten Tatsachen schildern?«

»Manchmal beiße ich.«

»Ach je, Ralph. Beißen ist absolut ungebärliches Verhalten.« Kichern. »Aber als Bärweis reicht das noch lange nicht aus.«

»Mein Bruder George ist ein sprechender Panda.«

»Das ist sehr interessant. Aber ich muß dich zuerst nach Waffen filzen, Ralph, alter Knabe.« Entzücktes Quietschen. »Oh-oh. Ich fürchte, das ist eine kitzlige Situation geworden. Ich glaube nicht, daß du für diese Art von Verhör bäreit bist. Wenn du versprichst, daß du dich in Zukunft benimmst, lasse ich es bei einer Verwarnung bewenden, aber kein Beißen mehr. Okay?«

»Okay«, sagte sie.

»Ab sofort bist du eine anständige Bärson. Keine Übärheblichkeit mehr, wenn du verstehst, was ich meine.« Lee Anne lachte über die Wortspiele, daher machte er damit weiter. Sie mußte ihm George vorstellen, Eichord führte ein längeres Gespräch mit dem Panda, und schließlich kamen sie wieder nach unten. Edie hatte sich jedes Wort angehört und stellte plötzlich fest, daß sie in den vergangenen Minuten von einem Ohr zum anderen gegrinst hatte. Sie kamen Hand in Hand in die Küche, Lee Anne führte ihn ohne Scheu, beide schienen vollkommen bezaubert voneinander zu sein.

»Es war sehr nett von Ihnen, daß Sie soviel Zeit –«

»Mom, ich habe Mr. Ei-kord zum Abendessen eingeladen, ist das okay?«

»Ich kann nicht«, sagte er, bevor sie völlig in Verlegenheit gebracht wurde, »aber es ist sehr lieb von dir, Lee Anne. Danke.« Er schien nett zu sein. Er wirkte irgendwie verändert.

»Ich muß in die Stadt zurück«, sagte er, rührte sich aber so offensichtlich absichtlich nicht, bis sie die Möglichkeit hatte, zu sagen: »Wir würden uns freuen wenn Sie bleiben und einen Happen mit uns essen würden. Wir haben nur Hotdogs. Wie wäre das?«

Sie lächelte ihm zu, und er verspürte ganz plötzlich eine solche Wärme, daß er völlig überrascht wurde, und dann stand der sonst so wortgewandte Jack Eichord nur da wie ein Volltrottel und machte: »Äch –« Brillante Antwort, dachte er. »Nein. Aber ich freue mich. Es ist sehr freundlich.« Er ging zur Tür. Ihm schien, als würde er durch feuchten Beton waten.

»Bitte«, sagte sie aufrichtig genug, daß er sich umdrehte. Sie hatte ihren Zorn endlich soweit überwunden, daß sie begriffen hatte, worauf er hinauswollte, und ihr wurde klar, daß er vermutlich doch ein ziemlich anständiger Polizist war, der versuchte, eine unmögliche Aufgabe so sensibel wie möglich zu erledigen. Und sie dachte von sich selbst, daß sie ein wenig zickig reagiert hatte, ob es gerechtfertigt gewesen war oder nicht, und beschloß, daß sie Wiedergutmachung leisten wollte.

»Wenn Sie nicht irgendwo anders zum Abendessen erwartet werden, bleiben Sie bitte. Wir würden uns über Ihre Gesellschaft freuen. Nur Hotdogs. Nichts Besonderes, kein Streß.« Sie sagte ihm mit den Augen, daß sie nicht nur höflich war, und er stand da und sagte Ja und spürte, wie ihm eine kleine Hand den Hut aus seiner Hand zupfte, und diese Herzlichkeit einer Familie, die ihm zuteil wurde, rührte ihn unerwartet.

Und dann passierte etwas Merkwürdiges. Plötzlich sahen sie einander an und erblickten einen Mann und eine Frau, nicht mehr die Kontrahenten, die sie zuvor ineinander gesehen hatten. Und alles kippte ein wenig, und Edie fühlte sich ganz seltsam, als sie schmale Käsescheiben in die aufgeschnittenen Hot Dogs steckte und sie in die Mikrowelle stellte, und sie war vollkommen fassungslos darüber, was sie plötzlich dachte, wenn sie diesen Detective betrachtete, diesen völlig Fremden, und sie hatte die absonderlichsten Gedanken und fragte sich, wie es wohl mit ihm sein mochte, und da holte sie tief Luft, aber der Gedanke wollte einfach nicht weggehen.

Und er betrachtete ihren Rücken, während sie mit einer Schürze über dem Kleid vor dem Mikrowellenherd stand, so hochgewachsen und schlank auf diesen langen, wohlgeformten Beinen, und ihr Aussehen traf ihn wie ein Schlag aus dem Nichts und vernichtete ihn völlig. Er wußte, das lag nur daran, daß er so lange nicht mehr in einer derartigen Situation gewesen war, in einem richtigen Zuhause, nicht dem Zuhause eines seiner

Kollegen, mit einer attraktiven jungen Frau, die für ihn kochte, und eine hübsche Frau obendrein, keine für eine Nacht, die er irgendwo aufgerissen hatte oder sie ihn. Und ihr Anblick, die hochhackigen Schuhe, die endlosen Beine, die kleine Schürze, ihr Rücken, den sie ihm zuwandte, zog ihm einfach den Boden unter den Füßen weg. Und in seinem Innersten ermahnte er sich: Herrgott, Mann, reiß dich zusammen, hast du den Verstand verloren oder was?

Und Edie, die ihm den Rücken zudrehte, dachte in ihrem Innersten: Worauf lasse ich mich da ein? Und spürte, daß er sie betrachtete, was sie jedoch gar nicht weiter störte, sie fragte sich nur, was hier los war und dachte sich dann, daß sie sich alles nur einbildete. Es war lächerlich. Komm wieder auf den Boden. Und sie drehte sich mit einem leichten Nicken und einem enormen Gefühl der Erleichterung um, und da sahen sie einander direkt in die Augen, und verflucht noch mal, die alten Klischees über die »Chemie«, die derart überstrapaziert wurden, daß man sie nicht einmal mehr im Ernst aussprechen kann, trafen auf einmal doch zu, es war eine Sache der Chemie, die sich da zwischen ihnen abspielte, obwohl sie sich alle Mühe gaben, es nicht soweit kommen zu lassen, es passierte ganz ohne Grund, aus heiterem Himmel, etwas, das sich irgendwie aus dem geheimen Herzen einer Person herausarbeitet und sich dabei immer weiter aufwärmt und schlußendlich heiß und gierig aus den Augen strahlt.

Das alles ergab nicht einmal einen Hauch von Sinn, sagte sie sich, und was machst du denn da und hör auf damit und holla und, oh, jetzt ist es zu spät, denkt sie und sinkt hinab in etwas, das sie nach unten zieht wie die Strömung eines Flusses mit heftigen Strudeln, und sie gibt sich alle Mühe, es sich nicht anmerken zu lassen, und spürt die knallheiße Röte auf ihren Wangen und muß um ein Haar laut darüber lachen.

Und er denkt bei sich: Jetzt Moment mal, das kann unmöglich dein Ernst sein, ich glaub das einfach nicht, da gehst du in das Haus von irgendwem, um ein paar Fragen zu stellen, und dann gaffst du diese Frau an wie ein liebeshungriger Teenager, und das ist eine Dame, die vor zwei Jahren ihren Mann verloren hat, und was um alles in der Welt denkst du dir nur dabei, und die biegen sich alle vor lachen, wenn du, und oh mein Gott, ich bin wirklich und wahrhaftig dabei, mich zu – und dann dieses wunderbare und schreckliche Gefühl, als er spürt, was sich da zwischen ihnen anbahnt, wunderbar, wenn es real ist, und schrecklich falls es nur einseitig sein sollte, und auf einmal ist die Chemie dann doch so überwältigend stark, daß keiner mehr versucht, es zu verbergen.

Und das Abendessen ist kalt, und sie sitzen immer noch am Tisch und reden nur, reden über nichts, wer erinnert sich später noch daran, wer weiß, worüber, beobachten den anderen nur, wie er die Lippen bewegt, machen Konversation. Herrgott, denkt er sogar das Wort *Konversation* bedeutet eigentlich *sexuelle Vereinigung,* und er beißt sich die Innenseite seiner Lippen blutig, damit er nicht laut herauslacht und es ihr sagt, obwohl er weiß, daß sie es verstehen würde. Und jetzt weiß er, daß etwas zwischen ihnen passieren würde, weil es schon längst angefangen hat, und sie sagt nicht Ja oder Nein, spürt jedoch auch etwas, und er wird es in die Tat umsetzen.

Es ist jetzt ganz besonders wichtig für ihn, daß er es nicht vermasselt. Daß er nichts Dummes oder Tolpatschiges tut oder sie in irgendeiner Weise erschreckt. Dies ist etwas ganz Besonderes. Anders. Er spürt etwas, aber wegen diesem heißen, erdrutschartigen Ansturm von Verlangen, das durch seinen Unterleib strömt, wenn er sie ansieht, kann er es nicht analysieren, und er will diese Frau, und auch wenn ihnen beiden durchaus klar scheint, wie unmöglich das eigentlich ist, kann er nicht mehr zurückrudern.

Irgendwie schaffen sie es dann doch, sich an diesem Abend voneinander zu verabschieden, und natürlich kann er nicht aus diesem Haus hinausgehen, ohne sich ein Hintertürchen offenzuhalten, irgendwas, wie zum Teufel kann er etwas hinterlassen, damit er sie zu einem Rendezvous einladen, irgendwie mit ihr ausgehen kann, und er murmelt etwas davon, daß er sich revanchieren, daß er sie und ihre Tochter nächstes Mal zum Essen ausführen möchte, murmel, murmel, und allmächtiger Gott im Himmel, jetzt wird *er* rot wie ein Schuljunge, das ist einfach unglaublich, und sie möchte zum ersten Mal, seit sie Ed verloren hat, wieder einen Mann, und dabei hat keiner von ihnen auch nur etwas Anzügliches gesagt, nur die banalsten und unverfänglichsten Gesprächsthemen, und doch – und doch, oh – gelingt es ihnen endlich, sich voneinander zu verabschieden, und sie verlassen einander als glückliche, wenn auch verwirrte, einander sehr wohlgesonnene Fremde.

WINSLOW CHARLES MAITLAND II

W. Charles Maitland von Symington, Maitland, Eaves und Cox blätterte die Seite um und runzelte die Stirn. Niemand nannte ihn mehr Charlie. Er hatte seine einzigen Freunde, die ein oder zwei Leute aus der Kanzlei und dem Club, die dieses spezielle Privileg genossen hatten, überlebt. Der Artikel auf der Meinung- und Kommentarseite dieses eindeutig linken Hetzblatts veranlaßte W. Charles Maitland, die Stirn zu runzeln, und stieß ihm recht sauer auf. Wenn Maitland die Stirn runzelte, war das zum Fürchten. Wenn Maitland im Gerichtssaal die Stirn runzelte, reichte das nicht selten aus, daß manch einer der jüngeren Rechtsverdreher knapp an einem Herzstillstand vorbeischrammte.

Der Artikel lief im wesentlichen darauf hinaus, daß die Judikative der Vereinigten Staaten sich zu einer Art von ultimativem Parasiten entwickelt hatte, und der Verfasser des Essays war nicht der erste, der feststellte, daß das Rechtssystem die Gesellschaft lediglich als Nahrungsvorrat betrachtete, der diesen Parasiten am Leben hielt. Es war genau diese Art von verantwortungslosem, dünnschissigem – genug! Er warf die Zeitung so weit von sich weg, wie er konnte, was ungefähr anderthalb Meter war.

Er kostete den Rotwein, stellte das Glas hin, tupfte sich die Lippen am Bettlaken ab. Er hatte kaum einen Schluck von dem Wein zu sich genommen. Selbst der schmeckte ihm jetzt bitter. Er nahm die Brille ab und rieb sich die wunden, blutunterlaufenen Augen. Er setzte die Brille wieder auf und griff nach dem Buch auf dem Nachttisch.

Der alte Mann hielt das seltene Buch in seinen knotigen, arthritischen Fingern und liebkoste die geprägten goldenen Lettern des wunderbar verzierten Ledereinbands. Er kannte dieses Buch so, wie man seine eigenen Kinder kennt, strich mit der Hand zärtlich über das weiche Leder und zitierte: »Wo die Biene sich labt, da lab ich mich. In Schlüsselblumen gebettet, ich.« Und dann nichts mehr. Aber da war noch mehr. Über irgendwas. Er verspürte ein stechendes Gefühl des Verlusts, überwiegend darum, weil er sein Gedächtnis verlor, auf das er immer so stolz gewesen war, und weil er sein Leben verlieren würde, was ihn überraschend kalt ließ.

Er vertraute nur einem einzigen Arzt, und dieser Mann war jetzt fast senil und selbst dem Tode nah. Daher war er zu anderen, jüngeren Ärzten gegangen, die er weder mochte noch respektierte, und erfuhr durch deren ermüdende Tests nichts, das er nicht selbst hätte erraten können. Er starb. Es war eine Frage der Zeit. Ein Monat. Zwei Monate. Er hatte die Zeit mittlerweile so satt. Daran war die Krankheit schuld.

Dies waren nur seine Leseexemplare, die Bücher, die er in seinem Apartment in dem Penthouse am Lake Shore Drive aufbewahrte, das die Kanzlei gemietet hatte. Seine Hauptbibliothek war inzwischen ein Museum in einer anderen Stadt. Er besaß Vorzugsausgaben jeder bedeutenden Erstausgabe. Er berührte das Buch, wie man die Hand eines guten Freundes streicheln würde, und beschrieb es im Geiste wie ein Antiquar: vollständige Ausgabe. Einband aus karminrotem, glattem Maroquinleder, goldene florale Deckenprägung, Rücken mit goldenen Blütenornamenten, Lederintarsien, Kopfgoldschnitt. Ein unbedeutendes kleines Buch, dachte er, während er mit seinen knotigen Fingern über den Rücken strich. Er schlug den Einband auf und las.

»*Cum novo commentario ad mondu –*« und seine Augen schmerzten vor Anstrengung. Ein unbedeutendes kleines Buch. Unter größter Anstrengung gelang es ihm, aus dem Bett zu steigen und aufzustehen. Er wand den teuren Seidenmorgenmantel von den Schultern, ließ ihn auf den dicken Teppich fallen, ging hinkend zum Wandschrank und nahm einen schwarzen Kaschmirmantel heraus. Nach einigen nicht unerheblichen Verrenkungen gelang es ihm, in das Ding hineinzuschlüpfen, dann stapfte er durch das Zimmer, betrat das große Penthouseapartment und ging zu der Glaswand. Eine ganze Mauer des Wohnzimmerbereichs war vom Boden bis zur Decke verglast; von dort hatte man einen atemberaubenden Ausblick auf den See und die Silhouette von Chicago in der Dunkelheit.

Als er sah, daß es weder regnete noch schneite, noch sonst etwas Widerwärtiges passierte, watschelte er durch den großen Raum zurück und ging zur Eingangstür und hinaus zum Fahrstuhl. Er machte gern kurze Spaziergänge und atmete den angenehmen, ekligen Geruch von Taxiabgasen und der Innenstadt ein, der zwischen den Wolkenkratzern der luxuriösesten und teuersten Wohngegend am Seeufer herüberwehte. Im Fahrstuhl steckte er sich eine verbotene Zigarre in den Mund und seufzte.

Sein Gedächtnis hatte in den letzten Jahren ziemlich nachgelassen. Er konnte sich manchmal buchstäblich von einem Augenblick zum anderen an nichts mehr erinnern. Der Fahrstuhl kam schnurrend zum Stillstand, die Tür glitt fast lautlos auf. Er ging hinaus, schritt durch die Halle, wechselte ein knappes Nicken mit dem schwachsinnigen Portier und stellte fest, als er um ein Haar von einer Frau umgerannt wurde, die ihre herausgeputzten Pudel Gassi führte, daß er noch seine Hausschuhe trug.

Scheiße, was macht das schon? dachte er bei sich und ging mit seinem Gehstock hinkend die Straße entlang, ein reicher, sterbender alter Mann ohne Ziel. Fünf Minuten später ging er immer noch so dahin, als er plötzlich dieses vage Gefühl verspürte. Er war einer, der auf solche Gefühle achtete. Sein ganzes Vermögen basierte auf derlei Eingebungen. Und er hatte das Gefühl, daß ihm jemand oder etwas folgte, ihm nachstellte. Es war nur ein Gefühl, das er hatte. Er hatte nichts gesehen oder gehört.

Die Straße war nicht mehr oder weniger unbelebt als sonst um diese späte Stunde, und er machte diese Spaziergänge fast jede Nacht. Er konnte es nachts nicht mehr länger als vier Stunden im Bett aushalten. Aber heute war etwas anders. Er spürte die Präsenz von etwas in der Nähe und konnte es nicht genau einordnen, doch das Gefühl war beunruhigend.

Er selbst hatte eine Raubtiernatur und war ein sehr gefährlicher Mann gewesen. Wenn man gefährlich ist und sich Feinde macht, dann macht man sich häufig sehr gefährliche Feinde. Es gab andere wie ihn, mächtige Raubtiere, die ihm möglicherweise immer noch etwas Böses wünschten. Das war gelinde beunruhigend, aber er war zu alt, um sich noch über irgend etwas ernsthaft Sorgen zu machen.

Aber wäre das alles in allem nicht das Sahnehäubchen? Hier auf der Straße, während seines Spaziergangs überfallen zu werden? Einer, der an gottverdammtem Krebs stirbt, wird überfallen. Das war mehr, als ein Knabe ertragen konnte. Er beschloß, in sein Apartment zurückzukehren, und etwa in dem Moment kam wie aus dem Nichts ein silberglänzendes Ding herangeschossen und hieb auf ihn ein, und der Ausdruck »mündliche testamentarische Verfügung« ging ihm durch den Kopf, während er versuchte, dieses Ding zu verfluchen, aber das Blut, das aus seiner aufgeschlitzten Kehle strömte, vereitelte mit einer hellroten, überraschend warmen Sturzflut, daß er diesen letzten Geistesblitz in Worte kleiden konnte, während sein Herz tapfer schlug und seine Lebenskraft auf die dunkle Straße pumpte.

DAS ERSTE MAL ZUSAMMEN

Sie hatte vergessen, wie es war, wenn man darauf wartete, daß das Telefon klingelte. So wie er vergessen hatte, wie es war, wenn man allen Mut aufbringen mußte, um etwas zu tun. Nie hatten zwei unwahrscheinlichere Kandidaten darauf gewartet, eine Verabredung zu treffen. Beide waren längst über das Rendezvousalter hinaus. Ehen. Kinder. Ganze Vorgeschichten und Leben, in die der jeweils andere unmöglich hineinpassen konnte. Blanker Wahnsinn, dachte sie. Und sie fragte sich zum dritten- oder viertenmal, wann er sie anrufen würde.

Er war so verdammt aufgeregt, während er sich darauf vorbereitete, beide wiederzusehen, daß es ihm auf die Nerven ging und er einen Moment sogar in Erwägung zog, die ganze Sache abzublasen. Er lief herum und versuchte sich anzuziehen, als würde er einen Filmstar zum Dinner ausführen, dabei ging er lediglich mit einer Hausfrau und ihrem Kind in einen Burgerimbiß oder so. Reiß dich zusammen. Er betrachtete sich ein letztesmal im Spiegel, sagte sich scheiß drauf und versuchte, nicht im Laufschritt zum Auto zu rennen.

So sehr er sich auch einreden wollte, daß es vollkommen albern war, es linderte nicht die Aufregung, die er verspürte, und die Wärme, die ihn bei dem Gedanken erfüllte, daß er diese Frau wiedersehen würde. *Ungewöhnlich*, das war das Wort, das ihm immer wieder in den Sinn kam. Es war eine ungewöhnliche Frau, mit der er heute zum Abendessen gehen würde. Er ertappte sich dabei, wie er Melodien im Radio mitsummte, und schüttelte den Kopf vor dem Rückspiegel, während er mit dem Strom der Gesetzesbrecher dahinraste, die nach einem harten Tag im Büro nach Hause fuhren.

Er schien viel schneller dort zu sein, als ihm sein Gedächtnis sagte, und sein Herz klopfte, als er vor dem Vorstadthäuschen der

Lynchs am Bordstein hielt. Sie und Lee Anne hatten das Auto gehört, und Lee rief lauthals:

»Es kommt jemand«, während ihre Mutter zur Tür ging.

Sie machte die Tür auf und lächelte, als er die Einfahrt hochkam. »Hi«, sagte sie.

»Hallo.« Der Herz schlug ihm bis zum Hals. »Hungrig?«

»Immer.« Sein Anblick brachte sie vollkommen durcheinander, während er regelrecht aus den Latschen kippte, als er sie sah. Keiner wußte mehr etwas zu sagen, daher standen sie beide nur wie belemmert an der Eingangstür, bis ein schmales Gesicht hinter dem Rock der Mutter hervorlugte. »Hi.«

»Hi, Lee Anne. Hast du Hunger?«

»Klar.«

»Wir wären bereit, falls Sie nicht noch kurz auf einen Drink reinkommen möchten.«

»Nein, danke. Ich schließe mich euch beiden an.« Und sie gingen zum Auto.

»Wo gehen wir hin?«

»Wohin du möchtest, Lee Anne. Wo gefällt es dir denn?«

»Show Biz.«

»Was ist das?«

»Man kriegt Pizza. Sie wissen schon. Und da sind diese – äh, mechanischen Tiere, äh – und –«

»Vielleicht mag Jack keine Pizza. Vielleicht würde er lieber anderswo hingehen.«

»Show Biz hört sich gut an.« Lee Anne freute sich offenkundig darauf.

Im Auto führten er und Lee Anne eine lange Unterhaltung, bei der sich Lee mit dem Kopf zwischen den beiden über die Rückenlehnen beugte und bis zu einem gewissen Punkt alle seine Fragen beantwortete. Er versuchte, Konversation zu machen, aber es war lange her, seit er viel Zeit in Gesellschaft eines kleinen Kindes verbracht hatte. Er wendete ungewollt fast seine Vernehmungsmethoden an, während er sich mit ihr unterhielt, und sie blieb eine Zeitlang höflich und versuchte, auf das Miniverhör einzugehen.

»Nun denn. Hört sich an, als wärst du sehr beschäftigt gewesen, seit wir uns das letzte Mal gesehen haben. Was tust du noch, außer zur Schule gehen?«

»Tun?«

»Du weißt schon, wohin gehst du abends, nach der Schule. Hast du Versammlungen? Gehst du zur Kirche?«

»Ja.«

»Lee«, drängte Edie sie, »erzähl Jack, was du montagabends machst.«

»Montagabends gehe ich zur Klavierstunde, und mittwochs ist die MG und –«

»MG?«

»Mädchengruppe. Sie wissen doch – Kirche?«

»Hm-hmm. Gut. Und was noch?« fragte er geistesabwesend.

»Donnerstag sind die Pfadfinderinnen dran. *Das reicht jetzt!*« Edie versank regelrecht in ihrem Sitz. Aber Eichord lachte nur.

»Ja. Du hast recht. Das reicht vollkommen«, sagte er ruhig, besänftigend und wechselte das Thema so geschickt, wie nur er es konnte, und dann redeten sie über etwas anderes.

Als sie die Pizza und etwas von der Atmosphäre in sich aufgenommen hatten und Lee Anne es langsam kaum mehr erwarten konnte, ihre Freundin zu besuchen, das Kind von Edies bester Freundin, in deren Haus sie heute übernachten würde, da hatte es zumindest zwischen Eichord und Lee schon gefunkt. Jack fand, daß sie eines der reizendsten Kinder und hellsten Jugendlichen war, die er je kennengelernt hatte, und sie waren beide mächtig beeindruckt voneinander. Edie dachte, daß das eben so war mit Achtjährigen, entweder sie mochten jemanden, oder sie mochten ihn eben nicht, und in diesem Fall verhielt es sich nun mal so mit diesem Polizisten. Als sie zum Auto gingen, nahm das kleine Mädchen Jacks Hand, und so schien es ganz logisch zu sein, daß er auch Edies Hand nahm, und so schlenderten sie den Bürgersteig entlang, alle zusammen Hand in Hand.

Die erste Berührung ihrer Finger und dann der ganzen Hände war, als würde man in eine Steckdose fassen. Sie wollten einander, aber es bestand kein drängendes Gefühl der Eile, beide wußten genau, was kommen und daß es gut sein würde, es war nur eine Frage des richtigen Augenblicks. Einer dieser Anlässe, bei denen keine Frage offen bleibt, wirklich nicht, obwohl keiner von ihnen eine große Sache daraus machte.

Die Elektrizität zwischen ihnen war etwas Lebendiges, das durch ihre Arme und in ihre Körper strömte, und es war so wunderbar, daß Eichord den Augenblick genoß und sich wünschte, daß er nie zu Ende gehen würde, daß sie alle drei einfach immer so weitergehen konnten, händchenhaltend, zu dem Mietwagen, mit dieser Frau, die er kaum kannte, und ihrer kleinen Tochter, alle in eine unerklärliche, fließende Elektrizität eingehüllt, und er dachte aus heiterem Himmel an die alte Stadtstreicherin, die ihm gesagt hatte, daß elektrischer Strom durch sie hindurchfloß, und ihm war gerade zumute, als müßte er darauf antworten: »Geht es uns nicht allen so?« Und in seinem Kopf gab er einen kurzen Laut der Fröhlichkeit von sich und beherrschte sich gerade noch, ehe dieser Laut aus seinem Grinsen herausplatzen konnte, und er sah Edie an, die ebenfalls lächelte, während sie miteinander verbunden zum Auto liefen.

Dieser Strom von Elektrizität entfachte ein Feuer in ihnen beiden, und es war wahrscheinlich gut, daß das Mädchen auf dem Rücksitz saß, dachte Eichord, sonst würde ich mich auf diese Frau stürzen wie ein geiler Halbstarker in einem gottverdammten Autokino. Dieser Gedanke genügte freilich, daß er sich wieder ein klein wenig beruhigte, und sie konnte deutlich sehen, wie er innerlich einen Gang runterschaltete, als sie in das Auto einstiegen, und sie saß ganz ruhig da und versuchte, einen klaren Gedanken zu fassen. Worüber dachte sie normalerweise nach? In diesem einen Augenblick hatte sie das Gefühl, als würde eine ganz andere Person in ihrer Haut stecken. An so etwas war sie nicht gewöhnt und nicht sicher, ob es ihr gefiel. Und so ging es die nächsten fünfzehn Minuten oder so, bis sie Lee bei Sandi und Mike abgeliefert hatten.

Sie sagte, ihr wäre es egal, was sie unternehmen wollten, und sie ließe ihn einen Film auswählen, und auch ihm war es egal, doch er erinnerte sich, daß er auf dem Weg zur Pizzeria zwei Kinos gesehen hatte, daher fuhr er in die ungefähre Richtung zurück, ganz automatisch, während die Arbeit und der JOB sich jetzt doch in den Abend drängten. Seine Gedanken kreisten um das letzte Mordopfer, den wohlhabenden und einflußreichen Senior einer der ältesten Anwaltskanzleien in Chicago. Auslöser war, daß er eine Zeitung geholt hatte, um nach einem Film zu suchen, der ihr gefallen könnte, und da warb ein Programmkino in einer Anzeige für KLASSISCHE SERIENKILLER, und da stutzte er und las die winzigkleinen Buchstaben noch einmal, und da stand KLASSISCHE SERIENTRAILER, und daran erinnerte er sich, während sie schweigend dahinfuhren.

Zwei Streifenpolizisten namens McCluskey und Scheige wurden über den Fall Charles Maitland informiert, als sie gerade Hawaii-Fünf-Null in der ersten spielten. Sie spielten jeden Tag etwas anderes, diese Streifenpolizisten. An einem Tag waren sie Lesben und Einbrecher, am nächsten wurden den ganzen Tag Juden-und-Nazi-Witze gerissen. Und heute war es eben Polizeifernsehserienmist, Columbo und Kojak, den lieben langen Tag. Und McCluskey war dem Telefon in der Mordkommission am nächsten, als es läutete, und Scheige meinte beim ersten Läuten:

»Das könnte das Telefon sein.«

Und sein Partner sagte: »McGarrett, Fünf-Null?« als hätte er den Hörer abgenommen, und dann nahm er ohne Umschweife tatsächlich ab und sagte: »Mordkommission«, und Scheige mußte sich auf die Zunge beißen, damit er nicht loswieherte, und dann hörte er zu und legte auf und sagte zu seinem Partner: »Großer Gott. Jemand hat gerade den alten Charlie Maitland ermordet, den Anwalt. Gehen wir.«

»Buchten wir ihn ein, Dano«, sagte Scheige und zog den Mantel an. Und binnen einer halben Stunde hatte jemand Eichord an den Tatort geholt, wo er den frischen Leichnam des alten Mannes betrachtete und versuchte, die bereits kalte Spur eines weiteren Einsame-Herzen-Mordes aufzunehmen.

Hier lag die Sache ein wenig anders, und nicht nur, was den MO anbetraf. Das Opfer war W. Charles Maitland II, einer der wohlhabendsten und politisch einflußreichsten Drahtzieher in Chicago, wenn nicht in ganz Cook County. Wohlhabend, aber, wie so viele reiche Männer, machtgierig in einem Metier, in dem Macht die vorherrschende Lust und gemeinsame Triebfeder ist.

Als einer der Gründer und Seniorpartner von Symington, Maitland, Eaves and Cox hatte er einen enormen politischem Apparat aufgetürmt, der jetzt, hatte man Eichord versichert, über der Polizeidienststelle zusammenbrechen würde wie die kullernden Felsbrocken eines Erdrutschs der Vergeltung. Jemand würde den Zorn der Götter zu spüren bekommen, und seine neuen Kollegen ließen Jack wissen, wie wichtig es jetzt war, daß der Schwarze Peter nicht ihnen untergeschoben wurde.

Charles Maitland war die leibhaftige Verkörperung von Lord Actons so oft zitiertem Bonmot, wonach absolute Macht auch absolut korrumpiert. Er hatte Lobbyarbeit im Mekka der Korruption geleistet, Kapital aus Schwächen und Vorlieben geschlagen, als Strippenzieher Interessenkonflikte und politische Blößen beeinflußt und die Verdorbenheit der Macher und Lenker von Cook County für sich ausgenutzt, Staatsanwälte, Investoren, Finanzmagnaten, Richter, einige Kongreßabgeordnete, ein Senator hier, ein Gouverneur dort. Maitland kaufte und verkaufte Leute wie Immobilien, bar auf die Hand, mit Schuldverschreibungen, Aktien, bezahlte sie mit langfristigen Darlehen, bis sie sich amortisiert hatten, er Kapital aus ihnen schlagen konnte, schmierte ihre korrupten Ärsche, und jetzt war dieser Handelsfürst der Korruption tot. Jemand hatte ihn zwei Häuserblocks von einem der bestbewachten Hochhäuser in Chicago entfernt ermordet und abgeschlachtet, hatte Charlie Maitland ZWEI HÄUSERBLOCKS VOM BESCHISSENEN LAKE SHORE DRIVE ENTFERNT verstümmelt, und die Leute wollten schnell Ergebnisse sehen. Nicht mehr lange, und die Kacke wäre voll am Dampfen, garantiert, hatte man Eichord versichert.

Der eine Film war mit Burt Reynolds in dieser oder jener unsäglichen Rolle, der andere Teil zwei von irgendwas, und alles sah so vollkommen irrelevant und vorhersehbar und dämlich und langweilig aus, und darum standen sie nur unter dem gigantischen Vordach, sahen sich das Plakat für diesen Dreck aus Hollywood an, und er wandte sich an sie und sagte: »Äh …«, und sie sah ihn an, er hakte den kleinen Finger bei ihrem unter, und sie lächelte nur und erwiderte: »Wie sehr wünschen Sie sich denn wirklich, diesen preisgekrönten Film zu sehen?«

Und sie prusteten beide. Und er machte zwei andere Vorschläge, und sie hielt weiter seinen kleinen Finger, und dann gingen sie händchenhaltend zum Auto zurück.

Ein grauenhafteres Motel schien auf den ersten Blick kaum vorstellbar zu sein. Es hätte vielleicht erträglich sein können, wäre er ein professioneller Aufreißerkönig gewesen, der alles im voraus geplant, sich in einem hübschen Best Western oder etwas in der Preisklasse eingemietet und den Schlüssel für ein hübsches, abgelegenes Zimmer schon in der Tasche hatte und bis unmittelbar vor die Tür fahren konnte. Aber so hatte er das erste Motel angesteuert, das sie fanden, ein billiges, heruntergekommenes, anonymes Stundenmotel, und sie saß allein auf dem Vordersitz und kühlte langsam ab, während er einem mürrischen alten Knacker zusah, der aussah wie ein Hehler, den er mal hopps genommen hatte, wie dieser Zigarrenasche auf sich fallen ließ und herumscharwenzelte und darauf achtete, daß Mr. und Mrs. J. Eichord, Eichord Company, selbständig, die im voraus bezahlten, sich nicht mit dem kaputten Fernseher, satte einundfünfzig Zentimeter Bildschirmdiagonale, aus Zimmer 312 aus dem Staub machten. Und als sie endlich in dem Zimmer waren, dachten sie nur, mein Gott, was sollen wir jetzt nur machen, und die Vorstellung, sich in dieser Absteige tatsächlich *auszuziehen*, war so deprimierend und unvorstellbar, daß sie, als er sich auf das klapperige Bett gesetzt hatte, von ihm abrückte und in dem Sechzehn-Dollar-Schwingsessel am Fenster Platz nahm.

Er macht ein übertriebenes Getue darum, wie er ihre Mäntel

aufhängt, und dann sieht er sie irgendwie verloren da sitzen, und er geht einfach zu ihr und nimmt ihre Hand, redet beruhigend, sehr leise, redet über nichts, und sie sitzen nebeneinander auf dem Bett, und es scheint einfach nicht so natürlich zu sein, mit ihm in einem Motelzimmer zu sein, denkt sie, aber sie ist eine erwachsene Frau, und niemand zwingt sie, das gegen ihren Willen zu tun, und sie versucht, sich zu entspannen, und er küßt sie ganz behutsam auf die Wange, und dann noch einmal, und dann geht es zwischen ihnen das erste Mal los.

Sehr, *sehr* keusche, unzweideutige, fast brüderliche und schwesterliche Zärtlichkeiten. Sie umarmen einander nur, zaghaft, es ist fast ausschließlich er, der sich bewegt, beugt sich über sie, gibt ihr zurückhaltend zwei Kleine-Kinder-Küsse, und dann drückt er auf einmal ganz aus heiterem Himmel diesen *enormen* Prügel an ihr Bein, als sie endlich halb auf dem Bett liegen, sie aber mit einem Fuß noch den schmutzigen Teppichboden berührt, und sie müssen beide lachen, was das ganze ein wenig auflockert, und dann ist er peinlich berührt und dreht sich auf den Rücken und wünscht sich, das Ding würde verschwinden, weil ihm endlich klar wird, was für ein Fehler das alles gewesen ist.

Und sie kann spüren, daß sie es hier mit einem ausgesprochen netten Mann zu tun hat, einen guten Mann, mit dem sie wenigstens lachen kann, und sie beugt sich jetzt über ihn und küßt ihn zärtlich auf die Lippen, und er sagt, das ist alles ein Fehler, und sie sagt, sei nicht albern, und er sagt, ich weiß, daß du das nicht machen willst, worauf sie antwortet, daß es vermutlich ungesund ist, wenn ein Mann so eine enorme, pochende Erektion hat und nicht – du weißt schon – zum Schuß kommt, und wenn ein Mann derartig erregt ist, dann sollte er auch zum Orgasmus kommen. Weißt du, das ist keine große Sache. Wir müssen ja nichts zusammen machen oder gleich miteinander schlafen. Warum masturbierst du denn nicht, und das hört sich dann so albern an, daß sie wieder beide prustend lachen müssen.

Aber sie bleibt hartnäckig beim Thema, und sie weiß, wovon sie redet, sagt sie, es ist vermutlich nicht gut für einen, wenn man derart erregt ist, und so weiter, und er sagt ja, sehr heiser, ja, das stimmt vermutlich, und dann nimmt sie die Sache sozusagen selbst in die Hand und reibt ihn ungeheuer zärtlich und oh Gott oh oh oh mein Gott, das fühlt sich so GUUUUUT an, so wild, und jetzt weiß er, daß er abgehen wird wie eine Rakete, und er macht den Gürtel auf und schiebt die Hose runter und alles Peinliche ist dahin und zum Teufel, denkt er, laß sie das machen, sie hat es sich ja sowieso schon in den Kopf gesetzt. Ein Akt der Barmherzigkeit, denkt er, darauf läuft das hier hinaus.

»Edie, das ist es fast, aber laß die Spitze nicht immer so rausrutschen. Du mußt ihn immer schön geschmeidig in der Hand halten, siehst du – und mach immer schön konstante Bewegungen auf und ab, nicht zu locker und nicht zu fest.« Ich weiß Bescheid, denkt er, schließlich bin ich seit Jahren ein passionierter Wichser. »Ja. So ist es gut, *oh, ja, so ist es gut!* Das ist schön. *Mach so weiter. Oh ja. Hör nicht auf!*«

Das schöne am Sex. Selbst wenn er nicht gut ist, ist er grandios, dachte er. Und so begann ihre Beziehung, ungewollt, könnte man sagen, mit einem Gnadenwichs.

CHAINGANG

Er hat eine Art von widerwilligem Respekt für die kleinen Menschen entwickelt. Er gibt bereitwillig zu, daß sie bessere Soldaten sind als wir, aber das will nichts heißen. Unsere kindischen, arroganten Knilche sind leichtsinnig und untüchtig auf dem Schlachtfeld. Die kleinen Leute beherrschen das Soldatenhandwerk wenigstens. Er liebt es, sie zu töten – sie in Hinterhalte zu locken und zu spüren, wie das Leben aus ihren drahtigen kleinen Körpern fließt. Er schlägt zu gern mit der Kette nach ihnen, so daß sie aufplatzen wie faules Obst, schlitzt sie auf, ißt ihre starke Lebensquelle. Ißt ihre rohen Herzen.

Auf einem Schlachtfeld, wohin er sich allein vorwagte, entdeckte er einmal eines der größeren Tunnelsysteme. Zuerst fand er den Eingang, ein winziges Spinnenloch, in das er nicht mehr als ein Bein hineinbrachte, doch dann führte ihn ein sechster Sinn zu dem Blau, das zweihundert Meter nördlich dahinfloß, und er nahm Rucksack, Hemd und Hose ab und ging in das kalte Wasser, tauchte mit Messer und Kette und einer wasserdichten Taschenlampe, die er sich umgebunden hatte, und suchte nach dem anderen Loch.

Er fand den Ausgang beim dritten Tauchen. Er war ein kräftiger Schwimmer, konnte gut zwei Minuten lang die Luft anhalten und fürchtete nichts. Er wußte, Charlie grub gern in der Nähe von Blau und legte schräge Fluchttunnel an, die unter der Wasseroberfläche mündeten. Je nach Jahreszeit konnten sie unmöglich zu entdecken sein. Aber in den Tunnelsystemen gab es Fallen, Sackgassen Geheimgänge, durch die sich nur die kleinen Leute zwängen konnten. Er fand den Ausgang, sah jedoch, daß es unmöglich wäre, seinen Körper durch das winzige Ausstiegsloch zu quetschen. Und hier kamen ihm die ersten Gedanken eines Plans.

Aber erst, als er ihren Bemühungen entronnen war, das Einsatzteam zu terminieren und ihn zu zerstören, als er in den warmen, grünen Ort geflohen war, wo er sich die Wunden leckte und sich durch reine Willenskraft wieder aus der finsteren Grube rasenden Wahnsinns herausgezogen hatte, die immer noch die Arme nach ihm ausstreckte, erst da unternahm er erste Versuche, den Plan zu Papier zu bringen. Der Plan nahm erst eine endgültige und feste Form an, als er sich wieder in der vergleichsweisen Sicherheit des Festlands befand, »zurück in der Welt«, und umherstreifte und tötete wie zuvor.

Er war schon ziemlich lange Zeit in diesem Waggon, und es war kalt und laut in dem übelriechenden Gefährt, aber seine Gedanken waren anderswo. Seit Stunden tagträumte er von der Frau, die er getötet hatte, und der ebenso erstaunlichen wie glücklichen Fügung, die ihn ausgerechnet sie auswählen ließ. Sie war wirklich eine ausgesprochen glückliche und spektakuläre Wahl gewesen, eine wahrhaft schöne Frau, die er viele Stunden lang am Leben halten konnte, während er sie hinabführte in sein höllisches Grauen unvorstellbarer Abscheulichkeiten und Schrecken und am Ende voll köstlicher Zurückhaltung tötete.

Cody Chase lautete ihr Name. Er flüsterte ihn bei sich in der Finsternis seiner Psychopathologie. Cody ... Chase. Man stelle sich jemanden mit so einem Namen vor. Ein kluger, munterer, körperlich atemberaubend schöner junger Wildfang, und so lange hatte sie geglaubt, sie könnte besser denken, besser laufen, besser vorausahnen, besser abwarten, besser durchhalten, und während das Spiel seinen Lauf nahm, vielleicht nur noch, besser ficken, besser lutschen, besser betteln, besser schreien, besser bluten – und dann ging ihr allmählich auf, daß sie nichts besser konnte. Und da fingen seine wahren Wonnen an. Als er in diese faszinierenden blauen Spiegelbilder ihrer Seele blicken und sehen konnte, wie sie vor Angst grabsteingrau wurden, und sie wußte, daß sie jetzt so verwundbar war, wie er es wollte. Schließlich begriff sie, daß es keinen Ausweg mehr gab. Und als sie voller Lebenskraft, stark und wissentlich diese letzte Hoffnung aufgab, da ließ er sie toben und spielte mit ihr, verspottete sie und zeigte ihr einige der ersten, einfachsten Schritte in dem manchmal gravitätischen, manchmal frenetischen, aber stets ehrfurchtgebietenden Tanz mit dem Tod.

Er phantasierte von einer anderen Cody Chase und der Verfeinerung der Kunstform, die er mittlerweile praktizierte, Nuancen und Ausschmückungen, minimalen Verbesserungen, kleinen Tricks, die der nächsten Hure ihre persönliche Hölle noch trostloser, noch unerträglicher machen sollten. Cody ... Chase, die unfaßbare, unaussprechliche, tolldreiste Frechheit der Fotze, einen Namen von so leichter, sinnlicher, elitärer Eleganz zu haben und sich vor diesem großen, dicken, watschelnden Hünen zu räkeln, der in der gesellschaftlichen Hierarchie des Lebens so tief unter ihr steht, dieser asoziale, abstoßende Fettsack von einem verkommenen Subjekt, der tatsächlich die Unverfrorenheit fertigbrachte, dieselbe Oberschichtsluft zu atmen wie sie. Scheiß-Cody-Chase in ihren Designerklamotten von Neiman's oder wem auch immer, die ihn in eine Wolke von teurem Parfüm und Verheißungen einhüllte und ihn allein durch ihre aufreizenden und undisziplinierten Bewegungen anmachte, ihn mit der langen, zotteligen, makellos frisierten Haartracht aufgeilte, ihn aufbrachte mit ihrer Wespentaille, ihrer engen Möse, dem straffen Arsch, den runden Brüsten, dem langen Hals, den schlanken Beinen, verhätschelt, privilegiert, *großer Gott verdammmmmmmmmmmmmmt laß sie kriechen, soll die Nutte die dreckigste Scheiße fressen, tu ihr weh, tu ihr weh, tu ihr weeeeeehhh und dann töte sie langsam behutsam langsam, damit es ganz laaaaaaaange dauert oooooooooooohh,* jetzt kamen die weißglühenden Wellen und er mußte ganz vorsichtig sein.

Die Worte hallen in der Schlangengrube wider, die er seinen Verstand nennt. Cody ... Chaaaaaaaaaassssssssssse ... Vokale und schlangengleich dahingleitende Silben, die um die verwinkelten Ecken herumkriechen und an den Felsen zerschellen. Daß er sie einfach so gefunden hat und sie wie immer manipulieren, so ganz ohne jede Mühe motivieren konnte, das ist die höchste Selbstbestätigung für das Ego eines Monstermannes wie ihn, daß er sie behutsam in die Decke von selbstbewußter Maskerade und

Lügen einhüllen und so mit der Schlampe spielen konnte, um sich auf diese Weise selbst etwas zu beweisen, daß er ihr den Kopf verdrehen und sie so mühelos führen konnte, sie war so sicher, daß er nur ein Ding war, und sie ließ sich so leicht manövrieren, bis er sie exakt in der gewünschten Position hatte und die Fotze dabei die ganze Zeit in dem Glauben wiegte, es wäre *ihre* Entscheidung, als er sie verkaufte, den Handel zum Abschluß brachte, die Unterschrift der Schlampe direkt da auf der gepunkteten Linie bekam. Und sie dann nahm, wie er es von Anfang an geplant hatte.

Er kann kaum atmen, wenn er nur daran denkt. Dieses aufregende Töten hat ihn wieder ganz heiß gemacht, als er es zum dritten-, zum viertenmal durchlebt, sich an jedes noch so winzige Detail erinnert, zurückspult und alles im Geiste noch einmal wiedergeben läßt.

»Warum steigt jemand zu so jemandem ins Auto ein?« hatte er einmal einen ahnungslosen Arsch in einer Hirnamputiertenfernsehsendung fragen hören, die die wahren Beweggründe des Massenmörderphänomens nicht einmal ansatzweise streifte. »Wer würde in das Auto eines Fremden einsteigen?« fragte ein Schwachkopf. Na, DU würdest es. JEDER würde es, du blöde, arrogante, ahnungslose Dummkröte. Wenn man die richtigen Strippen zieht, macht jeder alles. Wenn ein überlegener Verstand, eine meisterliche und überragende Intelligenz, sich in den Kopf setzt, daß du etwas tun sollst, dann fügst du dich den Wünschen des höheren Wesens. Weil du ein SCHAF bist.

Keiner hatte sich ihm je widersetzt. Wenn er dich davon überzeugen wollte, daß der Himmel orange war, nicht blau, dann würde er sich als erstes sein Orangefarbener-Himmel-Kostüm anziehen. Er konnte sich eine Verkörperung, eine Persönlichkeit, eine Fassade überstülpen, wie du deine Kleider anlegen würdest. Jeder gute Schauspieler kann das. Du kannst den Unterschied zwischen wahrer Schauspielerei und simplem Reagieren ganz einfach erkennen: Stell den Ton deines Fernsehers leise und beobachte die Darsteller. Die meisten sind ohne Dialoge und Handlungsgerüst, die ihnen Rückhalt geben, nicht überzeugend. Du hast keine Ahnung, wer oder was sie sind. Aber die guten – da sieht die Sache gleich ganz anders aus. Die können mehr als nur reagieren. Sie können schauspielern – allein – in einem Vakuum.

Ein wahrer Schauspieler, ein guter, versetzt sich in eine Figur hinein und motiviert diese Persönlichkeit aus einer Art von innerer Quelle heraus. Und er kann die realen Gegebenheiten seines eigenen Lebens für die ungewöhnliche Persönlichkeit verwenden, die er momentan gerade verkörpert. Man erkennt den Unterschied in der überzeugenden Selbstsicherheit seiner Darstellung. Auch er selbst besitzt die Begabung eines Schauspielers, doch die hat er auf die harte Tour gelernt, hat sie sich schon als Baby zugelegt, als Mittel, zu überleben, hat sie in dunklen, engen, stikkigen Orten gelernt, wo er Todesängste leiden mußte, hat gelernt, zu gefallen, damit er einen weiteren Tag voller Qualen überleben konnte. Er ist ein Chamäleon, wenn es ihm zupaß kommt, sich äußerlich zu verändern.

Also siehst du zuerst denselben großen, watschelnden, furchteinflößenden Koloß, der freilich ganz und gar nicht derselbe ist; *au contraire*, er ist ein freundlicher, liebenswürdiger, fröhlicher, überaus bedürftiger Dicker, der irgendwie das Glück und den Geschmack hatte, zu wissen, daß von allen Geschöpfen Gottes ausgerechnet *du* heute hier schwimmen gehen würdest, daß *du* allein ihm in seinem Dilemma und seiner Bedürftigkeit helfen kannst. Und das alles, bevor auch nur ein einziges Wort gesprochen wird. Das alles durch die Haltung, das unterschiedliche Gebaren, das schiefe Grübchenlächeln, die strahlenden Michelinmännchenpausbacken, die eine unschuldige, gigantische Sankt-Nikolaus-Fürsorge und Zärtlichkeit ausstrahlen, oder aber Staunen, Verwirrung, Schmerz, Gelegenheit zum Ausdruck bringen können, welche abgefeimte Maskerade eben gerade das Gebot des Augenblicks zu sein scheint.

Und dann kommen die Worte. Ein Fluß der Geräusche, eine Flut von Informationen, ein reißender Strom von Daten, ein ganzer verdammter Ozean von Eingaben, die dich plötzlich überschwemmen, die ganze verbale Springflut brandet tosend an die Küsten deines Verstands, saturiert deine Gedanken, ein Tsunami von Geschwätz geht über dich hinweg, und der Schauspieler liegt mit keinem einzigen Wort je daneben. Am Anfang ist das Wort. Das Wort ist immer richtig, zutreffend, betörend, in Versalien, überzeugend, fesselnd, so schmeichelnd für *dich*, eigens ausgewählt, um dich einzulullen, dich zu stimulieren, damit du die simple Realität dieses furchteinflößenden Schemens vergißt, der sich so unvermittelt in dein Leben drängt, stets vernünftig, unangreifbar in seiner Logik, unerschütterlich, so selbstsicher, daß du genau entsprechend reagierst, und dann vielleicht ein sanftes Tätscheln von diesem Moloch, der dich leitet, dich anstupst, dich MANIPULIERT, während der Strom der Worte dich trifft und du von der linguistischen Unterströmung dieses mächtigen und bösen Intellekts erfaßt und mitgerissen wirst.

Und das Befremdliche des Wortes hilft. Es ist jetzt eine derart verrückte Situation, und wer kann sagen, ob dieser riesige, schlampige, grinsende Bär nicht ein exzentrischer *Bizarro* von einem Fernsehproduzenten ist, Cody, und verdammt, jeder hat dir seit Jahren immer wieder gesagt, daß du schön genug für die Filmbranche bist, und herrje dideldei, er scheint zu wissen, wovon er redet, und was – wie war das? – du möchtest, daß ich *jetzt gleich* mit dir ins Studio komme, damit du – oh, der Kameramann ist nur noch einen halbe Stunde da – oh, nein, das macht nichts, ich denke, das müßte ich einrichten können. Wo ist das Studio? Nein, ich weiß nicht, wo das ist. Dir nach? Hm. Okay. Zehn Minuten? Und so leicht kriegt er sie. Immer ein schneller, überraschender, sogar glaubwürdiger Quatsch, der sie ködert, sie augenblicklich überzeugt, dieser tiefe Basso profundo umwölkt ihren Verstand, während er den Köder auslegt. Und es dauert nur diese eine Sekunde – diesen Augenblick, in dem du deine Vorsicht in den Wind schlägst, Cody, und du zu ihm auf den Vordersitz steigst, nur einen Moment, nur um – du weißt schon –, noch eines kurz abzuklären, bevor wir dorthin fahren und mit dem Kameramann arbeiten, und du siehst das große, fiese Messer, scharf wie eine Rasierklinge, das auf deinen Bauch gerichtet wird, und ein Lächeln, wirklich nett, wirklich freundlich, und du setzt ebenfalls ein Lächeln auf, und er drückt dich nach unten, damit man dich nicht sieht, dann ein ganz leichter Piekser, nur damit du ein paar Minuten unten auf dem Boden bleibst, bis er in diese Gasse da einbiegen und dich in den Kofferraum umladen kann – du weißt schon, Cody ... für SPÄTER.

Und das wirklich Beängstigende ist, daß sie es inzwischen alle draufhaben, Baby. Selbst der allerdümmste Vergewaltigerbengel hat die verbalen Tanzschritte, den verführerischen Kampfsprech, das Tennisspiel der gepflegten Konversation gelernt, mit dem er ins Höschen deines Verstands reinkommen kann, Cody-Püppchen. Die satanischen Katzenkiller, die Voodoopriester der Psycho-Kriegführung, die netten, freundlichen Serienmörder, die Gaukler und Illusionisten im Pentagon, die jungen Taschendiebe von der Küste, die Rockstars aus der Hölle, die Pentagramme in die Haut tätowiert haben, sie alle, *alle*, beherrschen es aus dem Effeff. Es gibt eine ganze Bande von Leuten, die dich geschmeidiger machen können als Scheiße auf der Lampenschale, Cody. Aber der große Mann – der ist der Großmeister des verbalen Blitzkriegs – der Arzt des Todes mit einem Doktortitel in Psycho. Der große Zampano des Einseifens und Rumkriegens und Verführens.

Und in dem kalten, klappernden, mit Aufdrucken und Kreidegraffiti übersäten Waggon denkt er an diesen magischen Augenblick zurück, der eine Ecke seines schwarzen Lebens erhellt hat, an die totale Eroberung dieses magischen Wonneproppens mit dem einprägsamen Namen Co-diii Chase, und da regt es sich schon wieder in ihm, und er wünscht sich etwas anderes. Dessert. Einen Quickie. Ein Hobo würde genügen. Ein Hobo, wie den Jungen, den er vor zwei Wochen erst aufgegabelt hat. Er könnte jetzt, oh ja, er könnte jetzt einen süßen kleinen Hobo brauchen, vielleicht einen Sechzehnjährigen, der, so wie der letzte, auf dem Rückweg nach Muncie oder Middletown oder so einem

Kaff ist, wo er wegen einer Verletzung seiner Bewährungsauflagen Rechenschaft ablegen muß und Todesangst hat, daß sie ihn in den Knast einfahren lassen und zu einer Haftstrafe verdonnern und er »mit einem Arschloch, so groß wie ein Baseball« wieder rauskommt.

Er erinnert sich daran, wie gut es gewesen ist, aber so kurz, und wie leicht er jetzt einen jungen Hobo ausknipsen könnte, so sehr beherrschen ihn das Verlangen und der scharlachrote Nebel, die niemals ganz gestillt sein werden, und wie es diesen kalten und lauten Waggon aufheizen würde, und wie schön es wäre, einen zu haben, um ihn gleich hier und jetzt zu erledigen, und derartige Phantasien hat das Monster, das an der Tür des rollenden Güterzugs steht, der in die Randbezirke von Chicago einfährt.

Das ist ein anderes Panorama, als es der König der Landstraße aus der Fahrerkabine seines Achtunddreißigtonners sieht, und deutlich anders als die Perspektive vom Asphalt aus. Die Schilder unterscheiden sich ein wenig von denen, die man abseits der Schienen zu sehen bekommt. Es ist noch nicht lange her, da hat er das Dach einer Scheune gesehen, wo FÜR M R L CAVE geworben wurde, und während er von den Wonnen eines jungen Hobos träumt, analysiert sein Unterbewußtsein automatisch mögliche Permutationen, MARVEL, MARBLE, MIRACLE CAVE, CAVERN, MURIEL CAVE, MURIEL CAVEAT EMPTOR, dies alles speist die merkwürdige Lagerhalle in seine verquere geistige Tastatur ein. Aber er haßt das.

Die beiden Typen der Güterzugkontrolle von Union Pacific reißen fleißig Witze über einen Frachtmeister, den sie nicht ausstehen können, als der lange Güterzug mit seinen hundertzehn Waggons in den Rangierbahnhof einfährt, und dann wärmt der eine einen uralten Kalauer wieder auf und sagt zum anderen: »Ein Bahnpolizist sieht einen irren Tramp auf den Gleisen, der ständig in eine Schiene beißt und schon einige Zähne verloren hat. Weißt du, was er ihm rät?«

»Klar. Geh ein Stück da rüber, da ist eine Weiche«, antwortet der andere, und sie lachen beide, als der fragliche Waggon sie passiert, und so sehen sie das Ding an der Tür nicht. Der Waggon ist der letzte in einer Kette von einem halben Dutzend Güterwaggons und Tankwagen, die ursprünglich aus Stockton kommen, und Chaingang hat die Luke dieses Waggons aus Santa Fe geöffnet und wirft jetzt seine riesige Tragetasche hinaus und beißt die Zähne zusammen, als er aus der Luke hinausspringt, und hofft, hofft einfach nur, daß ihn ein verdammter Bahnbulle springen sieht und kommt und versucht, ihn einzubuchten.

Er landet mit seinen ganzen fünfhundert Pfund auf dem guten Bein, das jetzt so geschwollen ist wie sein schlimmer Knöchel, und er schwört sich, keine Züge mehr, als er auf der harten, Schmerzen zufügenden Erde auftrifft. Aber das sieht man nicht, wenn man den großen Mann erblickt, der aus dem Güterwaggon aus Santa Fe springt, denn man erkennt tatsächlich nur einen hünenhaften Mann, der anmutig – graziös, wäre man fast versucht, zu sagen – aus dem Zug springt, wie ein Akrobat landet, sich elegant abrollt, aufspringt und sich mit dem Schwung des Zuges bewegt und seine Leibesfülle dahinwälzt wie ein großer Clown, ein lachender fetter Tänzer und Possenreißer. Du würdest vermutlich bei dir denken, ist er nicht leichtfüßig? Und du würdest aller Wahrscheinlichkeit nach nicht einmal ahnen, daß er satte fünfhundert Pfund auf die Waagschale bringt, Freundchen, so, wie der sich aus dem Güterwaggon fallen läßt und auf den Felsen landet und rollt, und das ist wahrlich Rock'n'Roll.

Aber als er dann aufsteht und zu seiner Tragetasche hinkt, die weder Sie noch ich auch nur vom Boden anheben könnten (der Schlafsack allein wiegt zweiundzwanzig Pfund), erkennt man, daß es ihn alle Anstrengung kostet, sich wieder auf seinen verstauchten, pochenden Knöchel zu stützen. Aber im Geiste konzentriert er sich schon wieder auf die unmittelbaren Aufgaben, bahnt sich zielsicher einen Weg hinaus aus diesem enormen Rangierbahnhof, nimmt eine Nebenstraße und überquert eine belebte Durchfahrtsstraße, bis er, etwa neun Häuserblocks vom Güterbahnhof entfernt, zu einem Straßenschild des County gelangt. Er schaut die Straße entlang und erblickt rund zwei Blocks von seinem momentanen Aufenthaltsort entfernt eines der kleinen Dienstgebäude, nach denen er gesucht hat.

Er beschließt, daß er seine Tragetasche hier lassen und zurückgehen und sich beschaffen wird, was er braucht, weiß jetzt aber wenigstens, wo er die Nacht verbringt. Ihm ist kalt, und sein Knöchel sendet Schockwellen in sein Gehirn, aber er ignoriert die Schmerzen, wie immer, und konzentriert sich weiter auf alles, was höhere Priorität hat. Zuerst hüpft er vorsichtig über den tiefen Straßengraben und verstaut seine Tasche in einem Dickicht von Unkraut am Rain der angrenzenden Wiese. Er bricht einen großen Ast von einem Baum ab, benutzt ihn als Krücke und hinkt zurück zu einem kleinen Lebensmittelgeschäft.

Ein Auto voll junger Mädchen wird langsamer, als es sich ihm nähert, und er kann sehen, daß sie ihn angaffen und lachen und die Fahrerin hupt, als sie ihn passieren. Er kann einen Blick auf die auf dem Beifahrersitz werfen. Eine fünfzehnjähriges Mädchen von der Highschool, mit Wangenknochen wie ein Backenhörnchen. Er überlegt sich, wie er ihr den Mund zukleben könnte, damit sie nicht schreien kann, und die verschiedenen Möglichkeiten, wie er sie von einer Ohnmacht in die nächste fallen lassen kann, bevor er sie endgültig erledigt, wie er ihre Hände fesseln und sie nackt daran aufhängen würde, damit er sich an ihr zu schaffen machen kann, wie er sie aufhängen und ihr die hübschen braungebrannten Beine spreizen würde, wie ihre Brustwarzen ganz aufgerichtet sind und er in sie hineinkneift, wie es ihm gefällt, und dann mit Fingern wie Schraubstöcke, Schraubstöcke aus Edelstahl, *wie Scheren, die kneifen und drehen und dieser kleinen Fotze Nippel und Klitoris abreißen, die rosa Haut auseinanderziehen, so daß sie blutet, und er ihr diesen Pelz von der Vorderseite herunterreißt, während sie zappelt und ohnmächtig wird, und ihr die Haut von den Innenseiten der Oberschenkel löst und die Haut schält, abschält wie die Schale einer reifen Frucht,* und er lächelte und lacht sogar fast laut auf angesichts dieser Vorstellung.

Er hat eine Kiste mit Splittergranaten in der Reisetasche. Er phantasiert sich so einiges zusammen, was er mit diesen Mädchen in dem Automobil anstellen könnte, während er unter Schmerzen zu dem kleinen Laden hinkt. Er überlegt sich, was für ein Vergnügen es wäre, diesen saftigen Jungtieren, Güteklasse A des Landwirtschaftsministeriums, die gerade an ihm vorbeigepest sind, das Gütesiegel und ein Brandzeichen aufzudrücken, ein glühendes Brandzeichen, um sie als staatlich geprüfte Erste Wahl auszuweisen und zuzusehen, wie das heiße Brandeisen seine Form in das gequälte, blutende, rohe, zappelnde, zuckende zartrosa Fleisch hineindrückt, dieses verhätschelte, unberührbare junge Fleisch, dem er so gern sein eigenes, ganz spezielles Brandzeichen aufprägen würde. Etwas, mit dem er ihre Aufmerksamkeit gewinnen kann, während sie wie Schweinehälften dahängen und darauf warten, daß er sich eine nach der anderen vornimmt, und er läßt seine blühende Phantasie neue Spiele erfinden, die er mit ihren Körpern und Seelen spielen kann, und überlegt sich, wie wonnevoll es dann sein würde, später, sich ihre jungen, zarten Herzen zu holen.

Er wendet sich der Seite des Gebäudes zu, wo Werbung für HIMBEERLIMONADE und PROFFER'S EINS A FLEISCHWAREN angebracht ist, stößt die verbeulte Metalltür mit der Aufschrift MÄNNER auf und läßt sie hinter sich offen stehen, während er seinen Penis herausholt und aus einem unerfindlichen Grund in das Waschbecken uriniert und den Strahl seines stinkenden Urins dann durch den Raum und in den Abfalleimer lenkt, wo er wie ein Wolkenbruch prasselt, und nur die Tatsache, daß er seinen Strahl nicht so hoch lenken kann, hindert ihn daran, auch noch auf den leeren Papierhandtuchspender zu pissen. Er geht zur Vorderseite des Ladens zurück, eine Kombination von Lebensmittel-/Spirituosenladen und Tankstelle, drückt auf den Blechstreifen mit der Aufschrift PACK DEN TIGER IN DEN TANK und läßt die Tür hinter sich zufallen, während er zu den Lebensmitteln geht.

»Schön' Tach auch«, sagt eine runzlige Frau mittleren Alters im Schatten hinter dem Tresen, wo er einen öligen Quizmaster verbale Fäkalien von sich geben hört, und er beachtet sie nicht weiter und schnappt sich das erstbeste Päckchen, das er in der Kühltruhe zu fassen bekommt, eine große Packung pasteurisierten amerikanischen Käse und verpackten Schinken in Scheiben, und er reißt den Schinken mit den Zähnen auf und zieht den Dekkel von dem Käse herunter, läßt den Pappkarton in die Gemüsetruhe neben sich fallen, zieht das Ende der Folie auf, beißt ein großes, acht Zentimeter langes Stück Käse ab, wickelt Schinkenscheiben darum, schluckt etwa die Hälfte davon auf einen Bissen, zieht geistesabwesend eine Tüte, die nach Kartoffelchips aussieht, von einem Regal in der Nähe, bohrt einen Finger hinein, reißt sie auf und stopft sich eine Pranke voll in den Mund, gesalzene Gummidichtungsringe mit Konservierungsstoffen, er schluckt einen großen Mundvoll dieser grauenhaften Chips, reißt eine der Kühlschranktüren auf, schnappt sich eine Zwei-Liter-Tüte Milch und leert vier Fünftel davon auf einen langen, gurgelnden, gierigen Glub-glub-Zug.

»Ach herrje, ich schwör, ich hab noch nie nich niemand soviel Milch in so 'ner kurzen Zeit trinken seh'n! Ich schwör's«, sagt sie nervös, während er weiter die Regale plündert und verwüstet, einen Karton Kekse und noch eine Fleisch- und Käse-Kombipakkung aufreißt, auf sie zugeht und sich dabei eine ganze Packung Schweizer Käsescheiben mit Fleischwurst in das gefräßige Maul stopft, die er kaum kaut, bevor er sie schluckt und fragt:

»Wo gibt's 'n Bier?« und weiter wie ein menschlicher King Kong auf sie zugeht, dieser Müllschlucker auf zwei Beinen, der sich jetzt fast den Kopf an der Zimmerdecke anstößt, während er den Rest der Milch in sich reinschüttet und die Frau ihm antwortet:

»Gleich da im Kühlschrank, immer nach rächts.« Runzlige alte Fotze, denkt er, während er einen lautstarken Rülpser von sich gibt und eine Flasche Michelob mit den Zähnen öffnet, wie er es immer gern macht, wenn ihm jemand zusieht, und den Kronenkorken einfach ausspuckt und auf den Fußboden fallen läßt, derweil sie ihn ansieht und halb murmelnd, halb hauchend sagt:

»Ich hoff ma, Sie könn' das ganze Zeuch auch bezahlen«, aber

Gott sei Dank hört er sie nicht oder beachtet sie nicht, während er das kalte Bier wegsäuft, wieder auf höchst anstößige Weise rülpst, eine Literflasche Wild Turkey vom Regal nimmt und auf den Tresen stellt. Sie macht sich keine Sorgen mehr wegen der Bezahlung, da dieses letzte Stück sein Vorgehen gewissermaßen legitimiert, und er hat offenbar nicht nur die Absicht, zu bezahlen, dies ist auch das erste Mal, daß er sich wie ein normaler Kunde benimmt und tatsächlich etwas auswählt, statt es gleich hier im Laden zu verschlingen. Sie schaut an dem Mastodon hinauf und sagt mit dem Glück der Dummen:

»Herrjemine, Sie sind mir aber 'n Brocken. Was wiegen's denn?« Er schaut auf sie hinab, als wäre sie ein Hundehaufen, in den er gerade getreten ist. Eine Sekunde lang hängt ihr Leben am seidenen Faden, aber sie wiederholt es tatsächlich noch mal: »Was *wiegen's* denn? Ich schätz ma, Sie ham mehr als dreihunnertfuffzig.« Er kann nicht mehr anders, ein explosionsartiges Schnauben platzt aus ihm heraus, diese runzlige alte Vettel mit dem Gesicht wie eine Dörrpflaume, er kann nicht mehr an sich halten, Chaingang lacht tatsächlich laut und verschont ihr Leben, dreht sich um, geht zum Konservendosenregal und sagt über die Schulter:

»Viertausend Pfund, Glückskind.« Er grunzt gutmütig. Er mag die alte Hexe. Außerdem will er keine neue Bleibe suchen, da er sich schon ein hübsches Versteck ausgespäht hat, wo er die Nacht über ratzen kann. Ganz sicher. Trotzdem stellt er sich vor, während er Lebensmittel von den Regalen stiehlt, wie er eine der großen Dosen V-8-Saft dort nimmt und ihr auf die Schläfe hämmert, bis sie tot ist, und wie einfach er sie von ihrer kümmerlichen Existenz befreien könnte. Vielleicht kommt er morgen wieder und tut der alten Schlampe den Gefallen. Erlöst sie aus ihrem Elend.

Er greift sich eine Dose Spaghetti mit Fleischbällchen Marke Chef Boy-Ar-Dee vom Regal und nimmt sie zusammen mit den anderen Sachen, die er bezahlen wird, in die linke Hand, dann läßt er ein Glas Oliven deluxe, eine Dose Chilibohnen Marke

Bush's Best und eine große Dose Rindfleischeintopf von Dinty Moore in der geräumigen Innentasche seines Mantels verschwinden. Er geht zu den Kühltruhen zurück und holt sich eine Litertüte Milch, während er verschiedene Wurst- und Käsesorten für insgesamt vierzehn Dollar in der anderen Tasche verstaut. Er geht zu der Frau, bezahlt Lebensmittel für insgesamt 6,95 $, plus einen Liter Bier und den Liter Turkey und verläßt den Laden mit Dosen und verpackten Sachen für weitere zwanzig Dollar. Als Ladendieb spielt er in der Oberliga.

Er hat heute eine große Summe Geldes in der Tasche, bezahlt aber niemals oder selten für etwas. Das ist, wie er das sieht, eine Frage des Prinzips. Er liebt es, zu stehlen, und er ist ein versierter Dieb. Hätte er nicht dafür optiert, Mörder zu sein und sein verkommenes Leben um das Schwerezentrum von Gewaltverbrechen kreisen zu lassen, hätte er ein spektakulär berühmter Dieb werden können. Er weiß alles über Antiquitäten und Sammlerstücke, Kunst, numismatische Münzen und Edelmetalle und -steine, Briefmarken, Waffen, sowohl Schuß- als auch Hieb- und Stichwaffen, Musik, praktisch jedes Gebiet, auf dem es kostbare Memorabilien gibt, liegt im Bereich seines allesfressenden Computersuchsystems und seiner Expertise. Dabei hat er nicht das geringste Interesse an materiellen Besitztümern oder Geld.

Jetzt watschelt er dahin, nicht mehr ganz so unbehaglich, da er seinen ungeheuren Hunger gestillt hat, und geht zurück zu dem Weidenzaun, wo seine Tragetasche versteckt ist. Vorsichtig, ganz vorsichtig greift er unter die Tasche und packt mit seinen Schraubstockfingern fest den Auslöserbolzen der Granate, die er unter einer Ecke der Tasche eingeklemmt hat. Behutsam zieht er die Granate mit den Fingern eines geschickten Chirurgen hervor, schiebt den Bolzen in die vorgesehene Öffnung zurück und biegt die Sicherungsklammern wieder zurecht, als würde er einen nassen Strohhalm biegen. Als er das getan hat, schultert er die Tasche und hinkt die Straße entlang zu seiner privaten Cabaña.

Seine Unterkunft für diese Nacht ist eng, aber sicher. Er ist in einen Betonblock eingebrochen, der Ma Bell gehört, manchmal mit dem irreführenden Namen *Dienstgebäude* bezeichnet und als signalverstärkende Relaisstation genutzt wird. In den Büchern von Bell Systems in Illinois wird er als RS-724-B geführt und hier in der Gegend umgangssprachlich Schuppen 724 genannt; 724 ist eine Anlage in mittleren Jahren und dementsprechend mit einer einigermaßen komplexen Alarmanlage ausgestattet, deren Kabel unter der Erde verlegt wurden, gleich neben den langen Leitungen von Ma Bell, da in dem Gebäude eben auch ein Signalverstärker untergebracht ist.

Nimmt man ein Brecheisen und bricht die schwere Stahltür auf, wird in der Zentrale in Chicago ein stummer Alarm ausgelöst, und die Telefonistin ruft die Jungs in Blau an, damit sie nachsehen kommen. Je nach Tageszeit und Schicksal hat man zwischen zwei Minuten und einer halben Stunde, bis man auf dem Rücksitz eines Streifenwagens landet. Ma Bell versteht keinen Spaß, wenn es darum geht, daß jemand ihre Relaisstationen aufbricht.

Natürlich kann man Glück haben. In vielleicht einem von tausend Fällen kommt es vor, daß jemand Wartungsarbeiten an den Geräten ausführt und vergißt, die Alarmanlage wieder einzuschalten, nachdem sie deaktiviert wurde, und das ist dann eine Freikarte, die in etwa einem Gewinn von einhunderttausend Dollar beim Blackjack in Nevada entspricht.

Chaingang weiß so etwas, und deshalb nimmt er ein kleines schwarzes Kästchen aus der Tragetasche. Es enthält einen vollständigen Satz Dietriche Marke Taylor Deluxe, einen Satz selbstgebastelte Dietriche und Schloßknacker, eine kleine Einheit Minischlüssel, einen massiven Ring mit zweihundertfünfzig Hauptschlüsseln für alles, von altmodischen Karossen bis zu den neuesten GMs, Hausschlüssel, Zahnschlüssel, ganz wie es beliebt. Sein Kästchen enthält ein halbes Dutzend Feilen und Sägen und Brecheisen. Außerdem hat er einen Meißel und einen kleinen Vorschlaghammer, mit dem er manchmal auch tötet, wenn ihm danach ist.

Und er ist im Inneren, bleibt vollkommen reglos stehen, saugt die elektrischen Summtöne in sich auf und läßt einfach nur die Schwingungen in Ma Bells Relaisstation 724 auf sich einwirken, bevor man auch nur »Einbrecher« sagen kann. Und etwas stimmt nicht. Etwas ist einfach, sagen wir, nicht ganz hasenrein. Sein erstaunlicher innerer Computer rast mit einer Meile pro Minute dahin, und so müde er ist, er läßt die letzte Stunde seines finsteren Lebens Revue passieren, während er gleichzeitig seine unmittelbare Umgebung nach dem Ding absucht, das ihn aufgeschreckt hat. Nimmt gerade eine versteckte Überwachungskamera sein Bild auf? Er blinzelt, verlangsamt seine Vitalwerte unwillkürlich und automatisch ein klein wenig und geht in Wartemodus, während er sondiert und ortet.

Es ist eine Präsenz, ein Gefühl, daß etwas nicht so ist, wie es sein sollte. Was wurde nicht getan. Welches Detail wurde übersehen. Für welche Unachtsamkeit wird er teuer bezahlen müssen. Er spürt, daß er irgendwie beobachtet wird. Es ist sehr stark, und er ignoriert sie niemals, diese Eingebungen, diese Schwingungen – man kann sie nennen, wie man will. Seine seltsamen und erstaunlichen Instinkte, die ihm schon tausendmal auf ebenso viele Arten und Weisen das Leben gerettet haben, geben ihm Zeichen. Es ist etwas da draußen.

Er öffnet die Tür einen Spalt mit seiner Killerhand, seiner rechten Hand, die er herunterhängen läßt. Er spannt die großen, Stahlzigarren so ähnlichen Finger, formt sie zu einer massiven Klaue und entspannt die Hand wieder. Er hat einen Griff, der unfaßbar ist. Einmal hat er in seiner Wut die Batterie einer Taschenlampe zusammengedrückt, wie andere Leute eine leere Bierdose zerquetschen würden. Viele Jahre lang gehörte es zu seinen kleinen Freuden, daß er versuchte, seine eigenen Hände so fest zu drücken, daß er seine persönliche Schmerzgrenze erreicht; eine kleine Schrulle, die an einsamen, finsteren Orten geboren wurde.

Er denkt an kleine Babys, bevor sein Verstand das Geräusch registriert, und dann geht ihm auf, worum es sich handelt – die fernen Schreie von Vögeln, die nach Süden fliegen, und nein, nein das ist es nicht, er kann jetzt Babys wimmern hören, und dann weiß er, was es ist, noch bevor er den Karton gefunden hat, und er hofft mit dem Teil seiner Seele, der noch etwas Menschliches hat, daß er da drin nichts Schlimmes finden wird, nichts, das seine Wut in das scharlachrote Stadium katapultiert und in plötzliche tödliche Raserei überkochen läßt. Aber als er sich davon überzeugt hat, daß keine Passanten in der Nähe sind, geht er zu dem großen Baum neben der Hütte und sieht in den Karton hinein. Es sind zwei winzige, ausgehungerte Welpen undefinierbarer Abstammung, die sich aneinanderkuscheln und versuchen, am Leben zu bleiben, während sie an den zierlichen, ausgemergelten Körpern nach Wärme suchen und zittern und beben, als sich dieser riesige Schatten über sie beugt.

Zum ersten Mal in den letzten sechzig Sekunden oder so gestattet er sich, zu atmen, und zuckt mit den schweren Schultern. Er geht zu seiner Tragetasche und kehrt dann wieder zu der Kiste zurück. Mit einer Abfolge von raschen, sicheren Handbewegungen hat er die Dose Fleischeintopf geöffnet, kippt den Inhalt in eine Ecke der Kiste und sieht zu, wie sich die halb verhungerten Hunde gierig über den kalten Eintopf hermachen. Sie reißen wie von Sinnen an dem Futter, wie es verhungernde Lebewesen immer tun, und binnen weniger Sekunden sind die größeren Fleischbrocken verschwunden. Er überlegt, ob er noch eine Dose aufmachen soll, fragt sich aber, ob ihnen nicht schlecht wird und sie an Erbrochenem ersticken könnten, doch dann öffnet er eine kleine Dose Wiener Würstchen, die er in mundgerechte Stücke zerbricht, mit den großen Fingern zerquetscht und sie auf die Hunde hinabregnen läßt. Einige der Würstchen verschwinden in seinem Mund.

Er geht wieder hinein, breitet seinen riesigen Schlafsack so gut es auf dem beengten Raum in der Hütte eben möglich ist auf dem Boden aus, kehrt ins Freie zurück, hebt die kleinen Welpen überraschend zärtlich hoch und spürt, wie sie in seinen Händen zappeln und aufgeregt winseln. Er ist froh, daß er den, der sie aussetzte, nicht gesehen hat, denn er hätte Amok laufen können. Schon einmal wurde er Zeuge, wie ein Mann einen mißhandelten Hund aussetzen wollte. Als erstes hatte er den Hund eingeschläfert und dann etwas sehr Böses getan. Er ließ sich von dem Mann in dessen altem Auto nach Hause fahren und ging mit ihm hinein. Er fesselte die Frau und die beiden Kinder des Mannes und ließ sie mit ansehen, was er dem Mann antat, während er ihn langsam tötete und in der Raserei seiner Wut Stück für Stück sterben ließ.

In der Relaisstation breitet er eine Zeitung für die Hunde aus, eine Angewohnheit aus seiner eigenen gequälten Kindheit, aber als er sich in den Schlafsack legt, holt er die Welpen zu sich, und sie schmiegen sich an ihn und fiepsen vor Freude. Er öffnet eine Packung Wurst und Käse, die sie zu dritt verschlingen, der riesige Mann, dessen Leibesfülle die gesamte Hütte beansprucht, und die beiden winzigen, ausgehungerten Köter, die an ihn gedrängt herumwuseln, während er ihnen kleine Häppchen seines Abendessens füttert. Und so schlafen sie schließlich ein, als sie zu Ende gegessen haben, die beiden ausgesetzten kleinen Welpen und der Mann namens Chaingang, alle aneinandergekuschelt, und alle dem Gefühl von aufrichtiger Liebe so nahe wie niemals sonst in ihrem Leben.

In seinem tiefen Schlaf träumt das Monster von einer wunderschönen Frau, mit der es ein wunderbares und intimes Erlebnis hatte, und es denkt mehrere Male in dieser Nacht an sie. Aber am Morgen wird es sich fragen, ob die Frau namens Cody Chase tatsächlich real oder nur ein Hirngespinst war, von dem er geträumt hat.

JACK UND EDIE

Beim zweiten Mal passierte es wie beim ersten Mal, eine Wiederholung ihrer ersten Ersatzbefriedigung. Er stellte fest, daß er über vieles nachdachte, über das er eigentlich gar nicht nachdenken wollte, aber zum Teufel damit. Er war verrückt nach dieser Frau. Eichord war an so etwas nicht gewöhnt. Die Inbrunst und fast verzehrende Leidenschaft einer Liebesaffäre waren ihm fremd. Er sah sich als Mann in der späten Lebensmitte und konnte sich an diese Gefühlswallungen nicht gewöhnen. Herrgott, dachte er, verliebe ich mich in dieses alte Mädchen? Altes Mädchen dachte er, wenn er ihre Lachfältchen und winzigen Fältchen und Spülhände sah, und gab sich, noch während er derlei respektlose Gedanken hegte, im Geiste selbst einen Tritt in den Hintern.

Er konzentrierte sich auf die winzigen Altersfältchen und die Runzeln und die Makel. Denk an die Falten und laß dich nicht von dem langen, dichten, seidigen Haar ablenken, von den faszinierenden Augen oder von diesen Beinen, die einfach kein Ende zu nehmen scheinen. Sieh das alles gar nicht an. Und was du auch tust, wage ja nicht, den Mund anzusehen. Nein. Das wäre ein schwerer Fehler. Nicht, wenn du dieses Fieber abschütteln und wieder gesund werden möchtest. Befrei dich von diesem Saturday-Night-Fieber, alter Mann.

Und so konzentrierte er sich auf ihre Hände und mußte alle Willenskraft aufbieten, seine Lippen und Zunge und Zähne von diesen runzligen Händen fernzuhalten, diesen zarten Fingern einer schlanken, gutaussehenden, vitalen erwachsenen Frau, denen man die Spuren der Belastung deutlich ansah. Die harte Arbeit gewöhnt und nicht geschont worden waren. Die Geschirr gespült und Windeln gewechselt hatten. Diese Hände, die jetzt etwas taten, woran er sich nicht gewöhnen konnte.

Er war nicht schwanzgesteuert. Auf keinen Fall. Aber seine Frauen waren es in gewisser Hinsicht gewesen. Er war es gewöhnt, daß Frauen ihn wollten und ihm das auch sagten. Daß sie sagten: »Ich will dich.« Und: »Ich will dich in mir spüren.« Variationen eines Themas. Sie wollte das nicht. Noch nicht, sagte sie, es wäre einfach nicht richtig, und er versuchte tapfer, sie zu verstehen, und die Elektrizität floß weiter zwischen ihnen, unmißverständlich und in hoher Stromstärke, aber dennoch behielt sie die Situation im Griff, behielt sie in der Hand.

Es war gewiß nicht so, daß Edie den Geschlechtsakt abstoßend oder gar widerwärtig fand. Nein. Der Gedanke an Sex mit diesem Mann war aufregend und etwas, worauf sie sich irgendwann einmal freuen würde, wie sich ein Freßsüchtiger auf den nächsten Bananensplit freut. Es lag einfach daran, daß es ihr irgendwie unangemessen vorkam, diesen Schritt zu machen, den sie immer noch ein wenig zimperlich als »bis zum letzten gehen« betrachtete. Es jetzt zu machen, mit diesem frischgebackenen Liebhaber, diesem neuen Freund, so kurz, nachdem sie sich kennengelernt hatten, das wäre – na ja, das hätte bedeutet, das letzte Stadium der Intimität zu überstürzen. Und doch wollte sie es bei aller Ambivalenz, brauchte die Nähe und wußte, daß das für ihn ebenso galt. Sie wollte und mußte diese Sache greifbar machen, die da zwischen ihnen durch den Äther hin und her strömte wie winzig kleine Blitze, diese neue, heiße elektrische Ladung von Begierde und gegenseitiger Anziehung. Und darum mußte das eben vorerst genügen.

Sie kannte sich mit Männern aus. Und sie wußte, sie konnte es ihm auf diese Weise besorgen, jedenfalls die Zeitspanne lang, die es dauern würde, bis sie bereit war, sich diesem Mann ganz hinzugeben. Ihr war voll und ganz bewußt, daß das überhaupt keinen Sinn ergab. Aber irgendwie sah sie es im Chaos und Durcheinander ihres Lebens, das ganz allmählich wieder in ruhigere Fahrwasser geriet, als etwas, womit sie beide leben konnten. Sie wußte, daß dieser Mann sie rückhaltlos begehrte, spürte jedoch auch, daß Jack Eichord nichts tun würde, das die Gefahr heraufbeschwor, daß sie verloren, was sie beide hatten und jeden Tag aufs neue ineinander fanden. Jack würde ihr ganz gewiß kein Ultimatum stellen. Und allein dieses Wissen trug sehr dazu bei, daß sie sich entspannte, und half ihr, langsam die Barrieren einzureißen, die bis jetzt verhinderten, daß ihre sexuellen Berührungen über das Stadium pubertären Fummelns hinausgegangen waren.

Und so nahm alles seinen Lauf. Und als ihr Arm allmählich müde wurde, machte sie das, was alle Frauen machen, sie ließ sich etwas viel Besseres einfallen. Edie zog los, kaufte sich ein altmodisches Paar Damenstrümpfe, schnitt den Fuß ab, und daß mir jetzt bloß keiner lacht, verdammt noch mal, schmierte sie von oben bis unten mit Vaseline ein (die Gleitcreme aller einsamen Witwen) und kam so richtig zur Sache. Mann! Tolle Witwe.

Und in der darauffolgenden Nacht waren sie wieder zusammen, und da brachte sie ihn mit einer Plastiktüte zum Abspritzen, und am Ende der Woche war sie ins Einkaufszentrum des Viertels gegangen und hatte einen Karton Nylonsocken gekauft, wobei sie nicht mehr an sich halten konnte vor Lachen, als der Verkäufer sie fragte, welche Größe. Sehr klein, verriet sie Jack später. Na ja, selbst wenn der Sex nicht gut ist, ist er grandios. Und dies war prima und auf jeden Fall verdammt viel besser als gar kein Liebesleben.

Und auf einer rein freundschaftlichen Ebene bedeutete es Jack ebenfalls sehr viel, da er spürte, wie wichtig es ihr war, für sein körperliches Wohlbefinden und seine Zufriedenheit zu sorgen. Da sie einen Ehemann verloren hatte, fragte er sich manchmal, wie geschmacklos sie den Geschlechtsakt selbst wirklich fand. Er wußte, sie gehörte nicht zur bisexuellen Fraktion. Sie mochte sich selbst, wie wir alle, aber an zweiter Stelle, das spürte er, kamen natürlicherweise Männer für sie.

Eichord war felsenfest davon überzeugt, daß sie weder eine Tochter von Lesbos, zölibatär oder ein Neutrum war. Er zog sie damit auf, daß sie wie Erma Bombeck sei – eine Trisexuelle – und seinen Avancen nur deshalb widerstehen könne, weil sie sich zu viele Sendungen von Phil Donahue angesehen und ergo ein seltsames Plateau sexueller Abseitigkeit erreicht habe. Sie sei multivalent, mehrgleisig, und obwohl sie ganz offenkundig nicht bereit sei, es auf die normale Art und Weise mit Jack zu treiben, sende sie diese starken und aufgeladenen Signale aus, die das gesamte Spektrum von onanistisch bis hin zu regelrecht orgiastisch umfaßten.

»Du kennst mich«, hatte er nur halb im Scherz zu ihr gesagt, »ich bin der freundliche Perverse aus der Nachbarschaft.« Er machte sich über sich selbst lustig, weil er so begierig darauf war, von dieser Frau auch nur so etwas ähnliches wie Küß-mich-Schwingungen zu empfangen. Feuer schwelten in ihrem Inneren, versicherte er sich selbst immer wieder. Und dann fügte er mit einem Anflug von Schuldgefühlen hinzu, daß derartige Reaktionen typisch für uns Macho-Holzköpfe wären. Dasselbe denken wir nur zu gern von allen mit weiblichen Geschlechtsorganen, seien sie nun Kampflesbe, Nymphomanin, Frigide oder eine schlammringkämpfende Perversoqueen vom Planeten Uranus.

Eichord dachte über den Sinn von alldem nach, während sein Samen weiter in den Zehen abgetragener Socken zu betonähnlicher Konsistenz erstarrte, was ihm nicht wenig zu schaffen machte und regelrecht Gift für den alten Dämon Ego war, während er gleichzeitig immer tiefer und tiefer in eine Art von Grube mit hohen, schlüpfrigen Wänden fiel. Das beunruhigte ihn. Es reichte nicht aus, daß er damit aufgehört hätte, nur damit das klar ist, aber Schuldgefühle können etwas Unheimliches sein.

Er befand sich, von Chicago kommend, auf dem Weg nach Norden, hatte neun Stunden sterbenslangweiligen und sinnlosen Papierkrieg hinter sich und war seit dem Morgengrauen im Büro gewesen. Es war später Nachmittag, und der Tag, der Job, die merkwürdige neue Liebesaffäre und die Serienmorde – das ganze Schlamassel stürzte einfach über ihm zusammen, während er fuhr, und als er ein freies Stück Brachland sah, steuerte er das Auto an die etwas matschige Böschung, stieg aus, dachte ganz kurz an seine neuen Schuhe, ging ziellos den Weg entlang, der an das Feld angrenzte, und sog die Luft mit ganzer Kraft in seine Lunge.

Er brauchte fast zehn Minuten, bis er das Ende des Felds erreichte, aber schließlich hatte er keine Eile. Er wollte nachdenken, ein wenig die Spinnweben aus seinem Kopf pusten. Er hatte noch nie erlebt, daß so viele Dinge, soll heißen, wichtige Dinge, gleichzeitig passierten, und er wußte, während er hier spazierenging, war möglicherweise irgendwo dort draußen ein verrückter Serienkiller dabei, ein weiteres Leben zu nehmen. Das lief auf einer Ebene ab. Auf einer anderen Ebene konnte er nicht aufhören, an diese Edie zu denken. Was für eine Frau. Er verliebte sich in sie. Und im Augenblick kümmerte ihn alles andere herzlich wenig.

Er fühlte sich besser und war auf dem Rückweg zum Fahrzeug, als ihn eine plötzliche Eingebung überkam, was bei Jack nicht selten geschah. Etwas, das er gesehen hatte. Ein zusammenhangloses Detail, das fehl am Platze war, ein Faktum, das sich aufrichtete und mit einer roten Flagge in seinem Unterbewußtsein winkte und sagte: He ... schau hierher. Es war eine Kleinigkeit. Der kardinalrote Busch, den er am zugewachsenen Feldrain gesehen hatte. Ein kleines Stück Papier, zu schwarzer Asche verbrannt, hatte sich in den Zweigen dieses Buschs verfangen. Es war schwarz und hatte ungefähr die Größe eines Tennisballs, aber eine seltsam unregelmäßige Form, die ihm nicht aus dem Kopf ging. Eines von diesen Dingen, die man sieht und die etwas anzudeuten scheinen, wie der Rorschachtest eines Psychologen. Woran erinnerte es ihn?

Er saß auf dem Fahrersitz und steckte den Schlüssel ins Zündschloß, als es ihm einfiel und die Erkenntnis wie eine eiskalte Welle über seine Seele strömte. Die Form der Asche, nur ein Fetzen Papier aus dem verbrannten Abfall von irgend jemandem, der über eine Wiese geweht worden und in Zweigen hängengeblieben war, dieser Fetzen hatte die Form des Herzens dieses Buddhisten in Saigon, der sich selbst angezündet hatte. Sie hatten das Herz aufgehoben, ein verkohltes Stück Schlacke, so groß wie ein Baseball, eine harte, schwarze Erinnerung an Grausamkeit und Ungerechtigkeit. Das Wort hallte in seinem

Verstand wider, als er sich gerade wieder in den Verkehr einfädelte – Selbstverbrennung.

Aber diese Nacht war die Nacht, als sie es zum ersten Mal gemeinsam auf die Reihe kriegten, und diese Nacht betrachteten sie fortan als ihre erste. Es begann wie üblich damit, daß Jack Edie in den Armen hielt und spürte, wie sie ihren weichen, aufreizenden und biegsamen Körper an ihn drückte, da legte er sie behutsam auf den Rücken, küßte sie, verspürte die altbekannte Erregung, wie immer, wenn sie ihre Leiber aneinander preßten, und er strich mit den Fingern durch ihr langes Haar und spürte ihre Berührung erst an den Rippen und dann weiter unten, doch dann drehte er sich nicht herum und legte sich neben sie, sondern sie half ihm, sich noch enger an ihn zu drücken, zog ihn in sich, und ehe er recht wußte, wie ihm geschah, war er in Edie und sie liebten sich zum ersten Mal, und ihm war, als wäre er von einem Funken verbrannt worden, der plötzlich aufloderte und ein Feuer entfachte, das sie beide einhüllte.

Sie wurde wild und überraschte sie beide; es war ein echtes Feuer. Er versuchte, sie zu küssen, und sie versuchte, ihn zu küssen, und es war wie beim ersten Mal. Alles war wie beim ersten Mal, und als sie mit ihren heftigen, schaukelnden Bewegungen noch näher zusammenrückten, da streiften sich ihre Lippen kaum noch, und das Feuer war so heiß, *echtes* Feuer, daß es sie beide mit seiner erstaunlichen, köstlichen Hitze versengte, und sie schrien auf und wimmerten in den Flammen, und er schoß seine Ladung ganz unerwartet ab, so schnell, daß es peinlich war oder gewesen wäre, doch während er in ihr schrumpfte, wimmerte sie nnnngg – nn – nein – oh – nein – bitte, so beschwörend, und hielt ihn noch fester und legte erneut los, bewegte sich und wimmerte, kurze, miauende, winselnde, leise animalische Laute, und ihr Atem hüllte ihn ein, sie ließ die Hände über ihn gleiten, über seinen Körper wandern, umklammerte ihn, und die dichte, angenehme Hitze ihres weichen Schamhaars, und ihre Nässe und die sexy Stimme, die flüsterte und wimmerte, und mein Gott, das Feuer brannte so heiß.

Jack wußte, daß er tot war. Absolut bewegungsunfähig. Er war ausgelaugt. So etwas hatte es in der ganzen Scheißweltgeschichte noch nicht gegeben. Niemals. Mit niemandem, nirgendwo, zu jedem beliebigen Zeitpunkt. Er war leer. Und in diesen süßen Qualen drehte er sich auf die Seite und sah sie zum ersten Mal an, und sie war vollkommen neu, und in ihrer Intimität schien er sie wirklich und wahrhaftig das allererste Mal richtig zu sehen, und sie kam ihm wie etwas vollkommen Verändertes vor, und er bewunderte nur ihren Körper. Oh, dachte er, ich will nie wieder an Dir zweifeln, Vater im Himmel. Nein, Herr. Denn Du hast die Bäume und die Blumen geschaffen, die Bäche, die Regenbogen, die Schneeflocken, und ach herrje. Und mit ihr hast Du Dein Meisterstück abgeliefert, das kannst Du mir glauben. Was für eine Frau.

Es war wirklich eine Art von Gebet, das ihm da durch den Kopf ging, während er sich auf die Seite drehte und dieses Wunder neben sich betrachtete. Lieber Gott, jemand, der so etwas fertigbringt, kann kein schlechter Mensch sein. Was für eine Frau. Er sah ihre Beine zum ersten Mal, ebenso die atemberaubende Kurve, die unten in den flachen Bauch überging und oben in prachtvoll geformte Brüste und einen anmutigen Hals, und dann drehte sie sich herum und stöhnte, und Eichord sah den schönsten Arsch, den er je gesehen hatte, und er betrachtete sich als Experten für weibliche Hinterteile, als Pobackenepikuräer, als Kehrseitengourmet. Und das sagte er ihr auch, mit einer Stimme, die brüchig klang, als er die Worte formte.

»Weißt du was?«

»Hmm?«

»Du hast – die schönste – oh ja, die schönste Kehrseite – der Welt. Hast du das gewußt?«

»Freut mich, daß *du* das denkst«, flüsterte sie zurück »Ich habe nie groß darüber nachgedacht.«

»Du willst mir allen Ernstes erzählen, daß Männer dir nicht immer gesagt haben, was für einen Prachtarsch du hast?« sagte er ohne nachzudenken.

»Na ja. Nein. Ich meine, ich nehme an, ich habe immer gewußt, daß mein Hinterteil ganz okay ist, aber –« Sie verstummte.

»Hm-hmm. Du findest also, daß dein Hintern ganz okay ist?«

»Ja. Okay. Nichts Besonderes. Nichts, weswegen man derartig in Verzückung geraten müßte. Er ist passabel. Als Heck ganz okay.« Sie lächelte.

»Wenn dieses Heck okay ist«, sagte er heiser, »dann hatte auch der Eldorado Baujahr 1959 nur ein Heck, das okay war. Ich meine, wir sprechen hier von einem Klassiker der Ruhmeshalle, Lady.«

»Oh, Sir, Sie machen mich so verlegen, daß ich erröte«, murmelte sie, immer noch auf dem Bauch.

»Ja. Das kann ich eindeutig erkennen.« Er lag wie gebannt da. »Ich weiß, wo ich heute Abend essen möchte, meine Schöne«, sagte er.

»Wo?«

»Hmmmmmmmm«, antwortete er und drehte sie wieder auf den Rücken. Und es dauerte nicht lange, da machte sie wieder diese Geräusche. Machte sie wieder. Gab diese heißen, kurzen, wimmernden Laute von sich, die ihn heiß machten wie verrückt, und das Feuer brannte wieder hoch, und die Glut, die er erloschen geglaubt hatte, wurde abermals zu einer lodernden Flamme entfacht; er war stahlhart und in ihr und sie waren beide naß von Schweiß und Liebessaft und Körperflüssigkeiten in einer ungestümen, weißglühenden Hitze von Bewegungen.

Keiner der beiden konnte es glauben. Er war abermals vollkommen bewegungsunfähig. Nicht nur ausgepumpt. Sein Vorratsbehälter war leer, Leute. Knochentrocken. Er war völlig dehydriert. Tot und begraben. Reglos, während sie mit den Fingerspitzen Umrisse auf seinen Körper malte, und Jack wußte, daß Edie lächelte, als sie diese feurigen Finger über ihn wandern ließ, mit ihm spielte, und er mußte lachen und sie lagen einander wieder in den Armen und genossen ihre Entdeckungen so sehr.

Die humorvolle Seite war einfach nur unfaßbar und unlogisch, und sie fühlten sich beide aufgekratzt, hysterisch, ein wenig verwirrt, geistig leer, verbraucht. Sie lösten sich voneinander und sahen sich nur an, während der Schweiß auf ihren Körpern trocknete, klebten an den Laken und waren zu erschöpft, auch nur eine zu rauchen. Aber er verspürte erneut eine *sehr* schwache Regung, als er mit den Händen über ihre harten Brustwarzen strich, und ehe sie sich versahen, waren sie wieder in langsamen, trägen, liebevollen, sachten Bewegungen vereint. Sie bewegten sich zu einem unhörbaren Reggaerhythmus, quietsch, quietsch, von Bettfedern untermalt, sanfte, sehr behutsame, zärtliche Stöße, derweil er sie in der Dunkelheit mit den Händen erforschte, verborgene Schätze in den Ruinen des Feuers fand und später spürte, daß sie wie ein Vulkan ausbrach und ihn mit flüssiger Lava einhüllte und mit der Nässe ihres Unterleibs verbrannte, während er voller Verzückung in den süßen Mund seiner Liebsten stöhnte.

EDIE UND DANIEL

An einem bestimmten Punkt, oder, wie die Mitverschwörer der Watergate-Ära sagen würden, an einem bestimmten Punkt in der Zeit, nähern die Linien verschiedener Leben, denen das Schicksal vorherbestimmt hat, daß sie einander begegnen, sich so sehr an, daß die Abstände zwischen ihnen praktisch auf Null zusammenschrumpfen und die Vektoren sich fast kreuzen. So war es mit Edie und einem Monster – beider Leben kreuzten sich fast. Und doch bemerkte es erstaunlicherweise keiner. Auch nicht der Polizist Jack Eichord, dessen eigener Vektor bereits eines der Leben gekreuzt hatte und sich dem anderen annäherte, um in diesem vom Schicksal skizzierten Diagramm das Dreieck sich überschneidender Linien zu vervollständigen.

Um 15:11:30 Uhr richtete Mrs. Edith Lynch eine Beschwerde an die desinteressierte und müde Angestellte eines großen Kaufhauses und sagte gerade:

»– daß es kein Problem wäre, es umzutauschen.«

»Das ist auch kein Problem«, sagte die Frau, »aber ich brauche die Rechnungsnummer, damit ich sie in den Computer eingeben kann, und wenn Sie die Rechnung beilegen, wenn Sie es an die Versandabteilung zurückschicken, wie soll ich Ihnen dann weiterhelfen können?«

»Aber ich habe die Nummer hier, wie ich Ihnen gerade sagte, es ist nur so, daß die beiden Nummern nicht –«

Und um 15:11:30 Uhr saß Daniel Bunkowski eingequetscht am Lenkrad eines gestohlenen Mercury Cougar, hatte das Beifahrerfenster heruntergekurbelt und ließ den Kassettenrekorder volle Kanne plärren. Er befand sich am Stadtrand von Chicago und versuchte, sich in dem unbequemen Merc, schwarzes Vinyldach, Silbermetalliclackierung, Kennzeichen Xaver Theodor Richard 1969, eingetragen auf einen Olin Neidorf aus Mount Vernon, Illinois, inzwischen leider verschieden, einen Weg durch den dichten Chicagoer Verkehr zu bahnen. Mel Tormé schmalzte aus den Lautsprecherboxen.

Bunkowski hörte etwas von »writing the words again«, dann schlug er heftig auf die Eject-Taste, suchte mit dem Senderwahlregler des Radios einen Teenybopper-Hardrock-Sender, blinzelte mit den blutunterlaufenen Schweinsäuglein und konzentrierte sich aufs Fahren. Nur noch eine Stunde oder so, dann würde er dieses Scheißding loswerden.

Und exakt um 15:11:30 Uhr saß Jack Eichord an seinem geliehenen Schreibtisch im Revier und kritzelte auf einem Block gelben Kanzleipapiers herum. Er hatte gerade eine Kritzelei vollendet, jedenfalls sah es wie eine Kritzelei aus, die auf Übereinstimmungen in den medizinischen Unterlagen verschiedener Individuen basierte, und begann jetzt mit etwas, das man seine E-Kritzelei hätte nennen können. Manchmal saß er einfach nur da und schrieb den Buchstaben *E*, ohne sich je nach dem Grund dafür zu fragen. Er dachte und plante nach etwas, das man als die Kritzelmethode bezeichnen konnte, auch wenn er selbst ihr nie einen Namen gab. Sie gehörte einfach zu seiner Art, Daten zu analysieren.

So saß er da, manchmal stundenlang, malte mit einem Filzstift fein säuberliche, exakte Zeichen auf Kanzleibögen oder das Papier, das ihm eben gerade zur Verfügung stand, und ließ seiner Fähigkeit der freien Assoziation ihren Lauf, um Orte und Zeitpunkte miteinander zu verknüpfen. Er schaltete sein Gehirn in Leerlauf, saß einfach nur herum und kritzelte, ließ alles von allein in sich einströmen, dachte leise und so organisch, wie es ihm möglich war, brachte alle Arten esoterischer Geschichten zum Vorschein, beschwor jede beliebige Anzahl trivialer Fakten herauf und stellte Zusammenhänge und Bezüge und Muster her, wo es nicht selten gar keine gab.

Die E-Kritzelei kannte zahlreiche Variationen und war als Polizeiarbeit keinen Scheißdreck wert, beschäftigte ihn aber dennoch aus einem unerfindlichen Grund stets in diesen Zeiten des Nachdenkens, und daher ließ er ihr unweigerlich freien Lauf. So sah seine neueste E-Kritzelei auf Papier aus:

E SylvEEa (phon.) Kasikoff
Edna PortEr GiavinEllo
Edward William Lynch
Edie Lynch, zweiter Vorname EmalinE
Eichord
LEE AnnE Lynch

AvEry Johnson
CharlEs Maitland
VErnon ArlEn
Richard SchEigE

Bill JoycE

Um 17:55:00 Uhr trank Edie eine Tasse Kaffee mit ihrer Freundin Sandi, die gerade sagte: »– freue mich für dich, daß es so gekommen ist.«

»Ich auch, weißt du? Ich meine, auch wenn es nicht auf Dauer sein sollte –«

»Ist es bestimmt; sag das nicht. Denk positiv.«

»Ich kann überhaupt nicht denken, das ist das Problem.«

»Oh, ich würde mich gern wieder einmal so fühlen. Es ist schon lange her, daß ich von Sinnen vor Leidenschaft war.« Sie kicherten beide.

»Das habe ich auch gedacht, aber jetzt bin ich so außer mir, daß ich –«

Um 17:55:00 Uhr fuhr Daniel Bunkowski durch das als Oldtown bekannte Viertel, studierte die bizarre menschliche Landschaft der Hippies, Penner, Kokser und Antiquitätenhändler und hörte sich eine durch und durch verlogene Lobrede auf die fragwürdigen Vorzüge einer Kette von Wasserbettengeschäften an. Er hämmerte mit einem wuchtigen Faustschlag auf die Skala des Radios. Heißhunger quälte ihn. Was will ich? dachte er. Chinesisch, sagte er zu sich. Ein großer Sack Frühlingsrollen mit reichlich süßsaurem Dip. Und ein Liter Wild Turkey zum Runterspülen. Und später konnte er vielleicht mit einem dieser Penner spielen.

Um 17:55:00 Uhr trank Eichord gerade die neunte Tasse nach Pappe schmeckenden Automatenkaffees dieses Tages und schrieb dabei ein *U* als riesigen Blockbuchstaben. Er kritzelte oder malte den Buchstaben so, daß der wie aus Stein gemeißelt aussah, und es war der letzte eines aus zwölf Buchstaben und zwei Wörtern bestehenden Ausdrucks, den zu Papier zu bringen ihn zehn Minuten gekostet hatte. Jeder große Steinbuchstaben hatte seinen eigenen Schatten, und er hatte die schwarzen Schatten der Wörter, die die ganze Seite füllten, sorgfältig ausgemalt.

ETAOIN SHRDLU

Er vollendete das Kunstwerk. Knüllte das Papier zu einem Ball zusammen und warf es über den Kopf zu einem großen Papierkorb aus Metall zu seiner Linken. »Zwei Punkte«, sagte ein Polizist der Mordkommission hinter ihm.

»Foul«, sagte jemand anderes, worauf die erste Stimme erwiderte:

»Zwei Freistöße von der Strafraumlinie. Behaltet schön die Hände bei euch«, und dabei W. C. Fields imitierte.

18:17:30 Uhr. Edie und Sandi kommen aus einem Laden, und Edie läßt sie wissen: »Ich danke dir, daß du Lee Anne abholst.«

»Kein Problem. Aber mir gefällt nicht, daß du so spät abends hier bleibst, auch wenn es nur einmal im Monat ist.«

»Mir passiert schon nichts, alte Unke. Ich bitte Mr. Wieheißternochgleich aus dem Zentrum, daß er mich zum Wagen begleitet, wenn es zu spät wird, oder vielleicht holt Jack mich ab. Ich bin vorsichtig.«

»Okay. Aber ruf mich später an und sag einfach hallo, okay?.«

»Okay.« Sie wußte, daß Sandi sich Sorgen machte. Sandi sollte sich um sich selbst Sorgen machen, dachte sie einen Moment ungnädig, wenn man bedenkt, wie sie sich anzieht und Typen manchmal anbaggert. Sie schlug sich diesen ärgerlichen Gedanken aus dem Kopf und klicker-di-klackerte mit ihren hohen Absätzen und langen Beinen zum Zentrum. Einen Abend im Monat machte sie Dienst am Kummertelefon für Ausreißer. Das ging von achtzehn bis zweiundzwanzig Uhr, und sie achtete stets darauf, daß jemand sie zum Auto begleitete, denn das Zentrum lag in einer ziemlich schlimmen Gegend. Natürlich war heutzutage um zweiundzwanzig Uhr die ganze Welt eine schlimme Gegend, dachte sie.

Um 18:17:30 Uhr parkt Bunkowski auf dem Parkplatz vor einem Kramwarenladen, wo er gerade am Münztelefon für vierzig Dollar Frühlingsrollen »zum Mitnehmen« bestellt hat. Als das Mädchen, das die Bestellung entgegennahm, den Hörer aufgelegt und sie dem Koch weitergeleitet hatte, fügte sie hinzu:

»Da feiert jemand eine große Party heute Abend.«

Die große Party sitzt immer noch eingezwängt am Steuer des unbequemen gestohlenen Cougar und zeichnet etwas in ein großes Buch, das wie die Kladde eines Buchhalters aussieht. Er arbeitet an einer Skizze mit der Überschrift »Nr. 610« und malt freihändig, aber mit perfekten, geraden Strichen. Momentan entwirft er eine Leiter aus Holz. Er arbeitet an seinem Kapitel über Fluchtwege aus Chicago. Bald wird er das Buch, das Ergebnis vieler Stunden systematischer Vorbereitung, zum ersten Mal benutzen.

Die Kladde ist das Werk eines Genies. Eines bösen Genies, keine Frage, aber dennoch eines Genies. Bunkowski hat kein Problem damit, zu morden. Es ist in ihm, seine zweite Natur. Sein einziges Problem als Killer besteht darin, wie er der modernen und komplexen Polizeitechnologie entkommen kann. Wie kann ein Mann, der fast fünfhundert Pfund wiegt, einsachtundneunzig groß ist und aussieht wie eine Kreuzung zwischen einem wütenden Gorilla und dem Michelinmännchen, wie kann so jemand untertauchen? Wohin kann er gehen, um sich zu verstecken?

Bunkowski hat sich gründlich vorbereitet. Er beschwört seinen ehemaligen Gegner, den VC, Vietcong, und bereitet sich so darauf vor, in diese andere Welt überzuwechseln, die Welt, die er unter der Erde für sich erschaffen wird. Die Cong, die sich tagsüber versteckt, in die Tunnel unter Vietnam zurückgezogen hatten, um zu schlafen und ihre Wunden zu versorgen, kamen nachts heraus. Sie kamen heraus, um Nachschub zu beschaffen, einzuschüchtern, Informationen zu sammeln, Ärger zu machen, und, natürlich, um zuzuschlagen und wieder zu verschwinden. Um zu töten. Und genau so wird Chaingang auch vorgehen.

Wir existieren in der heutigen hochtechnisierten Gesellschaft durch komplex ineinander verwobene Netze von Dienstleistungseinrichtungen, die unter dem großstädtischen Megaplex verlaufen. Unser hohes Maß zivilisatorischer und gesellschaftlicher Errungenschaften wahren wir durch unsere hochentwickelten Telefonkabel, unsere Stromversorgung, unsere Wasserleitungen, unsere Abwasserkanäle, unsere Arterien gleichen Logistikwege, unsere Infrastruktur, unsere Transportwege von und zu den urbanen Ballungszentren der werktätigen Bevölkerung, die riesige, aber gemeinhin vollkommen unbekannte Unterwelt, die unter der Oberfläche unserer städtischen Straßen verläuft.

19:18:00 Uhr. Daniel Edward Flowers Bunkowski zeichnet Leitersprossen und lauscht dem Autoverkehr. Edith Emaline Lynch geht durch einen Raum, der nach Parfüm und schalem Popcorn riecht, hört die klingelnden Telefone und halblauten Gespräche, und Jack Eichord stapft eine Treppe hinunter und singt zusammenhanglose Textzeilen aus Songs, an die er sich kaum erinnern kann.

»Ein Sinatra sind Sie nicht gerade.« Eine Stimme aus einer offenen Tür oben und Schritte hinter ihm auf der Treppe. Jack dreht sich mit einem Lächeln um, als er Arlen erblickt.

»Wassnlos, Lou, mögen Sie keine Musik?«

»Kommen Sie. Wir haben wieder einen«, sagt der Lieutenant, während er an ihm vorbeiflitzt.

»Herrgott.« Eichord beeilt sich, mit ihm Schritt zu halten, während sie zu einem Steifenwagen laufen. Es ist ein Fall, den ein einzelner motorisierter Streifenpolizist übernommen hatte, als er gerufen wurde und zunächst von einem häuslichen Disput ausging. Es handelte sich um einen Jungen. Teenager. Weiß. Aschblondes Haar. Kräftig gebaut. Kein Herz. Der MO schien identisch zu sein. Körper verstümmelt. Brandwunden. Sah nach Folter und Mord aus. Allerdings mit einem Unterschied. Diesmal gab es eine Augenzeugin.

»Sie ist vollkommen durcheinander«, erzählte ihnen der Streifenpolizist, »aber sie hat den Kerl deutlich gesehen, als er aus dem Lieferwagen ausstieg und den Jungen abgeladen hat. Großer Bursche. Scheint unser Mann zu sein.«

»Beschreibung?«

»Besser. Eine Beschreibung und seine Scheißautonummer.«

21:34:00 Uhr. Edie redet mit einem dreizehnjährigen Mädchen namens Pam, das schwanger und allein in der großen Stadt ist und aus Angst vor ihrem Vater nicht nach Hause zurückkehren mag. Edie fleht das Mädchen an, in der Leitung zu bleiben, während sie einem Rechtsberater ein Zeichen gibt, den Hörer zu nehmen. Eichord ist mit einem Fahrzeugkonvoi unterwegs in Richtung der Vororte von Chicago und nähert sich einem Ford Econoline, den ein Staatspolizist, der ihn in diesem Moment immer noch verfolgt, entdeckt hat. Der Funkverkehr hört sich an wie der Vierte Weltkrieg. Bunkowski ist auf einer Wiese neben einer Baustelle und zimmert eine wuchtige Holzleiter. Er sägt Zehn-Zentimeter-Balken durch wie Streichhölzer.

Garrett Aldrich, der Leiter des Zentrums, ist am Krisentelefon beschäftigt, daher beschließt Edie, daß sie allein zum Auto geht. Kein Streß. Die Straße ist immer noch dicht befahren und hell erleuchtet. Sie klicker-di-klackert aus dem Zentrum hinaus und den Bürgersteig entlang. Sie hat den Autoschlüssel parat, schließt das Auto hastig auf und verriegelt die Tür sofort hinter sich. Sie sitzt am Lenkrad und denkt nach. Zum ersten Mal heute denkt sie wirklich darüber nach, wie schnell alles geht. Wie sehr sie und Jack schon am Leben des anderen teilhaben, und welche Auswirkungen das auf sie und Lee Anne hat. Das denkt sie gerade, als sie über die Straße sieht und ihn zufällig erblickt.

Ein Mann. Ein riesiger Mann. Er läuft mit einer großen Leiter auf der Schulter über die Straße. Er nimmt eine Art Haken zur Hand, hebt den Kanaldeckel in die Höhe, läßt die Leiter in das Loch hinunter und zwängt sich vor Edies gebannten Blikken in die Öffnung. Er schaut zufällig auf und sieht eine Frau in einem parkenden Auto, die dort sitzt und ihn beobachtet, wie er seine enorme Leibesfülle durch die Kanalöffnung auf der Straße zwängt. Es ist 22:20:30 Uhr.

Edie sieht, wie der riesige Mann sie anglotzt, und erstarrt. Sie empfindet eine ungeheure Furcht, dreht intuitiv den Zündschlüssel herum und zuckt zusammen, als sie feststellt, daß sie den Motor schon angelassen hat. Ohne die seltsame Bedrohung eines weiteren Blickes zu würdigen, tritt sie das Gaspedal durch, legt den Gang ein und schießt wie eine Rakete vom Bordstein weg. Als sie in den Rückspiegel blickt, ist es zu dunkel und ihre Perspektive hat sich so sehr verändert, daß sie nicht mehr sehen kann, wie der Mann aus der Kanalisationsöffnung herausgeklettert ist und sich trügerisch schnellen Schrittes zu der Stelle begibt, wo Edie geparkt hat.

Das alles sieht sie nicht, als sie um die Ecke biegt und wieder ruhiger atmet, da die Last des Grauens ihr allmählich von den Schultern genommen wird wie ein unsichtbarer Stein, und sie verdrängt alle Gedanken an den unheimlichen und bedrohlichen Kanalisationsmann. Sie hat interessantere und angenehmere Dinge auf dem Herzen, über die sie nachdenken kann, zum Beispiel, ob Jack sie heute abend anrufen wird, wie sie es vereinbart hatten, und wann sie einander wiedersehen. Aber um 22:20:30 Uhr sind Eichords Gedanken alles andere als romantisch. Er steht mit anderen Männern am Schauplatz einer Festnahme und ist voll und ganz Polizist. Sie haben einen Verdächtigen in Gewahrsam genommen, und die Luft ist regelrecht elektrisch aufgeladen angesichts der Möglichkeit, daß die Männer den Einsame-Herzen-Killer geschnappt haben könnten.

»Wo liegt das Problem, Jack?« fragt einer von ihnen Eichord.

»Die Sache ist nicht wasserdicht.«

»Falsch.«

»Was?«

»Scheiße, Mann, es ist todsicher. Was brauchen Sie denn noch? Wir haben den Kerl.«

»Das glaube ich nicht.«

»Es ist todsicher, Jack«, sagt ein anderer Polizist.

»Nein. Ich glaube ganz und gar nicht, daß es todsicher ist.«

»Wir haben eine Augenzeugin. Wir haben einen Verdächtigen mit dem vollen Psycho-Paket. Wir haben einen Messerstecher. Widerstand gegen die Staatsgewalt. Wir haben eine Leiche. Wir haben Messer. Er paßt in den gesamten MO. Wir haben die Gelegenheit. Wir haben ein Motiv. Alles in trockenen Tüchern.«

»Nein.« Eichord schüttelt den Kopf.

»Kommen Sie schon.«

»Nn-nnn. Er ist nicht unser Mann.«

»Augenzeugin, Alter«

»Für den toten Jungen. Okay. Das haben wir. Den Jungen hat er erledigt. Aber was Sylvia Kasikoff angeht, muß ich euch Jungs leider sagen, daß ich ihn nicht für den Täter halte.«

»Spuck's aus«, sagt Arlen.

»Ihr werdet feststellen, daß es nicht dieselbe Klinge ist. Er hat das Herz mit einem Skalpell rausgeschnitten. Mit einem kleinen – was, zum Teufel, war es? – einem Benson and Hedges – äh, irgend so ein Name – die kleine Klinge?«

»Chirurgisches Skalpell von Brookstone und Jensen.«

»Richtig. Damit hat er den Jungen bearbeitet, jede Wette.«

»Also hat er diesmal ein Skalpell benutzt. Wir haben das große Jagdmesser, das er bei allen anderen benutzt hat. Vielleicht ist es stumpf geworden. Wie auch immer. Er hat ein Skalpell benutzt. Scheißegal.«

»Wenn uns das Labor bestätigt, daß das Jagdmesser die Klinge war, *dann* ist es todsicher. Nein. Ich glaube wirklich nicht, daß wir es hier mit dem Herz-Killer zu tun haben. Ich glaube, wir haben einen Nachahmer.«

»Jack.«

»Lou?«

»Was nimmt Sie so gegen diesen Kerl ein ... Ich meine, warum glauben Sie auf einmal nicht mehr, daß unser Mann auch ein Herz für Sylvia Kasikoff gehabt haben könnte?«

»Die Verbrennungen. Die Tatsache, daß er den Jungen gefoltert hat. Es sieht aus, als hätte er mit ihm gespielt und dann die Herz-

Nummer durchgezogen, um uns auf eine falsche Spur zu locken. Damit es nach dem Einsame-Herzen-Killer aussieht. Und er hat das Herz einfach aus der Brust geschnitten und liegen lassen. Bei den anderen Gelegenheiten hat jemand das Herz mitgenommen und etwas damit angestellt, hat es anderswo weggeworfen oder irgendwie *benutzt*, wie bei einem Ritual – wie dem auch sei. Ich glaube einfach nicht, daß wir ihn haben.« Aber es waren nicht die Verbrennungen. Die waren es ganz und gar nicht.

»Jack. Ich glaube, Sie werden sehr, sehr überrascht sein, wenn die Laborberichte vorliegen. Dieses Jagdmesser muß die große Klinge sein. Ich bin überzeugt, wir können ihm auch die anderen nachweisen. Möchten Sie ein großes Steakessen darauf wetten?«

»Abgemacht.« Eichord lacht. »Und beten wir, daß Sie recht behalten.«

Die Polizisten sind trotz Jacks anderslautender Meinung in Hochstimmung; alle ziehen für eine große Feier in die Polizistenbar. Eichord kommt mit, will kein Spielverderber sein, läßt sich gegen seinen Willen von dem Kameradschaftsgefühl und der Selbstbeweihräucherung anstecken.

Es ist 22:26:00 Uhr, und Daniel Edward Flowers Bunkowski hat wider besseres Wissen beschlossen, die Frau zu vergessen, die ihn beobachtet hat, und ist müde und heißhungrig in seine Welt der Nacht hinabgestiegen. Um 22:26:00 Uhr befindet er sich neunzehn Schritte südlich von Chicago Submain K-138C-10 entfernt in einer winzigen unterirdischen Kammer, die unter dem Kanaldeckel neben der Ventilabdeckung von K-138C-10 liegt, wo er stumm sitzt, in die Schatten einer Laterne blickt und nicht weiter auf den Gestank achtet, während er kalte Frühlingsrollen für vierzig Dollar verschlingt und an seine dunkle Zukunft denkt.

Während sein bewußter Verstand seine gräßlichen und abstoßenden Chaingang-Träume von Vergewaltigung und Mord und Verstümmelung träumt, speichert auf einer anderen Ebene sein Unterbewußtsein die jüngsten Ereignisse in seinen Computer ein, und eine leise Stimme flüstert ihm zu: »Also du hast es schon wieder getan. Du hast schon wieder einen Fehler gemacht.« Und im Unterbewußtsein sinkt er weiter in den Treibsand von Vergeltung ein, der seinen massigen Körper immer weiter in die Tiefe zieht.

Er tunkt eine weitere Frühlingsrolle in den süßsauren Dip, inhaliert sie in einem Stück und starrt mit winzigen, harten, dunklen Murmeln gleichen Augen in einem Gesicht aus Teig in die schwarzen Schatten. Den pechschwarzen Augen des sicheren Todes. Das Böse ... vorerst sicher unten in den Kloaken.

Und Edith Emaline Lynch fährt in nördliche Richtung. Ihr Vektor hat den des Monsters gekreuzt. Sie summt ein Liebeslied im Radio mit und denkt an einen fast Fremden, in den sie ganz vernarrt ist, diesen Jack Eichord, der im selben Moment äußerlich lacht, innerlich mit den Zähnen knirscht und kurz davor ist, sich seinen persönlichen Dämonen zu ergeben.

EICHORD IM RAMPENLICHT

»Was?«

W A S ?

Das Wort explodiert in der Stille des Zimmers und weckt ihn so brutal wie ein Krug voll Eiswasser, der auf den nackten Körper eines schlafenden Menschen geschüttet wird. Er wurde zwar körperlich wachgerüttelt, verbleibt jedoch tief in der Umklammerung eines dieser hartnäckigen und kaum abzuschüttelnden, bis ins letzte Detail realistischen Alpträume, die bei manchen Leuten die Stelle des Beichtstuhls einzunehmen scheinen.

Jack Eichord war schon seit langem ein begeisterter Fan des *film noir* genannten Genres; veraltete, dunkle, nächtliche Führungen durch die großstädtische Unterwelt der vierziger und fünfziger Jahre. Er liebte die alten Schwarzweißfilme der Spätvorstellungen mit ihren abgehalfterten Privatdetektiven auf der Suche nach verschwundenen Malteser Falken. Einer der frühesten war ein Ding mit Victor Mature und Betty Grable mit dem Titel *I Wake up Screaming*, und an diesen Titel mußte er denken, als er selbst aufwachte und das Wort was schrie.

W A S ?

Er schreit das Wort WAS?, so laut es die Lungen seines Gehirns können, in dem Moment, als das Geräusch durch das Zimmer schallt und er gerade weit genug durch den Vorhang des schlimmen Traums dringt, daß er den Hörer vom läutenden Telefon reißen und die heisere, brüchige Begrüßung über die schlaftrokkenen Lippen bringen kann:

»Wa?«

»Jack? Bist du wach?« fragt sie.

»Hä?

»Ist da Jack?«

»Hä? Ja. Ja. Edie?«

»Hast du noch geschlafen? Es ist schon nach zehn. Tut mir leid. Du bist spät ins Bett gekommen, ich hätte nicht anrufen sollen. Tut mir leid.«

»Schon gut.«

»Jack! Herzlichen Glückwunsch!«

»Hä?« Was, denkt er, ich frage mich, wie spät es ist. Er ist vollkommen von der Rolle.

»Sie bringen es heute morgen im Fernsehen und in allen Zeitungen. Du bist eine Berühmtheit. Nur in einer Zeitung haben sie John Eichord statt Jack geschrieben, und im Fernsehen haben sie deinen Namen auf dem einen Kanal gar nicht genannt; da bezeichnen sie dich als ›den berühmten Experten für Serienmörder‹ oder was in der Art, und –«

»Was?«

»Hm? Pardon?«

»Edie, kannst du mich gut hören?«

»Ja, Liebling. Du hörst dich an, als hättest du eine Erkältung, oder so. Ist die Verbindung schlecht? Kannst du mich hören?«

»Ja, ich glaube schon. Hör zu, was redest du da? Wer ist in den Zeitungen und im Fernsehen? Was willst du mir erzählen?«

»Du, Liebling. Du bist der große Star unter den Polizisten.« Sie lachte fröhlich. »Oh, Jack, war er wirklich derjenige« – ihre Stimme bekam einen kalten Unterton – »du weißt schon, der verantwortlich ist für Ed? Oder ist es noch zu früh, das zu sagen?«

»Edie, ich habe nicht die geringste Ahnung, was du da redest. Könntest du bitte ganz von vorn anfangen?«

»Ist das dein Ernst?«

»Ja. Was ist?«

»Du hast die Einsame-Herzen-Morde aufgeklärt.«

»Das glaube ich nicht. Was, um alles in der Welt, erzählst du mir da?«

»Also ... ist es nicht so?« Jetzt war sie verwirrt. »Sie haben gesagt, daß der Mann, der gestern abend festgenommen wurde, derjenige war, der diese ... Verbrechen begangen hat. Der Einsame-Herzen-Killer. Was willst du mir denn sagen? Willst du mir etwa weismachen, daß du keine Ahnung hast, was hier läuft?«

»Edie, hör mir zu, das ist sehr wichtig. Wer *genau* sagt, daß ich die Morde aufgeklärt habe?«

»Kanal Vier, American, ABC-TV hatten es in ihren – äh –«

»Nein. Ich meine, wer – welche offizielle – nenn mir einen Namen. Was ... wie sind die Fernseh- und Zeitungsreporter an die Story gekommen? Haben sie sie von Lieutenant Arlen, oder von wem?«

»Vom Commissioner der Polizei, ich weiß nicht. Es steht alles in den Zeitungen, Jack. Hast du gestern nacht nicht einen Mörder verhaftet?«

»Ja. Einen Verdächtigen. Aber er hat die anderen Morde nicht begangen. Das war ein isolierter Mord. Wer hat gesagt, daß wir den Einsame-Herzen-Killer geschnappt haben? Hat das wirklich der Commissioner gesagt? Kannst du es in der Zeitung nachschlagen und mir vorlesen?«

»Bleib dran.« Er konnte hören, wie sie geräuschvoll den Hörer auflegte. »›Die Bekanntgabe der Verhaftung erfolgte durch Deputy Chief Samuel F. X. O'Herin, der die rasche Festnahme des Killers auf die ausgezeichnete Ermittlungsarbeit der Chicagoer Polizei und den überragenden Einsatz von Special Investigator John Eichord zurückführte, einem Berater der nationalen Major Crimes Task Force. Deputy Chief O'Herin verkündete die Festnahme im Rahmen einer eigens anberaumten Pressekonferenz, in deren Verlauf –‹«

»Oh, diese hirnverbrannten Idioten.«

»Was ist denn, Jack?«

»Diese dummen Schwachköpfe. Was, in Gottes Namen, denken die sich dabei? Das können die der Öffentlichkeit nie verkaufen. Wenn er das nächste Mal tötet, wissen alle, daß es nur ein Haufen Blödsinn war.« Doch noch während er das sagte, überlegte er sich, daß es nicht zwangsläufig stimmen mußte. Niemand besaß soviel Einfluß wie Gesetzeshüter. Und in gewissen Lokalitäten – zum Beispiel Cook County, Illinois, Tarrant County, Texas, isolierte Enklaven von Kalifornien, Florida, Mississippi, Missouri – war dieser Einfluß geradezu unglaublich. Es gab ein berüchtigtes Gebiet in New Jersey, wo eine Polizeimarke der Lizenz zum Töten gleichkam, und die Wahrheit war … Verdammt, die Wahrheit war, er fragte sich allmählich, ob er überhaupt wußte, *was* die Wahrheit war. Er erreichte das Revier erst nach dem zweiten Wählen, so schlaftrunken war er noch.

Letzte Nacht hätte er sich um ein Haar vollkommen gehen lassen, als er mit diesen verdammten Trotteln von der Mordkommission und den ganzen verlebten Groupieschlampen in der verrauchten Polizistenkneipe gestanden, lautes, unechtes Plastiklachen über grausame Polizistenwitze von sich gegeben hatte und fast über den Rand seines Glases in diese süße, bittere, brennende, berauschende, pissefarbene, flüssige Welt hineingefallen wäre, die er so sehr liebte. Fast hätte er sich von ihr verlocken lassen. Ohne besonderen Grund. Nur aus der Laune des Augenblicks heraus. Ein Säufer braucht keine Ausrede; man schwimmt einfach mit dem Strom. Es war knapp gewesen. Er hatte sich an den Rand der Selbstbeherrschung gebracht. Schön blöd.

Seine Hand zitterte ein wenig, während er auf Arlen wartete.

»Wir haben versucht, Sie anzurufen; Sie haben entweder geschlafen oder waren nicht da.«

»Ich war hier, Lou«, ließ er den Lieutenant wissen.

»Sie schlafen tief. Ein reines Gewissen.«

»Was ist los?«

»Tja. Es liegt nicht mehr in meinen Händen, wie Sie sich denken können. Kommt alles direkt aus dem Büro des Chiefs. Die machen ein Riesenfaß auf, und Sie sind mittendrin. Die haben sich für diese Vorgehensweise entschieden, mit Ihnen an die Öffentlichkeit zu gehen, und die wollen unserem Knaben da unten auch die Kasikoff-Sache anhängen, ganz gleich, ob zu Recht oder Unrecht.«

»Das ist die verrückteste Scheiße –«

»Nein«, fuhr er verbittert fort, »machen Sie sich nichts draus. Ich habe schon jedem hier, der zuhören wollte, einschließlich des Arschlochs, für das ich arbeite, deutlich gesagt, daß wir hier Mist bauen. Aber meine und Ihre Meinung interessiert hier null. Die kleben Ihnen das an die Backe, und gut ist. Sie sollen heute Vormittag um elf zu einer Sitzung mit den Bossen antanzen. Was bedeutet, Sie haben noch etwa vierzig Minuten, damit Sie sich die Spinnweben aus dem Hirn wischen, den Schlaf aus den Augen reiben und ihren Heldenarsch hierher schleppen können, damit die großen Jungs ihren Spaß haben können. Wir beide treffen uns nach der Besprechung – 'kay?«

»Ja. Bis gleich. Aber die ganze Sache schmeckt mir überhaupt nicht.«

Er schaffte es in einer halben Stunde dorthin, frisch rasiert, Anzug von gestern, sauberes Hemd und bereit, die standardmäßigen viereinhalb bis sechs Minuten im Vorzimmer zu warten, bekam aber statt dessen die Rote-Teppich-Behandlung und wurde ohne Verzögerung ins Büro Seiner Göttlichkeit gebeten.

»Jack Eichord, schau an«, flötete der ältere Mann und hüllte den Raum in eine Wolke von Pfefferminzatem, Rasierwasser und die Erinnerung an alten Polizistenschweiß, den man nach Tausenden solcher Empfänge nicht mehr aus den Teppichen und Vorhängen herausbekam. »Glückwunsch, daß Sie unseren großen Fall aufgeklärt haben!«

»Danke, Sir, aber ich glaube nicht, daß er schon aufgeklärt ist.«

»Setzen Sie sich , Jack. Möchten Sie einen Kaffee?« Er drückte den Summer, worauf eine Sekretärin mit einem Tablett erschien, obwohl Eichord nein danke sagte.

»Zwei Stück Zucker.« Es war keine Frage. »Jack, natürlich ist er noch nicht aufgeklärt. Natürlich nicht. Aber das wissen *wir.* Und es ist ausschließlich für unsere Augen und Ohren bestimmt. Die Öffentlichkeit. Die bekommt den Fall Kasikoff ein wenig anders präsentiert.« Ein jüngerer Mann kam unangekündigt und ohne anzuklopfen herein. Jack hatte ihn schon einmal gesehen. Der Pressesprecher der Division.

»Rolly, Sie kennen unseren berühmten Jack Eichord, nicht.« Wiederum war es keine Frage. »Rolly Margulis ist unsere Verbindung zu den Medien. Unser Mann für Öffentlichkeitsarbeit und Problemlösungen«, sagte er, letzteres mit einem kalten Lachen.

»So isses.«

»Freut mich, Sie zu sehen.«

»Rolly, Jack ist natürlich beunruhigt über unser Problem, daß wir ihn falsch interpretiert haben, was die Aufklärung des Falls Kasikoff angeht.«

»Jack, wenn Sie gestatten, ich weiß, was Sie heute morgen zu sich selbst gesagt haben müssen, aber glauben Sie mir, wir haben gründlich darüber nachgedacht, und es ist die beste Vorgehensweise. Sie müssen uns aber hundertprozentig dabei unterstützen. Anders geht es nicht. Wir müssen für die Medienleute eine Einheitsfront bilden. Die Schwierigkeiten, in denen wir stecken, sind enorm. Aufgrund der Tatsache, daß Charles Maitland direkt vor seinem eigenen Penthouse niedergemetzelt wurde und wir, Zitat: nichts getan haben, stehen wir jetzt bis zum Hals in der Scheiße. Es gibt Leute, die diese Einsame-Herzen-Sache ausschlachten und so darstellen könnten, daß der PC und die gesamte Truppe« – seine Geste schloß auch Deputy Chief O'Herin mit ein, der sie über den Schreibtisch hinweg finster ansah – »in einem schlechten Licht erscheinen. Uns alle über einen Kamm scheren. Unfähigkeit, die übliche Kritik, vollkommen ungerechtfertigt, aber die Öffentlichkeit ist momentan zu Tode geängstigt und dürfte es kaufen. Auf diese Weise nehmen wir die gesamte Polizei erst einmal aus der Schußlinie.«

»Das kann ich verstehen. Das Problem ist, wenn dieser Bursche wieder mordet, wenn er sich wieder ein Herz holt, dann sind Sie die Gelackmeierten. Dann stehen Sie wieder in der Scheiße. Und dann werden Sie nicht nur wie unfähige Polizisten dastehen, Sie – wir werden als verlogene unfähige Polizisten dastehen. Ich sehe es so, daß uns das nichts anderes einbringt als jede Menge Ärger. Es ist unmöglich –«

»Wenn ich Sie unterbrechen darf«, sagte O'Herin. »Wir haben eine Möglichkeit, Jack. Wenn der Täter wieder zuschlägt, wer könnte sagen, daß es sich nicht um Nachahmungstaten handelt?« Die rosigen Wangen des Deputy Chief erstrahlten in glattrasierter, eingecremter Unschuld. Glatt wie ein Babyarsch, dachte Eichord.

»Kommt mir reichlich dünn vor.«

»Wir bitten Sie ja nur, daß Sie damit leben.« Eichord zuckte als Antwort mit den Schultern. »Das geht direkt vom PC selbst aus. Spielen wir es auf seine Weise und nehmen es, wie es kommt.«

»Was wir von Ihnen brauchen, Jack«, sagte Rolly, »ist, daß Sie unser Sprachrohr in der Sache sind. Technisch gesehen gehören Sie nicht zu uns, daher dürfte es aus Ihrem Mund glaubwürdiger wirken. Sie müssen der Presse mitteilen, wie wir dieser Spur nachgegangen sind, und jener Spur, ordentliche, solide Polizeiarbeit, bla-bla-bla, bis wir unseren Verdächtigen schließlich hatten. Sie können denen das mühelos verkaufen. Sie waren gestern abend bei der Festnahme von Mr. Triar nicht dabei, und ausreichend Reporter wissen davon, so daß es plausibel erscheint, daß Sie die Ermittlungen gegen den Täter geleitet haben. Sie wissen, daß er den Jungen erledigt hat, also können Sie diese Rolle auch ziemlich leicht spielen.«

»Haben Sie vergessen, daß in den Laborberichten, wenn sie vorliegen, stehen wird, daß das Jagdmesser nicht mit den anderen Kasikoff-Morden übereinstimmt?«

»Tja. Das mit den Laborergebnissen ist ein Jammer. Offenbar ist da drüben was passiert. Die sind so beschäftigt, wissen Sie. Ständig bis über beide Ohren mit Arbeit zugeschüttet. Ich habe gehört, daß die Laborergebnisse zumindest momentan – verlegt wurden. Ich würde mir keine Gedanken machen, daß irgendwelche verwirrenden Funde nicht zu der Position passen, die Sie vertreten werden.«

»Ich glaube nicht, daß das klappt. Das ist meine Meinung.« Er machte eine knappe Geste mit den Händen dicht am Körper.

»Schön, Jack«, sagte O'Herin, »und wir respektieren diese Meinung in hohem Maße. Aber im Hinblick auf die Fassade für die Öffentlichkeit spielen Sie doch mit, oder nicht?«

»Klar.« Er hätte ausrasten können.

»Wir möchten, daß Sie ein Interview geben. Es gibt da eine Talkshow, die sich alle Medienleute ansehen und die ›Chicago Sunrise‹ heißt, vielleicht haben Sie sie auch schon gesehen. Eine Kleine namens Christa Summers macht sie auf Kanal einunddreißig. Die haben irgendeine lokale Berühmtheit, jemanden aus der Politik, einen Sportler, was auch immer – und für gewöhnlich mindestens einen Gastjournalisten, der Fragen stellt. Eine hübsch moderierte Sendung – keine Verarsche oder Bloßstellung –, sehr niveauvoll und gesittet. Wir möchten, daß Sie in die Sendung gehen und sich zu den Morden interviewen lassen.«

»Das ist nicht Ihr Ernst.«

»Das, oder Sie geben jeder größeren Zeitung, jedem Rundfunk- oder Fernsehjournalisten im Umkreis von Chicago ein Interview nach dem anderen. Oder Sie halten eine Mammutpressekonferenz ab, bei der Ihnen die harten Jungs einen Tiefschlag nach dem anderen versetzen. Sie ans Kreuz nageln. Das wollen Sie bestimmt nicht. Dies ist bei weitem der beste Weg. Ein hübsches, sicheres Interview. Das machen Sie einmal und haken dabei alles Wichtige ab. Danach ist alles Schnee von gestern und Sie haben Ihre Ruhe.«

»Bis er das nächste Mal jemanden tötet und ihm das Herz rausreißt.«

»Um das Problem kümmern wir uns, wenn es soweit ist. Okay?«

»Sie bestimmen, wo's lang geht.«

»Gut so. Und jetzt besprechen wir ein paar Punkte, wie Sie den Fall Sylvia Kasikoff aufgeklärt haben …«

Das Interview, das am folgenden Morgen gegen acht Uhr gesendet werden sollte, wurde an diesem Abend um neunzehn Uhr in einem großen Studio des Fernsehsenders aufgezeichnet. Eichord fuhr mit Rolly Margulis zu dem Termin. Er ließ sich nicht von der Maskenbildnerin schminken und begab sich in den Aufenthaltsraum der Schauspieler, den »Greenroom«, um die Fragen, die Christa Summers ihm stellen würde, noch einmal durchzusprechen. Zwölf Augen betrachteten ihn kritisch, während er dasaß und der Frau zuhörte, die einige der Fragen und Antworten von einem Notizblock ablas. Anwesend waren ein Regisseur, ein Mitglied der Verwaltung des Senders, dem er nie vorgestellt wurde, Christa selbst, Rolly, ein »Laufbursche«, der auf Abruf wartete, und die Frau, die ihn mit den wichtigsten Fragen vertraut machte, bis er die zwölf Augen überzeugt hatte, daß es keine unangenehmen Überraschungen geben würde.

Der »Greenroom« war eigentlich beige. Das Hauptstudio, wohin sie ihn für die Aufzeichnung brachten, war blau. Es erinnerte an eine riesige hellblaue Lagerhalle, auf deren Boden sich ein Durcheinander von Kabeln, Kameras, Zigarettenkippen und anderen Abfällen befand, die die Flut der Menschen bis an das Podest gespült hatte, auf dem die Sendung »Chicago Sunrise« stattfand. Kaum hatte er dieses Podest betreten, eine große Plattform aus Holz, die die Kulisse der Sendung beherbergte, blendete ihn eine Reihe unangenehm heißer Scheinwerfer, so daß ihm augenblicklich der Angstschweiß ausbrach.

Doch die große Überraschung ließ noch einige Minuten auf sich warten. Die große und definitiv unangenehme Überraschung für Jack bestand in der Person eines gewissen »Onkel George«, der Mann, der noch vor Ende der grausamen Interviewaufzeichnung die Rolle seines Großinquisitors übernehmen sollte. Onkel George war eine der seltsamen, abseitigen, bizarren Ausnahmeerscheinungen, denen es irgendwie gelang, vereinzelt in Fernsehsendern, die ein großes Publikum ansprachen, in ganz Amerika aufzutreten. Er war gewissermaßen die Antithese zu all den netten, schlappschwänzigen Moderatoren mit ihren Fönfrisuren und Jacketkronen und seelenlosen Kamerapersönlichkeiten. Onkel George Kcscztska war ein harter, häßlicher, sadistischer, ärschetretender alter Haudegen, der halb durch Zufall zu einem der berühmtesten Fernsehstars Chicagos geworden war.

Alles hatte damit angefangen, daß Kanal 31 einen seiner »Editorial Echo« genannten Kommentare ausstrahlte, in dem es darum ging, daß die Steuerbehörde IRS stets zu schlecht dargestellt wurde. Geschrieben und gesprochen hatte ihn der Manager des Senders, ein gewisser Harlow Boggs, der die Steuereintreiber in Wahrheit so sehr haßte wie alle anderen auch und das Editorial nur geschrieben hatte, um eine heftige Reaktion seitens der Zuschauer zu provozieren. Er hatte nicht damit gerechnet, daß ein George Kcscztska, gesprochen Kicks-zitsca, aus der Versenkung auftauchen und begierig nach der Chance greifen würde, unter Berufung auf die Fairness-Doktrin der Medienaufsicht ins Fernsehen zu kommen.

Kcscztska machte eine Probeaufnahme, die den Anforderungen und Maßstäben entsprach, doch als es Zeit war, das »Editorial Echo« aufzuzeichnen, geschah etwas. Es war wohl eine Frage der Chemie. Etwas brachte den alten Misanthropen zum Leuchten. Und als das rote Licht über der Kamera blinkte und er das Handzeichen des Regieassistenten bekam, machte dieser Fernsehneuling alle fertig mit seiner Kamerapräsenz, seiner sengenden Intensität und seiner scharfsinnigen Intelligenz.

Er nannte sein Gasteditorial »Ein offener Brief von Onkel George an Onkel Sam« und schaffte es nach sechzig Sekunden Sendezeit, daß die Regierung der Vereinigten Staaten und Kanal 31 wie die schwachsinnigen Institutionen aussahen, die sie in Wahrheit ja auch waren. Und ein gewisses Segment des Zielpublikums war außer sich. Die Telefonleitungen liefen heiß; viele wollten mehr von Onkel George hören. Und so wurde in der Windy City ein neuer Fernsehstar geboren.

Im »Greenroom« hatte niemand Eichord gewarnt, daß dieser alte, häßliche Knacker, der sich Onkel George Kick-Arsch-ka oder wie auch immer nannte, vorhatte, einen »Neunzig-Prozent-Stiefeltanz« mit Jack zu machen. Neunzig-Prozent-Stiefeltanz war ein alter Unterweltausdruck für eine kleine Gangsterparty, bei der das Opfer so lange mit Stiefeln getreten wurde, bis es zu neunzig Prozent, aber nicht ganz, tot war. Und wenn Onkel George vorhatte, diesen JOB mit Jack durchzuziehen, würde von dem am Ende der Aufnahme nichts weiter als ein bibbernder Sack Protoplasma übrigbleiben. Sie hatten ihm nur gesagt, daß er der Gastreporter oder Interviewer wäre, der noch mit einigen zusätzlichen »Rückfragen und Kommentaren« daherkommen würde, wenn Christa mit dem Hauptteil des Interviews fertig war.

Eichord hatte feuchte Handflächen und einen trockenen Mund, aber kein übertriebenes Lampenfieber. Dann kam eine große, dünne Frau mit Jeans und hochhackigen Schuhen und der wahrhaft spektakulärsten Kehrseite der gesamten Christenheit daher, lächelte Jack an, machte eine Geste mit dem langen Fingernagel einer Dragon Lady, mit der sie ihm bedeutete, daß er ihr folgen sollte, und sagte:

»Es ist soweit«, mit dieser leichten Neigung des Kopfes und dem freundlichen Lächeln und der flötenden Stimme, derer sich die Leute immer befleißigen, wenn sie den kleinen Jungen ins Behandlungszimmer führen, wo ihm der vereiterte Backenzahn gezogen werden soll. Derselbe Tonfall, mit dem die Sekretärin des Steuerfahnders dem wartenden Klienten sagt, daß der Boss ihn jetzt empfangen wird. Die Miene, an die du dich noch bestens aus der Kindheit erinnerst, wenn der Schulrektor mit deinen Eltern fertig ist und dir sagt, daß *du* jetzt an die Reihe kommst. Der gedämpfte, quasi-freundliche Tonfall, der stets unweigerlich zu beschleunigter Atmung oder wenigstens einem Anflug von Angstgefühlen führt.

Er hatte erwartet, daß es unter den Scheinwerfern wärmer sein würde, aber tatsächlich war es recht kühl in dem Studio. Während er als Reaktion darauf bibberte, spürte er plötzlich Angstschweiß, Lampenfieber und eine unerwartete, massive, lähmende Paranoia aus dem linken Mittelfeld. Und als er versuchte, die Socken hochzuziehen, die Krawatte zurechtzurücken und sich die Stirn abzutupfen, erwachte plötzlich neben ihm ein Monitor zum Leben, der zeigte, wie er sich den Schweiß abwischte, und er konnte das laute Plärren der Tonspur im Kopfhörer eines Kameramannes hören, als eine Aufzeichnung verkündete:

»›Chicago Sunrise‹! Moderiert von Christa Summers – mit ihrem ganz besonderen Gast, dem bekannten Serienmörderexperten Jack Akkord, der uns davon berichten wird, wie er die Einsame-Herzen-Morde aufgeklärt hat! Und unserem Gastinterviewer für ›Hotseat Spotlight‹, dem unnachahmlichen Onkel George! Und jetzt … präsentiert von Lakefront Furniture City, hiiiiiiiiiiiiiiiiiiiiiiiiiiier ist Christa!«

Echt originell, dachte Eichord, als die rote Lampe über Christas Kamera anging, sie ihm schon die erste Frage stellte und er sein Gehirn gerade noch rechtzeitig einschaltete, daß er hörte, wie sie sagte: »Ay-kord oder Akkord, wie ist es korrekt?« Sie lächelte mit Zähnen, die aussahen, als wären sie aus einem einzigen Stück weißen Plastiks geschnitzt worden.

»Es heißt Eichord, aber –«

»Der deutsche Diphtong, ich hätte es wissen müssen.« Sie hatte einen fast atemlosen Stil und war recht attraktiv und telegen. Diese Kombination verlieh ihren gewöhnlichsten Bemerkungen noch eine Aura von Tiefsinn, und Eichord wünschte sich, er hätte mit einer brillanten Antwort kontern können, hatte aber leider nicht die geringste Ahnung, was ein deutscher Diphtong war. Ihm kam nur ein Dildo mit einem dieser französischen Kitzleraufsätze in den Sinn, und er war sicher, daß sie das nicht hören wollte, daher lächelte er nur idiotisch und schwitzte Sturzbäche, während sie fortfuhr.

Zum Glück stellte sie ihm keine weiteren Fragen, sondern schloß ihre Vorstellung mit den Worten ab: »Mehr über das Ende einer Horror-Story, die Aufklärung der Einsame-Herzen-Morde durch diesen modernen Sherlock Holmes, der den Mörder seiner gerechten Strafe zuführte, in wenigen Minuten in ›Chicago Sunrise‹ – wir sind nach einer kurzen Unterbrechung wieder für Sie da!«

Und plötzlich machte der Regieassistent eine Handbewegung wie mit einem Messer über der Kehle, die sogar Eichord verstehen konnte und interpretieren konnte. Leute rannten in sämtliche Richtungen. Die Kameras fuhren in einem Meer aus Kabeln herum, die sich krümmten wie ein Nest riesiger schwarzer Schlangen und bis an das Podest heranreichten, auf dem die Beteiligten saßen, während verschiedene Leute herbei eilten, die letzte Hand an Christa Summers legten; zwei redeten gleichzeitig mit ihr, was sie ganz normal zu finden schien, und eine Frau tupfte Eichords schweißnasse Stirn trocken, und jemand machte etwas mit ihm, berührte ihn mit etwas, das er spüren, aber nicht identifizieren konnte, und er hörte jemanden fragen, ob er ein feuchtes Handtuch haben wollte und hätte wegen dieser irrsinnigen Frage beinahe laut aufgelacht. Was um alles in der Welt sollte ich mit einem *feuchten Handtuch* anfangen, dachte er, brachte es aber fertig den Kopf zu schütteln und zu lächeln, und er wollte gerade allen Mut zusammennehmen und fragen, ob er ein Glas Wasser haben könnte, als der Werbespot des Möbelhauses Furniture City auch schon zu Ende war und Christa sich ruhig und gelassen an ihn wandte und sagte:

»Ich beiße Sie schon nicht, wissen Sie.« Und sie gab ein sexy, sanftes leises Miauen von einem Lachen von sich.

»Oh«, antwortete er geistreich, hatte jedoch keine Ahnung, was sie meinte. Es war wie mit dem feuchten Handtuch. Warum sollte er denken, daß sie ihn beißen wollte? Redeten die Leute in dieser Branche alle nur Blödsinn?

»Sie wirken nervös«, erklärte sie ihm, wie man einem Drittkläßler die Grundrechenarten erklären würde. »Entspannen Sie sich bitte, sonst machen Sie *mich* nervös, und wenn *ich* nervös werde und wir *beide* nervös sind, dann muß ich den Regisseur bitten, daß er aus seiner Kabine herunterkommt und *er* muß die Sendung zu Ende bringen. Und das wollen wir doch nicht, Don, oder?«

Und sie kicherte, als Don »Führe mich nicht in Versuchung« über die Sprechanlage sagte, und alle lachten hellauf.

Und sie war ziemlich gut. Innerhalb von zwei Minuten hatte

sie ihn beruhigt und der größte Teil des Lampenfiebers sich in den Winkel verkrochen, wohin die Angst des Laien im Fernsehen eben verschwindet. Eichord beantwortete ihre Fragen tatsächlich in ganzen Sätzen, und es dauerte nicht lange, bis er sich vor den Scheinwerfern und Kameras einigermaßen entspannt fühlte.

Zuerst versuchte er, ihr wirklich etwas über das Phänomen des Serienmörders zu erzählen, aber sie kannte die Antworten auf die Fragen schon, die sie ihm stellte, oder wußte zumindest, was sie hören wollte. Diesen Eindruck jedenfalls vermittelte sie Eichord, wenn sie ihn Sachen fragte wie:

»Es gibt eigentlich kein Profil eines Serienmörders, oder?« mit einer sehr überzeugten Stimme, und er antwortete:

»Tatsächlich gibt es Profile. Eine der Vorlesungen, die die Agenten in Quantico abhalten, heißt Logische Profile von Serienmördern und –«

»Aber ich wollte damit sagen, daß –« und sie das Gespräch damit in eine ganz andere Richtung lenkte, so daß ein übelmeinender Zeitgenosse den Eindruck hätte gewinnen können, daß ihre Bemerkungen nur darauf abzielten, sie so unfehlbar wie möglich erscheinen zu lassen.

Sie war sehr gut. Gewieft. Mit allen Wassern gewaschen. Schnell mit den Zähnen und den glänzenden, koksigen Augen und dem Haareschütteln. Und sie war kein Dummerchen. Aber sie schien durch das Interview nichts Neues erfahren zu wollen, was Jack nicht weiter störte. Kaum war er dahintergekommen, was sie wollte, gab er unverfängliche, langatmige, weitschweifige Antworten, damit sie auf der sicheren Seite blieben. Und wenn sie sich doch einmal aufs Glatteis wagte, dann versuchte er, sie wieder davon wegzubringen und lenkte das Interview so gut er konnte weg von dem Fall Sylvia Kasikoff, ohne ausweichend zu wirken.

Sie besaß genügend Erfahrung, daß sie sofort mitbekam, was er vorhatte, aber so lange alles zu ihrer Zufriedenheit verlief, spielte sie das Spiel mit. Er erweckte den Eindruck, als hätte sie ihre Hausaufgaben gemacht, auch wenn ihr nicht gefiel, daß er ihre

Fragen nach speziellen Fahndungsmethoden stets ausweichend beantwortete, oder in wortreiche Erläuterungen verfiel, wenn sie über Allgemeines sprachen. Sie wußte, wie man Resultate erzielt, und ließ nicht locker, was die Morde anbetraf. Er fand, daß er den Fragen ausgezeichnet ausgewichen war und das Gespräch wieder auf sicheren Boden gelenkt hatte, wo er über das Gespenst des Serienkillers im allgemeinen sprechen konnte. Und dann kam Onkel George ins Spiel, und von da an lief die ganze Sache völlig aus dem Ruder.

George setzte sich, sprach kein Wort, sah ihn nicht einmal an. Er blickte zu Boden, bis er das Zeichen erhielt, daß er dran war, und dann riß er die Augen weit auf, sah direkt ins obere Zentrum der Linse der Kamera, deren rotes Licht brannte, sprach sehr schnell, sah in die Kamera, redete jedoch tatsächlich *mit* Jack Eichord und benutzte in seiner ersten langen, weitschweifigen, umständlichen Frage den Ausdruck *meromorphe Funktion,* worauf Jacks Blick trüb wurde und er antwortete:

»Tut mir leid, aber ich weiß nicht, was Sie meinen.«

»Was?« herrschte Onkel George ihn an.

»Der Ausdruck *mär-o-muffe Funktion* ist mir nicht geläufig, und wie soll ich eine Frage beantworten, wenn ich sie nicht verstehe?«

»Dann möchte ich Ihnen den Ausdruck erklären«, sagte George streng und wurde ganz aufgeregt. »Das Lexikon bezeichnet eine *meromorphe Funktion* als eine Funktion komplexer Variablen, die in einem bestimmten Bereich holomorph ist, abgesehen von endlichen Anzahl von Polstellen, an denen sie eine grenzenlose Unendlichkeit als Terminus hat, von der griechischen Vorsilbe *meros,* und spreche ich zu schnell für Sie, und verstehen Sie alle Worte wie Funktion und komplex und Variablen und holomorph und Bereich und Unendlichkeit und Terminus und Vorsilbe, oder sollte ich *die* auch noch für Sie definieren, was den größten Teil meiner Sendezeit beanspruchen würde, aber dann müßten wir wenigstens nicht mit ansehen, wie Sie sich hier winden und uns zu erklären versuchen, warum der Modus operandi des Mordes der vergangenen Nacht sich so deutlich von dem der anderen Morde und Verstümmelungen im Stadtgebiet von Chicago unterscheidet, richtig?«

Und sein Gesicht war knallrot, und Eichord dachte, daß er wie der Eins-A-Kandidat für einen Herzinfarkt oder Schlaganfall aussah, einer mit vorzeitiger Arterienverkalkung, der gleich hier und jetzt seinen Schlag bekommen würde, Leute, live und in Farbe, daher sagte er nur: »Tut mir leid, aber ich habe die Frage vergessen«, womit er ihn definitiv auf dem falschen Fuß erwischte.

So also stellten sich die Polizeioberen eine hübsch moderierte Sendung mit einem Interview ohne Verarsche oder Bloßstellung vor, sehr niveauvoll und gesittet – hm? Und woher wußte dieser alte Furz, daß der MO anders war? Von diesem Augenblick an ging es nur noch bergab für Jack, der ohnehin noch nie ein besonders guter Lügner gewesen war.

Nach vier oder fünf Minuten dieser gnadenlosen öffentlichen Vorführung gaben sie Onkel George das Ende-Zeichen, und er sah Eichord zum ersten Mal direkt an. »Sie konnten keinem etwas vormachen«, sagte er, »und offen gestanden finde ich Pose, Prämisse, prätentiöse Anmaßung und prahlerische Eigenlobhudelei der Polizei in höchstem Maße lügenhaft, irreführend, hurenhaft und überaus anrüchig. Und falls Ihnen das wieder wie unverständliche Logographie vorkommt, Special Agent Eichord, ich will damit zum Ausdruck bringen, daß es eine verlogene, stinkende *Scheiße* ist.« Eichord lagen mehrere geistreiche Antworten auf der Zunge, aber zum Glück hielt er sich zurück und versuchte nicht, sie an den Mann zu bringen, und eine oder zwei Sekunden später erlosch das rote Licht und die Sache war gnädigerweise überstanden.

Fünf Minuten davon unter vier Augen wären schlimm genug gewesen. Aber für Jack Eichord, der gewissermaßen an seiner Smith and Wesson aufgehängt worden war und sich jetzt ganz langsam im grellen Rampenlicht von Windy City drehte, der Schlachthöfehauptstadt der Welt, der Stadt der breiten Schultern, kamen sie fünf Stunden in der Hölle gleich.

Und als Onkel George mit ihm fertig war, stand eindeutig auf der Kippe, wer was glauben würde. Die Fans von George Kick-arsch-ka würden, wenn schon niemand anderes, auf jeden Fall davon überzeugt sein, daß alles ein taktisches Manöver seitens der Behörden gewesen war, um eine nervöse (und naive) Öffentlichkeit zu beruhigen. Und man mußte zu dem Schluß kommen, daß Jack wenig oder gar nichts dazu beigetragen hatte, den skeptischen Zuschauer zu überzeugen. Und einer dieser Zuschauer verfolgte Eichords Auftritt voll stummer, tödlicher Wut.

Er sah zu dem RCA-Fernseher, dreiundzwanzig Zoll Bildschirmdiagonale, in einem kleinen Haus draußen in Oak Park, wo die drei Mitglieder der Familie Volker ihm Gesellschaft leisteten. Ted Volker, seine Frau Betty und ihr neun Jahre alter Sohn Sean saßen allesamt auf dem Sofa neben Daniel Bunkowski, der einen Stuhl herangerückt hatte.

Sie saßen alle reglos da und betrachteten den hellen Bildschirm in dem abgedunkelten Wohnzimmer, wo der Ton des Fernsehers die einzige Geräuschkulisse bildete. Ted und Betty und Sean verfolgten die Sendung mit blinden Augen. Und während Daniel sich diese salbadernde Predigt über Serienmörder und die ganzen Lügen anhörte, sah er das Bild des Polizisten mit seinen harten, kleinen Schweineaugen an und beschloß, ein Zeichen zu geben, daß der Einsame-Herzen-Killer immer noch auf freiem Fuß war. Der Ausdruck gefiel ihm – *auf freiem Fuß.*

Er wandte sich den toten Volkers zu, strahlte über das ganze Gesicht, hievte seine Masse mit einem Grunzen der Anstrengung aus dem Lehnstuhl und machte sich an die Arbeit.

JACK EICHORD, DER HELD

Er erzählte ihr die ganze Sache natürlich, schrie es ihr entgegen, fluchte, ging auf und ab, und sie flüsterte, brachte ihn behutsam wieder runter und besänftigte ihn, als er die »verdammten Idioten« aus der Stadt verwünschte. Aber irgendwie registrierte sie es gar nicht richtig. Das merkte er daran, wie sie darüber redete, daß in den Zeitungen dies stand und im Fernsehen jenes gesagt wurde. Ihr gefiel es, daß er ein Star unter den Polizisten war, ob zu Recht oder zu Unrecht, darauf wollte sie keinesfalls verzichten, und daher hielt er nach einiger Zeit den Mund.

Zu viele Reporter bedrängten ihn, daher überredete sie ihn, eine recht extravagante Suite in einem sündhaft teuren, aber ziemlich abgeschiedenen »Motel der XXX-Kategorie« in einem nahegelegenen Vorort zu mieten. Und dorthin brachte sie ihn, damit er, neben anderen Dingen, seine Wunden lecken konnte – die echten und die eingebildeten.

Und welche wilden erotischen Phantasien hielten ihn in ihrem Bann, während er auf dem Satinlaken lag, trotz der sexy gedämpften Beleuchtung die Augen zumachte und gar nicht auf die leise Hintergrundmusik hörte? Zwei Polizisten namens Pat McTeague und Penny Butts. Pat und Penny. Hörte sich nach zwei Nutten an, dachte er. Ich liege direkt neben dieser Superfrau und denke an zwei Polizisten. Ich bin ein kranker Mann.

Penny Butts wog zweihundertfünfzig Pfund und aß Zwiebeln, als wären es Eistüten, und Pat McTeague war gleichermaßen attraktiv. Er war praktisch ein Alkoholiker mit einem Gesicht wie eine Straßenkarte von Rand McNally, dessen Zierde ein enormer, Rudolf-Rotnase-mäßiger Zinken von einem Geruchsorgan mit derartig dicken Adern war, daß diese schon wieder eigene Äderchen hatten. Sein ganzes Gesicht glich einer riesigen, häßlichen Wüste geplatzter Kapillaren.

Eichord dachte an sie, weil er bei ihnen gesessen hatte, als am

Abend zuvor das Gros der Polizisten in Massen die Bar stürmte. Ihre Gespräche bestanden überwiegend aus Witzen, und einer der nicht ganz so obszönen war eine weitschweifige Angelegenheit mit der folgenden Pointe:

»Und der Richter fragt: Wie bitte? Und der Anwalt sagt: Euer Ehren, da griff die Angeklagte zu einem Zweikomponentenmonomer auf Zyanoakrylbasis, leitete die anionische Polymerisierung ein und verschmolz das erigierte Glied meines Mandanten mit der darunter befindlichen, rauh gewirkten Oberfläche der weichen Unterlage der Schlafeinheit. Worauf der Mandant brüllt: *Ja, Richter, und den Schwanz an die Matratze geklebt hat mir die Schlampe auch noch!*« Gelächter.

Dann zogen sie Jack wegen seiner Heldenhaftigkeit auf.

»Mann, diese Scheiß-McTuff-Typen können schwierige Fälle aufklären, was, Kumpel?«

»Verdammt richtig, Freundchen. In das Team muß ich auch rein, Mann. Könnt ihr euch meinen Namen vorstellen, wenn die eine Fernsehserie über mich drehen? ›McTeague von der McTuff‹, also für mich klingt das verdammt gut.«

»Mir gefällt ›McTuff Butts, Privatdetektiv‹ besser.« Eichord lachte pflichtschuldig.

»Scheiße, Mann, ich meine, ihr geht dem Verbrechen so gründlich auf den Grund wie einer feuchten Möse.« Und so weiter, und so fort. Nach ein paar Minuten fühlten sich seine Lachmuskeln allmählich verkrampft an, und nach einer Weile konnte er sich davonstehlen und zur Tür hinausgehen, ohne daß er wie ein Arschloch aussah, das keinen Spaß vertragen konnte. Sie waren Knallköpfe. Aber der Spott war nur ihre Art, zu sagen, sie wußten, daß die Sache nicht in seiner Macht lag. Ihnen war verdammt klar, daß es jedem einzelnen von ihnen, jedem bei der Mordkommission, ganz genauso ergehen konnte. Trotzdem traf es ihn tief. Es gefiel ihm ganz und gar nicht.

Diese Heldensache war eine ernste Angelegenheit für ihn. Er stammte aus einer Zeit, die heute so fern schien, als gehörte sie einer untergegangenen Welt an. Er kam aus dem fernen Jahrzehnt eines Kindheitstraums, das es so nie gegeben hatte, aus der vergessenen Vergangenheit eines Amerika, das noch an den mythologisierten Helden glaubte. Überlebensgroß. Rein im Geiste. Der Gute mit dem weißen Hut.

Eichord war ein Junge gewesen, als das Goldene Zeitalter des Heldenmuts unter dem Ansturm der hochtechnisierten Welt Grünspan ansetzte, zerfiel, und die rostigen Trümmer von den Winden der Zeit und der Evolution verweht wurden. Aber er erinnerte sich noch genau an jene Welt der Helden, die seine frühen Jahre zu etwas gemacht hatte, das einer normalen Kindheit gleichkam. Jack erinnerte sich an die gigantischen Inbilder, mit denen sein Dad ihn vertraut gemacht hatte. Stillwell! Verdammt. Salk, DiMaggio, Harry *Truman*, Herrgott noch mal – das waren große, überragende Persönlichkeiten, wie die Plakate vor dem Orpheum. Und Eichords Generation war mit aufrichtig verehrten Helden aus Sport, Militär, Wissenschaft und sogar – ob man's glaubt oder nicht – Politik aufgewachsen.

Wenn Jack nicht schwamm oder Körbe warf oder auf Bäume kletterte, dann las er über Helden. Zuerst die Hardy Boys, dann die bedeutenden Autobiographien, und dann Militärgeschichte. *The Washing of the Spears* verschlang er mehrmals. Er las *Die sieben Säulen der Weisheit* achtundzwanzigmal in zwei Jahren, las es Nacht für Nacht, las verschiedene Abschnitte für sich, überflog ganze Passagen immer und immer wieder und ließ sich davon beeinflussen, seine Persönlichkeit formen.

Er wuchs im Schatten des Unbesiegbaren Nordamerikano auf, der Legende des weißen, angelsächsischen, protestantischen, männlichen Helden. Der elitäre Speerträger; die Verantwortung des Kriegers, das *noblesse obliege* der Mittelschicht, beeinflußten ihn dahingehend, daß als akzeptable Berufswahl nur Soldat, Polizist, Feuerwehrmann, Notarzt, was auch immer in Frage kam. Er mußte zumindest symbolisch eine Uniform tragen und da draußen an der Front sein.

Und dann ging etwas schief. Und die Last all dessen, das er konsumiert hatte, aller Informationen, vermischte sich mit der flüssigen Realität, alles wirkte zusammen und zog ihn in die Tiefe wie ein Anker, er versank in den unergründlichen Tiefen des Jack-Daniels-Sees, sank darin bis auf den kalten, trüben Grund, ein weiteres Opfer des Feuerwasserfiebers. Noch ein verworrener Denker, eingeschlossen im rostenden Ein-Mann-U-Boot eines Helden im Land der verlorenen Seelen. Ein vom Alkohol besiegtes Opfer des Zeitalters der Helden.

Und jetzt, dachte Eichord, liege ich hier neben der weichen und warmen Dame meiner Wahl, auf teuren Laken in einem Raum voll von erotischen Spiegeln und sexy Beleuchtung, genieße Bewunderung und Zärtlichkeit, bin in betörende Düfte eingehüllt, höre leises, zärtliches Liebesgeflüster, kann nur an zwei häßliche Polizisten und ihre schlechten Witze denken und spüre nichts anderes als die Kälte des Lands der Verlorenen.

Und unter alldem spüre ich, in den dunklen unteren Schichten verborgen, die üble Präsenz eines menschlichen Dings, das aus reiner Freude mordet und aus Gott weiß welchen Gründen Herzen sammelt. Blutige Herzen aus frisch getöteten Leichen herausreißt. Und dieses Ding ist immer noch dort draußen, ganz gleich, was euch die Zeitung weismachen wollen. Und die Wolke dieser Bedrohung schwebt über dem Bett wie ein furchteinflößender Schatten, und ich lasse mir mein geschwollenes Organ bearbeiten, ohne dabei den kleinen Tod zu sterben, denkt Jack.

Aber Edie ist da, und nur ihre Nähe zählt jetzt. Also schlägt er die Augen auf, achtet nicht auf die Spiegel, verdrängt alle Gedanken an blonde Silikonzwillinge und französische Kammerzofen und alle anderen albernen, kindischen Phantasien, die zu so einem Bett passen würden, und er entspannt sich und atmet ihren Geruch ein. Und in diesem neuerlangten Zustand der Gnade spürt er seine Menschlichkeit langsam ausströmen, doch dann kehrt sich der Strom um und fließt in ihn zurück, er spürt die sanft klimpernden Wimpern, und ihre heißen Fingerspitzen wirken wieder ihre elektrisierende Magie an ihm.

Und er packt dieses dunkle Kissen langen Haars mit den Händen und zieht sie so zu sich heran, daß er außer ihr nichts mehr sehen kann, ein Durch- und Ineinander von Fleisch und Knochen und Wärme und entzückenden miauenden Lauten; Münder und Gliedmaßen und Organe und Seelen wiegen sich und explodieren gemeinsam und versinken wieder in dieser heißen Flammengrube und lassen sich in einen quälend süßen und perfekten, blubbernden, köstlichen Honigtopf fallen. Und nichts anderes bekümmert ihn mehr.

Jetzt wünscht er sich nur noch, daß dieser Augenblick erstarrt. Diese Sekunde. Diese zeitlose, durch nichts zu verbessernde, perfekte, klassische, Herzklopfen verursachende, wahnsinnig erhebende Explosion der Liebe zwischen ihnen. Plötzlich ist sie das einzige, das einzig Wichtige, das einzige, das für ihn zählt, und er betet, daß er die Welt anhalten und sich daran festhalten kann, an diesem lustvollen, kreischenden, von Liebe erfüllten Augenblick des hemmungslosen Küssens und Umarmens in diesem Jailhouse-Rock-Tango-Blues.

NOCH EIN FEHLER

Ted Volker gehörte zu den glücklichen Menschen, die eine gute Schwiegermutter haben, eine angenehme Frau, die ihrer Tochter nahestand, und ihrem Schwiegersohn, den sie wie einen eigenen Sohn behandelte, aber ganz besonders ihrem Enkel, und die demzufolge auch fast täglich zu Besuch kam. Sie fand die Familie am nächsten Tag. Und das zerstörte ihren Verstand vollständig.

Ein Briefträger hörte ihre Schreie als erster, dachte aber, sie kämen aus dem Fernseher. Ein Lieferant war vermutlich der zweite, der sie hörte, und er rief die Notrufzentrale der Chicagoer Polizei an. Nach mehreren Minuten wurde der Anruf an den Diensthabenden weitergeleitet, und wiederum mehrere Minuten später war ein Streifenwagen mit zwei Männern vor Ort. Ihnen bot sich ein Bild des Grauens direkt aus der Hölle.

Sie hörten die gräßlichen, gequälten, animalischen Schreie schon, als sie sich der Haustür der Volkers näherten; die Männer sahen einander an, und einer flüsterte:

»Großer Gott«, und sie traten vorsichtig und mit gezückten Dienstwaffen ein. Die Rollos waren alle heruntergelassen, das wenige Sonnenlicht vermochte kaum, das Dunkel zu durchdringen. Hinten, im Wohnzimmer, schrie sich eine Frau buchstäblich die Seele aus dem Leib, und als die Männer um die Ecke kamen, mußten sie beide wegen des durchdringenden Gestanks würgen.

Ein plötzlicher, unerwarteter, überraschender, überwältigender und erschütternder Schock wirkt sich auf jeden Menschen anders aus. Alles hängt von den Umständen, der inneren Vorbereitung, der individuellen Reaktion auf ein Trauma und persönlichen physiologischen Schwellen ab; tausendundeins Faktoren dämpfen oder verstärken diese Schocks, für die das Fleisch so anfällig ist.

Drei Leichen saßen auf der Couch, nackt, mit silbernem Klebeband, wie es Klempner benutzen, am Sofa und aneinander festgebunden, und auch ihre Augen wurden von diesem Klebeband offen gehalten – die silbernen Streifen waren grotesk über ihre Haare und Gesichter gezogen, die Augen der Toten nach oben verdreht in blinden Augenhöhlen, die an die klaffenden Löcher einer silbernen Totenmaske erinnerten.

Die stehende Frau schrie ununterbrochen weiter, bis der Arzt eintraf, um ihr ein Beruhigungsmittel zu verabreichen, doch kurz vorher hörte sie aus reiner Erschöpfung auf. Sie hatte den Verstand verloren und sollte nie wieder etwas anderes von sich geben als diese letzten, erschütterten Schreie. Die Polizei konnte es nicht wissen, aber ihr Haar, vormals grau, war in den menschenunwürdigen Stunden erbarmungslosen Grauens schlohweiß geworden.

Das Wohnzimmer, besser gesagt, das Sterbezimmer, schwamm förmlich in einem See von Menschenblut. Das Blut war geronnen und zu einer widerwärtigen Kruste aus von Insekten übersätem Dreck und trocknendem Schleim erstarrt, und der Gestank war der Gestank des am häufigsten frequentierten Tötungszimmers eines Schlachthofs des neunzehnten Jahrhunderts. Die Polizisten hatten noch niemals so etwas gerochen wie den Gestank im Wohnzimmer der Volkers.

Die Bestie, die das getan hatte, war durch den grauenhaften Blutsee gestapft und hatte überdeutliche rote XXL-Abdrücke nackter Füße hinterlassen, mindestens Schuhgröße 50, als sie ins Badezimmer gegangen war, um ihr Werk zu vollenden. Stapf, stapf, hallend den Flur entlang, in dem nach den gedämpften Schreien einer ganzen Familie eine gräßliche Stille herrschen mußte. Die Kreatur hörte nichts, empfand nichts, außer der simplen Freude an dem Akt der Zerstörung, eine Art von postkoitalem Gefühl, während er fröhlich dahinstapfte und dabei große, häßliche, klebrige Flecken auf dem limettengrünen Teppichboden hinterließ, scharlachrote Pfotenabdrücke, wo er das gesamte Gewicht auf diese Plattfüße, Schuhgröße 50, verlagert hatte.

Er war ins Elternschlafzimmer gestapft, hatte die Dusche aufgedreht, irgendwann einmal aus einem unerfindlichen Grund ins Waschbecken uriniert und dann heiß geduscht. Nach dem Duschen hatte er wieder masturbiert, während er dastand und das Wasser auf seinem enormen Wanst trocknen ließ, was durch Spermaspuren im Siphon der Duschwanne festgestellt werden konnte, danach hatte er sich mit einem fehlenden Handtuch abgetrocknet, das er vermutlich auch dazu benutzt hatte, alle Türgriffe abzuwischen, die er mit den Händen berührt hatte, und alle Oberflächen, wo Fingerabdrücke zurückbleiben konnten. Sie fanden den ganz brauchbaren Abdruck eines linken Daumens auf einem Spiegel, den er offenbar berührt hatte, bevor er seine Handschuhe anzog. Sie schickten ihn zusammen mit anderen forensischen Funden an das FBI. Das brachte meistens nicht viel, aber man konnte nie wissen, wann man einen Glückstreffer landete.

Ein Briefträger, der in der Halle der Division, wo Jack Eichord arbeitete, ein eingeschriebenes Eilpäckchen abgab, steuerte seine Fingerabdrücke zu dem Fall bei. Die anderen Abdrücke stammten ebenfalls von Mitarbeitern der Post. Den Adreßaufkleber des Päckchens hatte jemand mit einem Filzstift von Hand beschrieben, harte, feste, wütende Striche, die die Spitze zerquetschten, so daß breite und exakte, eckige Großbuchstaben den sorgfältig geschriebenen Namen JACK ICORD [sic] bildeten, den der Absender beim Fernsehen im Haus der Volkers gehört hatte.

Nach dem Fernsehen hatte er drei Gegenstände in drei separate Plastiktüten verpackt und diese Tüten in eine weitere Tüte getan, die er mit einem Folienschweißgerät, das er in der Küche der Volkers fand, versiegelte. Es waren Tüten der Marke Seal-A-Meal.

Als er seine Gegenstände eingeschweißt hatte, wischte er das Äußere der Plastiktüten wieder gründlich ab, wischte das Folienschweißgerät ab und steckte alles zusammen in den Sack zu dem Handtuch, mit dem er alles abgewischt hatte, und verschiedenen anderen Sachen, die er loswerden wollte. Doch es gab einen deutlichen Unterschied in seiner Haltung und seiner Vorgehensweise. Er veränderte sich. Perfektionismus oder Professionalität interessierten ihn längst nicht mehr so sehr. Ihm war durchaus bewußt, daß er hinter sich geputzt hatte, das waren Routinehandgriffe. Seine extreme, zähneknirschende Konzentration hatte nachgelassen. Analysieren konnte er das nicht. Vielleicht machte er gerade eine Art von Ich-möchte-bestraft-werden-Phase durch, dachte er bei sich. Nein. Aber was dann? Ja, was nur.

Der kleine, schmächtige, dahinstolzierende Mann war einen Meter siebzig groß und extrem drahtig. Er hatte sein Leben lang gekämpft. Sein Name war Tree. Das war sein Straßenname. Little Tree, oder Tree, so nannten sie ihn. Mr. Tree. Er konnte sich beim besten Willen nicht an seinen Namen erinnern. Der Name klang so ähnlich wie Tree. Sein richtiger Name, sein Vorname, war Buddy, aber so nannte ihn niemand. Buddy war er nicht mehr, seit er nicht mehr zu Hause lebte.

Er war mit vierzehn von zu Hause weggelaufen. Als sein Vater ihn wegen regelmäßiger sexueller Übergriffe gegen seine junge Stiefmutter zur Rede stellte, schlug er seinen Vater bewußtlos und lief weg. Er war zeitweilig Mitglied einer Bande von gesetzlosen Rockern und Bikern namens Flames, die gerade versuchten, den Chicago Warlords einen Teil ihres Gebiets streitig zu machen, um von dem lukrativen Markt für Crank oder Crystal Meth zu profitieren.

»Der beschissene Deuce ist 'ne lahme Krücke, Mann.« Deuce war der derzeitige Präsident der Flames, und Tree sagte das zu seinem einzigen Freund, der ebenfalls recht klein war und auf der Straße Leaping Lester genannt wurde. Lester war ein Waschlappen, eine kleine Klette, die ständig um die Bandenmitglieder und Groupies und Mitläufer herumscharwenzelte, in Lederbars und Spießerkneipen und Kifferbuden aufkreuzte, wo er sich den Flames und allen anderen anbiederte, die die Kluft trugen (er selbst hatte eine Motorradjacke an) und seinen Gestank verbreitete. Er war ein Motorradfreak. Und er hatte Todesangst vor Tree, und weil Tree das gefiel, ließ er ihn bei sich herumhängen. »Wenn der beschissene Deuce was in der Hose hätte, würden wir schon längst dealen, gottverdammt.«

»Yeah«, pflichtete Lester enthusiastisch bei, »stimmt genau, Mann. Der Pisser ist 'ne lahme Krücke.«

»Er ist 'n lahmarschiger *Wichser.*«

»Verdammt richtig, 'ne lahme Krücke. Ich weiß nicht, warum –«

»Scheißlahme Krücken von Flames. Verdammt, Mann, die Flachwichserschwuchteln von den Warlords dealen im ganz großen Stil, Mann, und das –«

»Scheiß War-Loser.«

»Yeah«, stimmte Lester lachend zu, »Scheiß Hur-Lords.«

»Die Hur-*Loser,* du kleiner Zwergenpunk«, fauchte Tree tückisch.

»Yeah« – Lester kicherte – »linkswichsende Hur-*Loser.*«

»Ich krieg den Shit am Samstag vom Apatschen, dann nehm' wir uns das Meth und die Salzsäure und den ganzen Scheiß und veranstalten ein *Kochfest,* du Wichser.«

»Yeah!«

»Mann, und sobald ich noch mal zwei Riesen beisammen hab, hau'n wir ab, runter nach Big A.«

»Hä?«

»Ganz recht, Arschgeige. Scheiß-*Australien,* Mann. Da geht's gut ab, Mann. Da ist heut die große Freiheit. Der verdammte Peter Wieheißter, Piller-Peter, erinnerst du dich nicht an diesen Britenschwanzlutscher?«

»Hm?«

»Der Brite, der englische Arschficker, du Knallschote. Na, jedenfalls sagt der Wichser immer, daß da unten im gottverfluchten Australien einfach alles geht, Mann. Und ich nehm Debbie mit und du nimmst deine häßliche Schlampe mit, und dann geh'n wir da rüber und leben wie verdammte Könige.« Debbie war seine Sklavin; ein jämmerlicher, schwachsinniger und roboterähnlicher Teenager, die als Hilfshausmeisterin mit ihnen zusammenarbeitete. Sie war körperlich abstoßend und ungeliebt und spielte die Rollen seiner abartigen psychosexuellen Phantasien, weil sie, jedenfalls bis jetzt, perverse Zuwendung immer noch besser fand als gar keine.

»Scheiß-Australien? Gottverdammich, ich weiß nich mal, wo ich das auf 'ner Scheißkarte finden könnte.«

»Du verblödete kleine Stinkefotze weißt ja auch nicht, wo dein verschissener Arsch ist, und trotzdem schaffst du es, daß du ihn ab und zu mal beim Abwischen triffst, oder nicht?«

»Yeah, direktum mittenrein«, sagte er und erklomm damit einen zumindest für ihn veritablen Mount Everest geistreicher Bonmots.

Bunkowski hatte sie einen halben Häuserblock lang beobachtet, schlich lautlos hinter ihnen her, verfolgte sie in der Dunkelheit. Er konnte den größten Teil ihrer absurden, schwachköpfigen Unterhaltung hören, als er sich ihnen näherte, und sah Licht auf der Kette funkeln, die derjenige, der Tree genannt wurde, über der Schulter trug und die überhaupt erst Daniels Aufmerksamkeit geweckt hatte.

Tree trug eine riesige Kette, vermutlich von einem Motorrad, ein enormes Ding, das er durch die Schulterschlaufe seiner Lederjacke gezogen und in seine Tasche gesteckt hatte, wo eine schwere Last von Schlüsseln daran hing; das andere Ende der langen Kette war in seinen Gürtel eingehakt. Bei einer Schlägerei riß er gern die Schlüssel heraus, und Daniel war auf diese silberne Kette aufmerksam geworden, als sich das Licht darin spiegelte.

Er hatte sich regelrecht in die Idee verliebt, dieses Paar sabbernder Punks mit seiner eigenen Kette zu erledigen, einer mit Klebeband umwickelten Traktorkette, einen Meter lang, mit der er wieder und immer wieder getötet hatte, und er hatte vor, diese lauten, dummen Insekten zu zerquetschen, wie man ein Paar summende Moskitos erschlagen würde. Er tötete nur zu gern alle lebenden Menschen, aber seine ganze Liebe gehörte den kleinen Leuten, und kleine, herumstolzierende, aufgeblasen daherquatschende, prahlerische, großmäulige, hirnamputierte, fliegengewichtige, klugscheißerische Punks waren genau seine Kragenweite.

»Dieser Shit, den wir neulich gekocht haben, war verdammt gut, Mann. Ich meine, das Zeug hat dich den ganzen *Scheißtag* lang abheben lassen. Wenn wir so'n Shit kochen können, Mann, bin ich der gottverdammte König von Australien.« Trees Besessenheit von Australien hatte vor mehreren Wochen begonnen, als könnten sie da runterfliegen und Crank unbehelligt von allen Gesetzen verkaufen, und die Wurzel dieser Psychose reichte so tief, daß er jeden Tag eine neue imaginäre Schicht auf das Fundament seiner australischen Traumwelt häufte. Und im Augenblick glaubte er wirklich und wahrhaftig, er könnte sich jetzt jeden Tag die Tickets für die große Überfahrt in das gelobte Land ohne Recht und Gesetz kaufen.

»Gibt wahrscheinlich auch keine großen Banden da drüm, Mann. Wir können den Crank-Markt praktisch über Nacht scheißemäßig *kontrollieren.* Unseren eigenen guten Shit kochen. Drei, vier Pfund täglich verticken. Ich bin der beschissenen *König* von –«

Sie rochen Chaingang, bevor sie ihn hörten oder sahen, was nicht schwer zu verstehen ist, wenn man bedenkt, daß er inzwischen die meiste Zeit unten in einem eigens angelegten Versteck in einem Nebenarm der Kanalisation von Chicago verbrachte. Tree und Lester waren auch nicht gerade duftende Blumen, aber dieses – dieses Ding konnte man auf einen halben Häuserblock Entfernung riechen, spüren, und als es sich ihnen näherte, auf der Straße hinter ihnen auftauchte, da hätte sich selbst der abgestumpfteste Trottel instinktiv umgedreht und diese hünenhafte Erscheinung betrachtet, die da aus der Nacht auftauchte. In-STINK-tiv.

Tree hatte gerade die erste Silbe seines heißgeliebten Australien ausgesprochen, als er passenderweise mitten in der Feststellung zu Boden ging, er würde der König von Aus- werden – er bekam den ersten Schlag mit den schweren, bandagierten Kettengliedern ab, die lautlos aus dem Dunkel geschnellt kamen und ihn am Hypothalamus und der Medula oblongata erwischten und seinem Traum in einem feuchten, scharlachroten Nebel von unsäglichen Schmerzen und zerschmetterten Zellen, Gewebe, Wirbeln, Knorpel, Nerven, Rückenmark, Hirn ein Ende bereiteten. Lichter aus. Und Bunkowski läßt die Kette mit einer knappen Bewegung seines baumstammdicken Handgelenks zurückschnalzen und mit einem blitzschnellen Lassowurf wieder vorschnellen; eine heimtückische, unaufhaltsame, rasend peitschende, tödlich rotierende Kreissäge des sicheren Todes, die mit unglaublicher Kraft geführt wird, aber dennoch geht der Hieb erstaunlicherweise daneben.

Daneben! Daniel Edward Flowers Bunkowski kannte dieses Wort nicht einmal. *Daneben* lag außerhalb seines Erfahrungsbereichs. Das Vokabular war ihm neu. Er brauchte einen heftigen Herzschlag lang, bis er registrierte, daß er mit seiner Killerkette DANEBEN, D A N E B E N geschlagen, diesen nichtswürdigen Schlappschwanz verfehlt und statt dessen das Seitenfenster eines parkenden Ford Escort getroffen hatte, das in einer Explosion von Sicherheitsglas zerschellte. Und genau diesen Augenblick nutzte Leaping Lester und machte das, was der kleine Pisser am besten konnte. Er floh. Er rappelte sich auf seine schmutzigen Tennisschuhe auf und tanzte den Nixwieweg. Düste, düste, düste, düste im Sauseschritt. Tschüssikowski. Und weg war er.

Und Chaingang, Killer von fünfhundert, Killer von Familien, Killer von Profisöldnern, Killer von Kopfgeldjägern, Killer von Elitesoldaten, der Mörder von Mördern – stand wie angewurzelt da. Chaingang ragte über der reglosen Gestalt des Flames-Kriegers Little Tree auf und sah zu, wie ein glücklicher Jammerlappen namens Lester machte, was er am besten konnte. Und zum ersten Mal verspürte er tief im Inneren seines enormen Körpers ein Gefühl, dieser Mann, diese Bestie, die Emotionen wie Furcht oder Unbehagen gar nicht kannte, spürte es und konnte es identifizieren, obwohl es ihm fremd war. Denn er hatte D A N E B E N geschlagen. Denn er war gesehen worden. Denn er hatte schon wieder einen Fehler gemacht.

Aber Jack Eichord der Polizist sollte noch eine ganze Weile nichts davon erfahren. Er befand sich in einer Sitzung und mußte sich anhören, was für eine beschissene, schlechte, stümperhafte Polizeiarbeit er geleistet hätte. Nicht er persönlich, wohlgemerkt, nur jede Menschenseele, die an den Ermittlungen im Fall Kasikoff beteiligt gewesen war, eben alle, die zugelassen hatten, daß diese ganze Scheißangelegenheit wie ein Bumerang zurückkehrte und dem Commissioner in den Arsch trat, was seinerseits wiederum dazu führte, daß dem Chief *sein* Arsch aufgerissen wurde, wodurch wiederum dem Deputy Chief auf die Spitze *seines* Pimmels getreten wurde, und darum schoben jetzt sämtliche Polizisten Sechzehn-Stunden-Schichten und saßen zu dieser späten Stunde immer noch im Bullenstall zu einer Sondersitzung sämtlicher Polypen, die mit den Ermittlungen im Fall der verstorbenen Sylvia Kasikoff zu tun hatten.

Denn heute morgen war das Päckchen zugestellt worden. Das Päckchen mit den fein säuberlichen Blockbuchstaben JACK ICORD, das mit dem seltsamen Gewicht, das so ungut in der Hand lag; das, vor dem Jack sich fürchtete, noch bevor er die Handschrift begutachtete, noch bevor er es sie unten im Bombenbunker öffnen ließ, noch bevor er sah, was sich in dem Päckchen befand, das das Ding ihm geschickt hatte.

Es war der Morgen, an dem die Zeitungen das Thema wieder aufgriffen und die Einsame-Herzen-Morde erneut für Schlagzeilen in der Regenbogenpresse sorgten. Es sollte der Tag sein, an den sich Eichord noch lange erinnern würde, und ein Tag, der ihn nachts wachhalten sollte und ihm kleine, eiskalte Stiche zufügte, wann immer er an das Päckchen dachte, und was es bedeutete. Dies sollte der Tag sein, an dem er zu Bett ging sich dabei nackter als jemals zuvor fühlte; verwundbarer durch das Böse, da ihm die schützende Schale des hartgesottenen Polizisten heruntergerissen worden war und das Grauen ihn erschütterte und bloßstellte wie einen Baum, dessen Rinde abgeschält wurde.

Es war der Tag, an dem die Zeitungen den sensationellen Fall erstmals die Herzbube-Morde nannten.

STRENG GEHEIM

Sie hätten, was sie normalerweise tun würden, die geschredderten Papierberge einfach in die Brennöfen werfen und die Computerdateien löschen können, und schon existiert etwas nicht mehr. Sie sind Leute, die das Wort *mauern* in erster Linie als transitives Verb benutzen. Wenn sie beschließen, etwas oder jemanden zu vergessen, dann hat dieses Ding oder diese Person niemals existiert. Aber wegen den Zeiten und dem Druck und der heiklen Materie und dem Klima hatte etwas überlebt und konnte Zeugnis von der Existenz der Bestie ablegen. Und es hätte nicht verräterischer sein können, wenn es sich um eine blutige Spur direkt hier auf den Ausdrucken gehandelt hätte.

»Nebenstelle 2228«, sagte Eichord, der wartete, während es in der Leitung von hier bis Washington summte.

Hätten sie die Scheiße einfach in die Tonne gekickt, was in jeder Verwaltung der Normalfall ist, wäre die Sache damit erledigt gewesen. Aber ein vollkommen verblödeter, superbürokratischer Typ an irgendeinem Schreibtisch hatte beschlossen, Fingerabdrücke, Blutgruppe und weitere Identifikationsmerkmale der Individuen, die einst Teil des geheimsten Geheimexperiments unserer Militärs/Geheimdienstler gewesen waren – das den schönen Namen Spezielle Einsatz-Gruppe/Elementare Noteinsätze trug, salopp »Segen« genannt, eine verschleiernde Abkürzung, die schlicht und ergreifend soviel wie Mordkommando bedeutete –, einfach nur als streng geheim einzustufen.

Und so kam statt »Keine Antwort« oder »Unzureichende Informationen«, statt des gewöhnlichen Nichtvorhandenseins von Daten das FBI sofort mit einem »Offiziell gelöscht« daher, das auf dem Computerprint leuchtete wie eine Neonreklame.

Eichord hing schon seit zwei Stunden am Telefon, und sein Arm war so taub, daß er sich einen Moment ernsthaft fragte, ob er einen leichten Herzinfarkt hatte. Und dann schoß ihm das

Wort *Herzinfarkt* eine ganze Weile im Kopf herum, bis ihn eine spröde Frauenstimme davon erlöste:

»Hier zweiundzwanzig-achtundzwanzig.«

»Sonny Shoenburgen, bitte«, sagte er zu ihr.

»Einen Augenblick, bitte«, sagte sie freundlich und legte ihn in die Warteschleife.

»Danke«, antwortete er dem Rauschen von Ma Bell, Scheiß-AT & T, Western Electric und Gott weiß welchen anderen Telekommunikationskonzernen, die allesamt in ihrer privatsphärenschutzgesetzbedingten Gereiztheit schäumen und ihn durch die isolierten, abhörsicheren, verschlüsselten und schalldichten Festnetzleitungen eines der größten Spukkomplexe westlich des Atlantik anzischen.

Schließlich, nach gefühlten vier bis sechs Wochen, meldet sich eine andere Stimme in der Leitung, diesmal die eines Mannes, der nicht ganz so liebenswürdig oder freundlich sagt:

»Kann ich Ihnen helfen?«

»Sonny?«

»Tut mir leid, aber wir haben hier niemanden dieses Namens.«

»Hören Sie, ich bin vom Justizministerium und dies ist ein Notfall, also lassen Sie den Mist und holen Sie Sonny Shoenburgen, bitte.«

»Tut mir leid, der ist in einer Besprechung«, fährt die Stimme nach sehr kurzem Zögern fort. »Darf ich Oberst Shoenburgen melden, wer angerufen hat, Sir?«

»Sagen Sie Sonny, hier ist Jack Eichord, E-I-C-H-O-R-D, und ich muß nur ganz kurz mit ihm sprechen, aber es muß *sofort* sein.«

»Gut.« Ein weiteres Zögern. »Und von wo rufen Sie an, sagten Sie?«

»Justizministerium«, log er glattzüngig.

»Ja, Sir, einen Moment, bitte.« Die Leitungen zischten und buhten erneut. Ein Moment konnte alles bedeuten. Er hatte einmal am Wochenende Federal Express angerufen und einen Moment gewartet, der fünfundzwanzig Minuten gedauert hatte, in denen er sich das quälendste Gedudel seines ganzen Lebens anhören mußte. Fünfundzwanzig Minuten der süßlichsten, schmalzigsten, brechreizerregendsten Kitsch-Mucke, die man sich nur denken konnte, bei der ihm fast die Ohren abgefault wären. Ein Moment in D.C.-Zeit konnte verflucht noch mal so gut wie alles heißen. Seine telekommunikative Belastungsgrenze für den heutigen Tag war fast erreicht. Etwas kroch kribbelnd seinen linken Arm hoch, dann den rechten, in beide Ohren und bohrte sich dann nach innen, in den weichen Kern seines Gehirns.

»Ja?« ertönte eine ruhige Stimme.

»Hallo?« Der Mann war schon eine ganze Weile in der Leitung und hatte seinen Hörer ohne vernehmliches Klick abgenommen. Ein schnurloses, formloses Ding, das man nie auch nur anfassen mußte, vermutete Jack. Möglicherweise ein Telefon, das geformt war wie ein Mikroorganismus und implantiert wurde. Diese Drecksäcke hatten alles.

»Sonny, hier ist Jack Eichord.«

»Ah, du wertloser Haufen Hundescheiße, was hast du auf dem Herzen?«

»Nichts Gutes. Ich –«

»Bist du hier?«

»Hm?«

»Bist du hier in D. C.?«

»Nein. Chicago. Momentan Polizei von Chicago, wegen einer Mordermittlung.«

»Großer Gott im Himmel. Wann bist du denn nach Tschi-Stadt gezogen?«

»Also hergezogen bin ich eigentlich nicht. Ich wurde ihnen nur wegen so einer Serienmördersache zugeteilt. Durch Major Crimes. Und ich stecke sozusagen bis zum Hals in Hunde-A-A. Ich erzähl's dir.«

»Überrascht mich kein bißchen.« Der Oberst lachte.

»Ich brauche –«

»He! Seit wann bist du beim Justizministerium, Arschloch.«

»Wie spät ist es jetzt?«

»Hm-hmm.« Shoenburgen und Eichord kannten sich schon seit einer Ewigkeit.

»Sonny, gottverdammt, ich brauche Hilfe.«

»Was ist los?« fragte er mit ernsterer Stimme, »hängst du wieder an der Flasche?«

»Ich hab seit zehn Jahren keinen Tropfen mehr angerührt«, log er, da er wußte, wenn Shoenburgen hörte, daß er immer noch ab und an ein Bier kippte, würde er einen fünfzehnminütigen Vortrag über die Anonymen Alkoholiker zu hören bekommen. Die schärfsten Kritiker der Elche waren früher selber welche, und es gab keine fanatischeren Antialkoholiker als ehemalige Trinker. Dieses gemeinsame Band wenigstens vereinte die beiden.

»Das Problem ist, alter Freund, ich brauche jemanden mit Zugang zu streng geheimen Daten, damit ich Informationen über ein Subjekt bekomme, dessen Fingerabdrücke von den Computern des FBI ausgespuckt, aber als ›offiziell gelöscht‹ eingestuft wurden.«

»Du meinst verstorben.«

»Gelöscht. So wurde uns das mitgeteilt. Offiziell gelöscht. Ich habe es gerade vor mir.«

»Das hab ich noch nie gehört. Gäbe auch keinen Grund dafür. Freigegeben. Geheimhaltungsstufe soundso. Aber diese spezielle Nomenklatur benutzen wir nicht. Wenn wir was haben, das nicht für fremde Augen bestimmt ist, dann begrenzen wir das Wissen, stufen es als geheim ein, und für den Fall, daß wir etwas entfernen wollen, hinterlassen wir ganz bestimmt keine dicke rote Flagge in der Akte, auf der steht: HIER WURDE ETWAS GELÖSCHT. Das würde doch nur Aufmerksamkeit auf den Eintrag lenken. Du hast es hier mit einem Kardinalsfehler zu tun. Es ist keine Einstufung, wie einer der Dienste sie für eine Akte oder Computerdatei verwenden würde, das steht fest.«

»Was ist mit deinem alten Verein, bevor er aufgelöst wurde?«

»Ich verstehe nicht, wo ein Zusammenhang zwischen dem und einem Mordfall bestehen könnte, aber –«

»Wir denken, daß der Typ der Einsame-Herzen-Killer sein

könnte, von dem du, könnte ich mir denken, schon gehört hast.«

»Scheiße, Alterchen, ich hab seit einem Monat keine Zeitung mehr gelesen oder Nachrichten angesehen. Bei der aktuellen Situation drüben in –«

»Egal. Hör zu, dieser Kerl hat Gott weiß wie viele Opfer abgeschlachtet. Er ist ein echter Wahnsinniger. Schneidet ihnen die Herzen raus. Verstümmelt ganze Familien. Einer der schlimmsten Serienmörderfälle aller Zeiten. Wir müssen ihn hinter Schloß und Riegel bringen.«

»Okay. Aber niemand versieht aktenkundige Fingerabdrücke mit dem Vermerk ›offiziell gelöscht‹. Hier ganz sicher nicht. Nicht bei der Firma. Nicht beim Bureau. Ich habe noch nie gehört, daß ein Dienst so etwas tun würde. Wenn du gelöscht auf einem veröffentlichten oder freigegebenen Dokument siehst, dann wurde das nach einigen Jahren heruntergestuft, nur als Exempel, zum Beispiel etwas, das die Agency nach dem Freedom of Informations Act der Öffentlichkeit zugänglich machen muß, man weiß von vornherein, daß es sich nicht um etwas besonders Diffiziles handelt, sonst bekäme es gar keinen neuen Aufkleber. So ist das eben mit geheimem Material. Das ist ein Fehler. Ein übermüdeter Beamter, der –«

»Nein, warte. Davon sind wir auch ausgegangen. Aber ich habe unseren Chef persönlich beim Bureau rückfragen lassen, und es ist kein Kardinalfehler. Es handelt sich um eine Art von Hochsicherheitslöschung. Jemand auf höchster Ebene hat alles über diese Person verschwinden lassen; der Fehler war nur, daß sie die Löschung nicht kenntlich machen wollten. Dies war offenbar lediglich eine interne Reaktion von irgendwem, als eine offizielle Anfrage das bürokratische System in Wallung brachte. Ich muß es wissen, Sonny. Bitte, Mann, du mußt mir dabei helfen.«

»Offizielle Kanäle, Mann, das ist die Vorgehensweise. Ich könnte das auch nicht schneller erledigen als die Major Crimes Task Force, Herrgott noch mal. Laß einfach deinen Polizeichef oder wen auch immer eine dringende Anfrage mit höchster Priorität einreichen und –«

»Würdest du mir mal zuhören, Mann? Das hab ich alles schon gemacht. Ich bin schon mit dem Kopf gegen sämtliche Wände gerannt. He. Unser PC hier hat sogar Verbindungen zur CIA. Dicker Freund des ehemaligen stellvertretenden Direktors, okay? Der hat persönlich dort angerufen. Sie sagen, es liegt nicht in ihrer Zuständigkeit. Auf höchster Regierungsebene gelöscht. Das muß einer von deren Jungs oder ein Staatssekretär gewesen sein, wenn nicht gar jemand auf der Ebene des Präsidenten. Ich brauche wirklich Hilfe bei der Sache, Sonny. Und ich will nicht sagen, daß du mir was schuldig bist, aber du *bist mir was schuldig.*«

»Ich kann der Sache lediglich mal nachgehen, Jack. Wie ist deine Nummer?« Fünfundzwanzig Minuten später rief Oberst Sonny Shoenburgen zurück und verzapfte ihm denselben Mist, den er schon wußte.

»Jack, dein teilweiser Fingerabdruck wurde bei McTuff und NCIC überprüft, die übliche Routine, und rausgekickt. Vermerke über eine offizielle Löschung, aber niemand steigt da durch. Jemand an allerhöchster Stelle hat die Identität des Subjekts zu einer Frage der nationalen Sicherheit gemacht. Ich konnte lediglich die Stelle ausfindig machen, wo die Löschung vorgenommen wurde, und das scheint Fort Meade zu sein, aber mehr kann ich wirklich nicht tun, Partner.«

»Blödsinn, Sonny. Ich *muß das wissen*. Der Kerl reißt Menschen die Herzen raus, gottverdammt. Ich bin auf dich angewiesen, Mann. *Du mußt mir verdammt noch mal helfen!*« Eichord brüllte in das Telefon.

»Tja. Scheiße. Was soll ich sagen, Jack?« Eine Pause, dann sagt er: »Ich kenne da einen Kerl. Aber versprechen kann ich nichts.«

»Das habe ich damals zu dir nicht gesagt, Mann. Ich sage es nicht gern, aber als du mich gebraucht hast, war ich für dich da, und jetzt habe ich das alles auf eigene Faust rausgefunden, komme aber nicht weiter, und ich muß wissen, wer dieser Wichser *ist,* Sonny – und ich muß es *unbedingt* wissen ... bitte.«

»Ich ruf dich zurück«, antwortete er mit einem hörbaren Seufzen.

»*Wann?*«

»Sobald ich *kann,* verfluchte Scheiße, klar?« versprach Sonny leicht angepißt und legte den Hörer auf – nicht besonders sanft.

Eine Minute wurde zu einer Stunde. Eichord, der in seinem Zustand längst jenseits aller Bedenken war, die Sache auf die Spitze zu treiben, ganz gleich, wie sehr er dem Oberst auf die Nerven gehen mochte, rief Sonny an. Oberst Shoenburgen telefonierte auf der anderen Leitung, ob Mr. Eichord gern warten würde? Warum nicht, zum Teufel? Fünf Minuten später ist er auf hundertachtzig und legt auf. Nervös fragt er sich, was er als nächstes tun sollte. Zwei Minuten später läutete sein Telefon.

»Eichord.«

»Okay, Jack«, sagte Sonny zu ihm. »Ich mußte einen verdammt großen Gefallen dafür einfordern, also verlang so was nicht noch mal von mir. *Nie wieder.* Ich meine, damit sind wir quitt – und zwar endgültig. Ist das bei dir angekommen?«

»Bestätigt. Was hast du?« fragte Eichord aufgeregt.

»Ich habe eine Löschung aus Gründen der allerhöchsten nationalen Sicherheit, aber das wußten wir. Militärischer Abschirmdienst auf höchster Ebene. Teil eines Reformprogramms, bei dem zur Zeit der großen Umwälzungen drüben in der Firma eine ganze Menge Dreck unter den Teppich gekehrt wurde.

Soweit ich in Erfahrung bringen konnte, handelte es sich um eine konzertierte Aktion zwischen dem Geheimdienst und den Jungs vom Militär. Etwas, das unmittelbar vor dem Phoenix Programm ausprobiert wurde. Nicht im Inland, soweit ich herausfinden konnte. Ich gebe dir eine Telefonnummer, die du anrufen kannst. Und jetzt hör mit gut zu, Jack, alter Freund und Kupferstecher – Ende der Fahnenstange. Endgültig. Ich mußte mich ganz schön weit aus den Fenster lehnen, damit dieser Kerl sich überhaupt breitschlagen ließ. Ich habe ihm erklärt, daß das Subjekt ein Irrer ist, der jeden Mord bis zurück zum Kennedy-Attentat auf dem Gewissen hat, der Rest liegt jetzt bei dir.

Er gibt dir etwa zwei Minuten am Telefon, mit mehr solltest du nicht rechnen, und ruf mich ja nicht zurück, denn ich werde nicht mehr für dich da sein. Verstanden? Für mich ist damit ein für allemal alles aus der Welt – offene Rechnung beglichen, einverstanden?«

»Schon klar. Wie heißt der Kerl und wer ist er?«

»Negativ. Du rufst einfach diese Nummer an fragst ihn, was du wissen willst. Mach keine Mätzchen mit ihm, sonst legt er auf, und das war's dann. Ich hab getan, was ich konnte.« Er gab Eichord die Nummer, die zu einer Telefonzelle in Virginia gehörte, wünschte ihm kühl viel Glück und legte auf.

»Jou«, meldete sich eine griesgrämige Stimme beim ersten Läuten.

»Mein Name ist Ja...«

»Ich weiß, wer Sie sind, Mr. Eichord, ich habe selbst recherchiert«, sagte er; er redete sehr schnell und nuschelte ein wenig. »Und wie es der Zufall will, bin ich auch über den Fall Kasikoff im Bilde. Der Mann, den Sie suchen – und nehmen Sie jetzt was zum Schreiben zur Hand, obwohl ich davon ausgehe, daß Sie auch ein Band mitlaufen lassen – ist, ich buchstabiere den Namen, B-U-N-K-O-W-S-K-I. Bunkowski, Daniel Edward Flowers, und er hat eine Menge Menschen getötet. Ich gehe davon aus, daß er das immer noch tut, richtig?«

»Richtig. Was gibt es über ihn zu wissen und warum wurde seine Identität gelöscht?«

»Das kann ich Ihnen nicht sagen. Er war Teil eines Programms, das durchgeführt wurde, als wir Anfang der sechziger Jahre, bevor wir ganz in den Krieg hineingezogen wurden, mit dem Einsatz von Söldnern und dergleichen drüben in Südostasien experimentierten. Er stieß um neunzehnhundertvierundsechzig oder so zu dem Programm, das jedoch nach kurzer Zeit schon wieder beendet wurde.

Es war die richtige Vorgehensweise, seine Identität zu löschen, der Fehler war nur, daß die Blutgruppe und Fingerabdrücke in den Computern gespeichert blieben, aber das passiert eben manchmal. Ich telexe Ihnen sein Dossier, soweit es für Ihren Fall relevant ist, und ich faxe Ihnen auch ein offizielles Foto von Bunkowski rüber. Versuchen Sie nicht noch einmal, mich hier anzurufen oder über Sonny Shoenburgen mit mir Kontakt aufzunehmen, denn er wird mich nicht mehr kontaktieren können. Diese Brücke ist abgebrannt – komme, was da wolle.«

»Warten Sie, Mister. Dieser Bunkowski könnte *Dutzende* unschuldige Menschen getötet haben, und die ganze Stadt hier steht kurz vor einer Panik, wie Sie sie noch nie erlebt haben. Also lassen Sie uns diesen Bockmist von wegen nationaler Sicherheit mal einen gottverdammten Augenblick vergessen und arbeiten Sie mit mir zusammen. Ich brauche alles, das uns ein klareres Bild von diesem Mann geben könnte. Ich meine … was bringt ihn dazu, zu töten? Wie sucht er sich bestimmte Opfer aus? Wer hat ihm beigebracht, so meisterhaft zu töten? Was sind seine schwachen Stellen? Inwiefern ist er verwundbar? Wie können wir ihn schnappen? Ich muß wissen, wie –«

»Was ihn dazu bringt, zu töten? Es gefällt ihm. Wer ihn gelehrt hat, zu töten? Wir auf jeden Fall nicht. Diesbezüglich ist er ein Autodidakt. Was seine schwachen Stellen sind? Na ja, er wiegt an die vierhundertfünfzig Pfund, Mr. Eichord, wenn Sie also lange genug warten, FRISST er sich wahrscheinlich zu Tode. Das Dossier ist auf dem Weg. Leben Sie wohl, Mr. Eichord.«

Die Maschine ratterte im Inneren und druckte hunderttausende Nadelpunkte, und er wartete darauf, daß sie ihm das elektronische Faksimile eines Gesichts ausspucken würde. Und er nahm es aus der Maschine, als sie fertig war, und sah zum ersten Mal das Gesicht der Bestie.

UNTER TAGE

Der Gestank in seinem Versteck war der Gestank von Exkrementen, multipliziert womit? Einer Million? Zehntausend? Gab es einen olfaktorischen Maßstab für den Gestank von Scheiße? War dies 147,2 auf der nach oben offenen Scheißeskala, 139 000 Scheißeeinheiten? Es war fast mehr, als er ertragen konnte, und er konnte alles ertragen. Und so schraubte er die Literflasche Bourbon auf und trank einen Mundvoll und schluckte ihn runter, ekelte sich vor dem Geschmack und der würgenden Übelkeit beim Schlucken, begrüßte jedoch, wie die Flüssigkeit die Sinnesorgane abtötete und die Nervenimpulse blockierte.

Ein spezieller Laut, Anblick oder Geruch löste intensivste Erinnerungen an seine Kindheit aus, oder an die Jahre konzentrierten Schreckens in verschiedenen Institutionen. Was für Sie oder mich unangenehm wäre, der Geruch von Zigarrenrauch, das Gefühl eines Schwamms voll Kreide, das Aroma eines Duftkissens, der Krankenhausgeruch von Desinfektionsmitteln, konnte ihn in mordlüsterne Raserei versetzen. Und dann schlugen die Wellen von Haß und Wahnsinn über ihm zusammen wie eine blinde, rote, verzehrende Flut, Mordlust erfaßte ihn, regnete auf ihn herab wie ein sengender Wolkenbruch flüssigen Feuers, und dann brauchte er all seine Konzentration und seine Fertigkeiten und Selbstbeherrschung, denn in diesem Zustand beging er immer seine bösen Taten.

Die kleinste Kleinigkeit. Zum Beispiel ein ausgestreckter Finger auf einem Wegweiser. Wind, der Laub zum Rascheln bringt, oder Schritte eisenbeschlagener Stiefel und ferne Stimmen im Treppenhaus, und schon war er wieder in dem dunklen Schrank, starr vor eisiger Furcht zusammengekauert, wartete, betete zu Göttern, die nur er beschwören konnte, versprach, flehte sie an, daß sie ihm helfen mochten und er verschont bleiben würde, während die lauten Schritte und die streitenden Stimmen näherkommen und er den Schlangenmann wieder sah, und der kleine Junge Danny machte sich in die Hose, denn er wußte, fürchtete, daß er es wieder sein würde, und dann oh oh aaaaaaaaaaahhh neiiiiiiiiiiiiiiin nicht oh oh tu mir nicht weh, laß es nicht zu, Mommy, Moooooommmmmy, und er urinierte in unkontrollierten, kurzen Schüben, machte sich naß in seinem übelriechenden Schrank, wagte nur einen ganz kurzen Blick durch den Spalt, hielt sich in dem nachtschwarzen Raum an seinem kleinen Hund fest und hoffte, daß der Schlangenmann ihn nicht schon wieder finden würde.

Und die Erinnerung kommt nicht aus dem hinteren Teil des Gehirns mit dem Hippokampus, sie kommt eine Toilette runtergespült wie eine Sturzflut, ja, wird herausgespült in einem Übermaß von flüssigem Gold, spült, schwillt an, umgibt, überschwemmt seine Erinnerungen mit Scheißegestank, während sie durch Rohrleitungen strömen gluckern rauschen und sich in ein Meer von Scheiße ergießen, hinab durch zeitlose Eingeweide, hinab, Danny Boy oh Danny Boy, und die Scheiße die geht so und die Scheiße die geht so so geht die Scheiße und die Scheiße die geht so, immer weiter hinab durch Höhlen, wo nie ein Mensch zuvor gewesen ist, in die sonnenlose Kloake aus Ton und Beton und Chemikalien und in die Rohre und Leitungen und Tunnel und Zisternen, Ströme von Ausscheidungen, und weiter in den Hauptablauf unter ihm und er ist wieder im Schrank und der Haß und die eitrige schwärende Verbitterung ertränken seinen Verstand in den Erinnerungen an den grauenhaften Schlangenmann.

Und Danny wartet in dem Schrank während der Schlangenmann tobt und hört Worte und Drohungen während die Arme mit den Schlangen den um haarige muskulöse schreckliche Arme gewundenen Schlangen zucken und seine Mommy aus dem Sessel hauen und der Schnaps aus der zerschmetterten Flasche stinkt und er sieht die furchteinflößenden blauen zuckenden Schlangen und Pistolen und Skorpione und Drachen und Totenköpfe und Skarabäen und Adler die allesamt flattern und fliegen und kriechen und schweben und zappeln und trampeln auf dem müffelnden gummiartigen verfilzten Pelz haariger Haut des Schlangenmanns den er mit aller Inbrunst eines Kindes haßt und mit all der Verachtung verabscheut und fürchtet wie sie nur ein kleiner mißhandelter Junge in seinem gebrochenen Herzen verspüren kann. Und der Schlangenmann schwört daß er den kleinen Hund morgen töten und zum Fenster hinauswerfen wird und den Balg vielleicht auch gleich mit und er lacht und stapft auf den Schrank zu und will etwas holen aber in dem Moment als er den Schrank aufmachen will wo sich der Junge und der Hund aneinanderschmiegen hält der Junge ihn irgendwie auf und sagt zu dem Hund dir wird nichts geschehen und das sagt er im Geiste und dies alles spielt sich auf einem unerklärlichen geistigen Plateau ab das Sie und ich in unseren bequemen Sesseln und hübschen geordneten Lebensumständen wo es keine kindlichen Schrecken gibt die den Verstand zerstören wie der kleine Junge Daniel sie tagtäglich erleben muß nie kennenlernen werden.

Im Keller verweilt seine Erinnerung bei den zwei Flaschen dort in der Reihe staubiger Chemikalien auf dem Regal unten im Keller, den beiden Flaschen, an die er sich immer als die rauchenden Flaschen erinnern wird, denn wenn man sie aufmacht, dann steigt ein gefährlicher, ätzender Dunst aus den schmalen, dicken Glasflaschen empor, und er nimmt sie beide, als der Schlangenmann schläft und die Augen sturzbetrunken im Kopf verdreht, da nimmt er die Flaschen in die kleinen, mit Lappen umwickelten Hände, und sein Verstand, SEIN VERSTAND, oh Gott gütiger Heiland, sein Verstand wird ganz verzerrt, Kurven zerstören die Geraden wie Blitze kinetischen Mysteriums, übermächtige Energien auf einer unerforschten Ebene der Willenskraft, NIIIIIIIIIIIIIICHT DIE SÄURE, und dennoch schüttet er die rauchende Flüssigkeit in Augen und Gesicht des schlafenden blauen Schlangenmanns und weiß schon im Alter von neun Jahren, was Vergeltung ist, und genießt es, während der schlafende, betrunkene, dreckige Abschaum aufwacht und blind in eine tobende Welt hirnlosen, unaussprechlichen Grauens geschleudert wird.

»NEEEEEIIIIIIIIIIIIIIIIIIIN! AAAAAAAAAAAAAAH! SÄURE!« Die Schreie des Schlangenmanns haben auch heute noch einen bezaubernden, befriedigenden Klang. Und er selbst ist wieder im Trakt, wieder in Marion, und hört die beiden Schwarzen, als sie über das Geländer fliegen, hört ihre Schreie, als sie in Block D in die Tiefe stürzen. Er ist wieder bei den unresozialisierbarsten Übeltätern des ganzen Justizsystems, wieder im Bullenstall von Block D, wo die einem Nadelkissen nicht unähnliche Puppe eines weißen Mannes mit der aufgesprühten Aufschrift BÖÖÖSE von der Decke hängt, Voodoo-Wahrzeichen der Black Afro-American Defenders, die D kontrollieren, und die beiden schwarzen Bosse, die das Sagen haben, treiben ihn in die Enge und leuchten mit einer Taschenlampe auf ein Messer und ein Stück Rohr und daher vernichtet er sie auf einer Ebene der Energie, die sich seinem Verständnis entzieht.

Ihre unfaßbare Arroganz, daß sie sich einbilden, sie könnten diese Urgewalt besiegen, diese Präsenz, die aus einer Quelle der Macht schöpft, die weit jenseits von geistloser Muskelkraft oder Kampfsportkünsten liegt, eine alles erobernde, unerschöpfliche Energie, die herausströmt, während ein von unumstößlichen physikalischen Gesetzen von Masse und Bewegung und Willenskraft gesteuertes Etwas schlägt stößt reißt schreddert metzelt verstümmelt schneidet und Wirbelsäulen bricht wie Zweige und Knochen knackt wie dürre Äste und sie durchschüttelt und ihre Gewichthebernacken bricht, die für ihn nicht mehr sind als die bleistiftdünnen Hälse lebensmüder und törichter Schlitzaugen.

»STIRB!« schreit er.

»NEEEEEIIIIIIIIN! AAAAAAAAAAAAAAAAH!« Der Schrei, wieder der Schrei des Schlangenmanns, während dieser menschliche Abschaum über das Treppengeländer in die Tiefe fliegt in eine stinkende Schwärze der Todesschreie und mittenrein klatscht in die blöde Schar von Wärtern, Häftlingen, Spitzeln, Schwuchteln, Aufsehern, Knastbrüdern, Räubern, Mördern, Pflichtverteidigern, psychologischen Sachverständigen, und dann der andere, und er kann sich immer noch an den Kloakengestank von dem erinnern, als er starb, und dann sitzt er wieder unten im Loch und wartet auf seine Hinrichtung, Wasser und Brot und verfaulte Lebensmittel und sein eigener Dreck und Kakerlaken und gelegentlich mal eine Ratte als Haustier.

Und sein Verstand versetzt ihn wieder nach NAM, wo er mit einem riesigen X von Patronengurten über dem aufgedunsenen Mammutwanst als totenstiller Ein-Mann-Hinterhalt im Gras auf einem Hügel über einer Kreuzung wartet, mit einem Bierbauch-Rettungsring von der Größe eines mittelschweren LKW-Reifens unter einer Plane wartet, die so groß wie ein Bettlaken ist, Augen wie schwarze Steine, hart und kalt glitzernd in einem teigigen Gesicht mit Babyspeck. Und er fühlt keine Insektenstiche, erleidet keinen Hitzschlag, hat keinen Durst, fühlt nur lustvolle Vorfreude, als er unten eine Bewegung wahrnimmt, aber nicht aus der Richtung, von wo er sie erwartet hat, von der Straße her. Statt dessen ist es eine Bewegung, die er *fühlt*, oh, also darum hat er sie nicht gesehen – er fühlt mit dem ersten Kribbeln von Intuition und animalischen Instinkten, daß sie nicht *unter* ihm sind, davon ist er nur ausgegangen, weil er sie als physikalischer Präkognat »gesehen« hat, dabei hat er sie in Wahrheit nur erahnt, nicht gesehen, und kam daher zu der logischen Schlußfolgerung, daß sie da in seinem Gesichtsfeld sein würden, dabei waren sie HINTER IHM, und er dreht sich um und sieht die Soldaten da neben sich, wie sie ihre AK-47-Gewehre und was sonst noch immer hochheben, und da feuert er schon mit seiner eigenen Waffe auf sie, ohne auch nur eine Viertelsekunde zu zögern, ballert durch das hohe Gras, und die Waffe gibt ein seltsames Geräusch von sich und singt ihr Todeslied für die Männer.

»(TSCHA-WOK-TSCHA-WOK-TSCHA-WOK-TSCHA-WOK-TSCHA-WOK-TSCHA-WOK-TSCHA-WOK-TSCHA-WOK-TSCHA-WOK-TSCHA-WOK!)«

Er feuert sorgfältig, feuert auf Halbautomatik, spürt das Brennen, als er eine unbedeutende Schußverletzung erleidet, und da fließt sein Adrenalin, er bündelt seine Konzentration lasergleich und unerbittlich und mäht sie allesamt nieder mit hundert knatternden Hammerschlägen, während die Waffe ihre tödliche Flut ausspuckt und hübsche, nasse, rote Löcher in ihre Leiber bohrt und die nordvietnamesischen Soldaten zurückschießen und schreien, und das ist wieder das

»AAAAAAAAAAAAAAAAAAAAAAAAH!« des Schlangenmanns mit seinen von der Säure blinden Augen, und das gefällt ihm, das gefällt ihm so scheiße noch mal, und er wünscht sich nur, er hätte keinen Schalldämpfer drauf, damit er die ungebremste, explosive Kraft der Waffe hören kann, wenn sie ihre verheerenden Nägel der Schmerzen in diese arroganten kleinen Männer hineinballert, ebenso wie das Zischen des ausgestoßenen Gases, das die musikalische Untermalung für das rapide Wummern des Hammers ist, das hundertfache, ineinander übergehende TAKATAKATAKATAKA des Bolzens, der die nächste Patrone mit metallischem Klirren in die Kammer rammt, entweichendes Gas, Zweihundert-Dezibel-Tscha-woks von einhundert Schuß, in Salven von vier, fünf, sechs Patronen abgefeuert, und das so schnell, daß sie sich wie ein einziger langer Hammerschlag anhören, der über einen See hallt.

»(TSCHAAAAAAAAAA-WOKKKKK!)« Wie ein einziger, ununterscheidbarer Laut, und das klirrende Metall und die Explosionen und das verpuffende Gas und die Schreie und das Gewehrfeuer verschmelzen allesamt zum Schrei des Schlangenmanns:

»AAAAAAAAAAAAAAAAAAAAAAAAAAAH!« Und er weiß, er muß morgen hier raus, in das Auffangbecken der Sturmdrainage, das er vorbereitet hat, und dann wird er in das Versteck im Nebenkanal zurückkehren. Aber er muß diese Kloaken verlassen, bevor der Gestank ihn wahnsinnig macht, denkt er nicht ohne Ironie.

Jetzt haben der Bourbon und die geistige Anstrengung ihn so müde gemacht, daß er schlafen kann, und er rollt sich unter einer schmutzigen Armeedecke und einer riesigen Plane zusammen, ein amorpher, gleichmäßig und tief atmender Fleischberg, der sich in dem Holzverschlag zusammengekuschelt hat, und er gönnt sich einen Traum von einer LZ, als der hämisch grinsende Pilot die Kufen in den Deich eines Reisfelds rammt und ihn so herunterwirft, und er genießt den Ausdruck der Angst so sehr, als die drei Männer an Bord mit ansehen müssen, wie er fast den Sicherungsstift zieht und eine in den Hubschrauber wirft, *fast* – er kann sich gerade noch zusammenreißen, als er sieht, wie sie sich festklammern, als ginge es ihnen ans Leben, und er malt sich im Geiste aus, wie er die entsicherte Granate durch die offene Luke schleudert und ihnen dabei zuruft:

»Hier, freßt das und verschluckt euch daran.« Und er lächelt von einem Ohr zum anderen in sich hinein, während er sich in einer Phantasie ausmalt, wie es sein würde, mit anzuhören, wie der Vogel in einem grellrot leuchtenden Ball aus Flammen und silbernen Trümmern explodiert, und in seinem Traum kann er die köstlichen Schreie der Sterbenden hören, als die Granate hochgeht.

»AAAAAAAAAAAAAAAAAAAAAAAAAAAAAAAAH!« Und die Schreie bilden eine Symphonie, die Musik in seinen Ohren ist, und er sinkt in einen tiefen und friedlichen Schlaf, ein großer, schnarchender gestrandeter Wal, ein schlafender Clown von einem Mann, ein Bär im Winterschlaf unter der Plane, die sich hebt und senkt; so schläft er im ekligen Gestank der Kloake und hat eine Pranke um das Ding in seiner speziellen Tasche geschlossen, falls eine der riesigen Ratten näherkommt, während er schläft.

HERZBUBE UND HERZDAME

Er saß in Edies Küche, trank starken schwarzen Kaffee der Marke Yuban, ging im Geiste nochmals das Chaos in seinem Kopf durch, immer und immer wieder, und sortierte die Teile. Arrangierte sie neu. Versuchte, ein klares Bild von diesem Bunkowski zu bekommen. Er hatte das Dossier fast auswendig gelernt. Er betrachtete die Fotos, bis die Augen davon brannten. Und jetzt kaute er es noch mal durch. Siebte aus. Suchte nach verborgenen Zusammenhängen. Fehlern. Spürte dem unheimlichen Rhythmus des Killers nach.

Sonny hatte sein Wort gehalten und tatsächlich sämtliche Türen fest zugeschlagen. Der Commissioner war nahe dran, wegen der Sache irgendwem die Eier an die Tür zu nageln. Die hohen Tiere konnten einfach nicht glauben, daß sowohl die Top-Polizisten aus Chicago als auch die Experten des Major-Crimes-Dezernats außerstande sein sollten, mehr Hintergrundmaterial über eine blutrünstige Killermaschine loszutreten, die landesweit für ein derartiges Rauschen im Blätterwald gesorgt hatte.

Aber das lag nur daran, daß sie nichts von MACVSAU-KOG und der verschworenen kleinen Bande von hartgesottenen Kopfjägern wußten, die Daniel Bunkowski zuerst entdeckt hatten. Die Brücken waren tatsächlich abgebrannt. Nervtötend. Zum Aus-der-Haut-Fahren. Aber wenn man in diesen Abgrund blickte, brachte einem das nichts ein, außer vielleicht einer Migräne.

Er hatte Sex mit seiner Liebsten gemacht. An einen Liebesakt wollte er nicht denken, denn diese Bezeichnung hätte es nicht verdient. Einmal hatte er daheim zwei Hinterwäldlertypen belauscht, die über einen besonders verabscheuungswürdigen Wortschatz verfügten, wenn es um den Geschlechtsverkehr ging. Einer wandte sich dem anderen zu und äußerte eine ganz besonders abstoßende Umschreibung für die körperliche Liebe, einen derart ekelerregenden Ausdruck, daß er sich Eichord unauslöschlich ins Gehirn eingebrannt hatte.

»Also ich hab meine Wichsbrühe jedenfalls gut in die Fotze reingepißt«, hatte er gesagt.

Jack erschauerte, als er bei sich dachte, daß er exakt das getan hatte, und nicht mehr. Eine Art von körperlicher Katharsis, die über ein Gefühl der Begierde hinaus nichts mit Liebe zu tun hatte. Es war nur eine vorübergehende Entspannung und Regeneration für das Nervensystem. Die Art von Sex, die man nach einem Todesfall in der Familie miteinander machte. Eine Befreiung. Eine Reaktion auf Druck, wie ein Tritt mit dem Knie, die das Leben bejahte.

Mein Gott im Himmel, diese Frau konnte es ihm besorgen. Edie konnte ihn nehmen und um hundertachtzig Grad drehen, ganz gleich, wo er sich im Geiste gerade befand. Ob er sich nun mit dem blutigsten Gemetzel der Kasikoff-Morde beschäftigte und mit dem Gehirn Überstunden machte, um zu versuchen, sich in die Denkweise dieses seltsamen und gräßlichen Killers hineinzuversetzen, ob er sich anstrengte, die Nuancen im Pulsschlag der Stadt zu erspüren, oder ob er sich ganz auf den subtilen Rhythmus der dunklen Welt konzentrierte, die das Umfeld seines Berufs darstellte.

Und in den Schatten jener Welt, tief drinnen, wo keine Menschenseele lebte, konnte der Gedanke an sie sein Innerstes erleuchten wie ein Strahl reinsten, goldenen Lichts. Für ihn verkörperte sie die Güte. Und ihre süßen und unerwarteten sexuellen Zuwendungen konnten ihn an den ungewöhnlichsten Orten und in den unvorhergesehensten Augenblicken mit einem inneren Feuer verzehren.

Sie stand mit dem Rücken zu ihm und rührte Kräuter in etwas ein, und als sie sich umdrehte, schüttelte sie ihr Haar genauso, wie an dem Tag als *Chicago Lifestyles* ein Foto von ihr gemacht hatte, und er rief sich den Augenblick ins Gedächtnis zurück, als er die echte und die fotografierte Edie gleichzeitig sah, sie und das Foto an der Pinwand aus Kork, das mit schätzungsweise einem

Pfund Klebstoff auf einen Karton aufgezogen und mit einem fein säuberlich gemalten Buntstiftrahmen versehen worden war, dazu die Legende: MOMMY UND JACK. Lee Annes Werk, penibel und liebevoll ausgeführt.

Aber eben dieses Bild hatte ihn fast rasend gemacht vor Wut, als er es sah, und den Artikel, der dazu gehörte. Er hatte Edie nichts davon gesagt, fragte sich jedoch, ob sie vermutete, wie er reagiert hatte, als er die Story sah. Er wollte Edie und Lee Anne beschützen. Sie abschirmen und das, was zwischen ihnen lief, vor der Öffentlichkeit geheimhalten. Eine gerissene Reporterin von *Lifestyles* hatte eins und eins zusammengezählt und die Fotos nebst einem reißerischen Artikel über den Superfahnder und die Witwe des Opfers veröffentlicht. Er hatte ein kurzes Gespräch mit einer Frau namens Vicky Duff geführt, deren Name als Verfasserin genannt wurde. Sie hatte gesagt, daß er überhitzt reagierte, erinnerte er sich.

»Sie werden glauben, daß ich überhitzt reagiere, wenn Sie herausfinden, was man legal drucken darf und was nicht. So überhitzt, daß Sie glauben, Sie sitzen in einem Kessel voll kochendem Wasser, und das wird Ihnen ganz bestimmt nicht gefallen.«

»Sie wollen also andeuten, daß ich durch die Veröffentlichung dieses Artikels gegen das Gesetz verstoßen habe?«

»Ich sage Ihnen mit klaren und verständlichen Worten, was ich Ihnen zu sagen habe. Ich finde, es ist der Gipfel an Verantwortungslosigkeit, wenn eine Journalistin mitten in einer so schwerwiegenden Ermittlung hirnlos einen derart schlampig recherchierten und unsensiblen Zeitungsklatsch veröffentlicht.«

»Das war nicht schlampig recherchiert, wie Sie sehr wohl wissen. Sie sind eine Person des öffentlichen Lebens, Jack, daran sollten Sie sich gewöhnen. Der erste Verfassungszusatz gibt mir das Recht dazu.«

»Der erste Verfassungszusatz gibt Ihnen nicht das Recht, jemanden in eine lebensgefährliche Situation zu bringen, indem Sie unnötige Medienaufmerksamkeit auf ihn lenken, nur um die Auflage zu steigern. Das ist nicht nur verdammt verantwortungslos, es könnte sogar strafbar sein. Sie haben das Recht, die Faust in die Luft zu halten, aber wenn sie meine Nase trifft, Vicki, ist das Körperverletzung. Und Sie können den ersten Verfassungszusatz nicht als Vorwand dafür benutzen, daß Sie gemeinen Klatsch und Tratsch verbreiten, daß Sie Beziehungen in einem verzerrten Licht darstellen, nur um Zeitungen zu verkaufen, oder –«

»Wenn Sie verleumdet wurden, haben Sie dieselben rechtlichen Möglichkeiten wie jeder andere Staatsbürger auch, Sie können –«

»Ich weiß, was ich tun kann, und Sie wissen, was Sie tun können. Ich sehe, wie sehr es Sie interessiert, eine verantwortungsbewußte Journalistin zu sein. Aber Sie sollen wissen, daß Sie sich da auf äußerst dünnem und gefährlichem Eis bewegen. Es läuft darauf hinaus, daß –«

»Tut mir leid, ich habe keine Zeit, mir das anzuhören, Jack. Wenn Sie glauben, daß ich etwas im Druck verzerrt dargestellt habe, bedaure ich das, aber ich habe nichts anderes getan, als das zu berichten, was ich gesehen habe. Danke für Ihren Anruf und guten Tag.«

Und dann hatte er nur noch das Summen der Leitung im Ohr. Was geschehen war, war geschehen. Er verdrängte alles aus seinem Denken, als er Edies seidig glänzendes Haar betrachtete. An diesem Tag strich in der Innenstadt der Wind durch ihr wunderbares Haar und wehte ihr Strähnen ins Gesicht, und er verspürte einen so unverhohlenen und tiefen Stolz, daß ihm schien, als hätte er Wein getrunken, da sie ihn trunken machte mit ihrer Liebe und ihrer Schönheit und ihrer Zuneigung. Er hatte sich noch nicht an die Tatsache gewöhnen können, daß sie jetzt zu ihm gehörte. Und als Edie da mit ihren langen, schlanken Beinen stand, immer noch in hochhackigen Schuhen, kochte, ihm den Rücken zuwandte – die Rückseiten ihrer wunderschönen Knie so aufreizend unter dem kurzen Rock (Gott sei Dank kamen die wieder in Mode), die knappe Schürze so keusch um die schlanke Taille gebunden –, da fand er das überwältigend und auf eine wunderbare Weise aufregend und hielt diese Lady wirklich und wahrhaftig für eine atemberaubende Schönheit.

Sie drehte sich um und sah ihn an, stellte fest, daß er sie auf die ihm eigene Weise betrachtete, mit seinen, wie sie sich stets ausdrückte, glutvollen Augen, so dunkel und attraktiv und ernst und sexy, und las seine Gedanken.

»Nicht vor dem Abendessen«, spöttelte sie, »du mußt dich in Geduld üben, denn du bekommst dein Dessert ebenfalls erst nach der Hauptspeise, wie alle anderen auch.«

»Skandinavier essen ihr Dessert manchmal vor der Hauptspeise.«

»Aber im Augenblick sind wir nicht in Skandinavien.«

»Du hast auch immer was zu meckern.«

»Hmmmm.« Wieder hatten sich einige Strähnchen gelöst, und das wirkte so aufreizend. Er stand auf, ging zu ihr trat dicht hinter sie, schmiegte sich an diese Frau, die ihm soviel bedeutete, umfing ihre schlanke Taille von hinten und drückte sie an sich.

Sie roch so gut. Wie – was war das für ein Duft? Eine Mischung aus Moschus, frischgebackenem Brot und dem aufreizendsten Parfüm, das man sich vorstellen konnte. Er knabberte an ihrem Nacken und preßte sich an sie.

»Oh, Jack.«

»Dessert, sagst du.«

»Hmmmmm.«

»Du bist mir schon eine; weißt du das?«

»Jack.« Momentan wollte sie davon nichts wissen. Etwas beschäftigte sie. Und er sah, wie ein fragender Blick ihren Augen einen Ausdruck der Härte verlieh, als sie sich umdrehte.

»Ja. Was?«

»Der Mann.«

»Hm?«

»Der Mann.«

»Welcher Mann?«

»Weißt du – wer – wer er ist und so?«

»Hmm. Mehr oder weniger.«

»Hast du, äh, ein Bild von ihm?«

»Nng.« Er nickte halbherzig.

»Glaubst du –« Sie ließ die Frage offen in der Luft hängen. Küche und Eßzimmer waren nur zwei kleine, leere Räume mit Tischen und Stühlen; keine Lee Anne. Plötzlich fiel ihm ein, daß sie drüben bei ihrer Freundin war, und ihm kam seltsam vor, daß er, als Edie nach dem Bild des Killers fragte, instinktiv an Lee Anne dachte, da er dies alles von ihr fernhalten wollte.

»Was?« fragte er.

»Könnte ich es sehen?« fragte sie mit einer dünnen, sehr leisen Stimme.

»Oh. Na ja ... ja. Ich – äh ... ich denke, du könntest – äh, bist du sicher, daß das eine gute Idee ist, Baby?«

»Ich möchte wissen, wie er aussieht«, flüsterte sie mit ihrer leisesten Stimme. Hätte er nicht gesehen, wie sie die Lippen bewegte, hätte er nicht einmal auf die kurze Entfernung mit Sicherheit verstehen können, was sie sagte.

»Okay«, antwortete er. Aber er blieb einfach neben ihr stehen, bewegte sich nicht, da er die Stimmung des Augenblicks nicht zerstören wollte. Ihm widerstrebte es, ihr den Mann zu zeigen. Das Ding, das ihr den Mann und Lee Anne den Vater genommen hatte. Dieses Monster von einem Menschen. Irgendwie schien es eine schmutzige, unmoralische Tat zu sein, ihr sein Bild zu zeigen.

»Wenn – du denkst, daß es okay ist. Ich möchte es gern sehen.«

»Klar«, sagte er. Aber das war es eben nicht. Es war nicht okay. Doch er ging zu seinem Aktenkoffer und klappte die Verschlüsse auf und holte einen schmalen Schnellhefter heraus und öffnete ihn, damit sie das Ding sehen konnte.

»Oh«, gab sie als einzigen Laut von sich, glaubte er. Ein Paar kohlrabenschwarze Schweinsaugen sahen hart wie Diamant aus dem grausamen und doch irgendwie kindlichen, pausbäckigen Gesicht, dem sie sich gegenübersah. Nicht einmal die beiden körnigen und grellen Fotografien, die gar nicht erst versuchten, auch nur ansatzweise ein menschliches Wesen abzubilden, nicht einmal diese Schnappschüsse aus der Verbrecherkartei des Bundesgefängnisses von Marion konnten auf den ersten Blick ein Gefühl der Bedrohung vermitteln.

Es war das kindliche Gesicht dieses Mannes mit seinem Babyspeck und den Grübchen, durch das er so harmlos aussah. Sie verspürte ein kaltes Zittern, als ihr klar wurde, das war das Ding, das Ed … getötet und verstümmelt hatte. Und dann hatte es wieder getötet und tötete noch, nahm weitere Menschenleben ohne Sinn und Verstand.

»Jack?« Sie wollte etwas sagen, und er nahm ihr die Fotografie aus den zitternden Händen, als die Sturzflut brennender Tränen aus ihren Augen strömte und sie in den Armen ihres Liebsten zusammenbrach, und er hielt sie eine ziemlich lange Zeit, während sie von einem heftigen, bitteren Schluchzen des Verlusts und der Wut geschüttelt wurde. Und als er sie hielt, fielen die Gedanken, die sie gehabt haben mochte, wie das zarte, schwarze und verkohlte Bruchstück eines halb vergessenen Traums von ihr ab.

»Komm her.«

»Nnnnnn.« Es war ein durchdringender, ein erbarmenswerter wortloser Aufschrei. Aber sie hatte jetzt genug geweint, und er führte sie zu einem Stuhl.

»Komm schon, Liebes. Setz dich.«

»Huuunnnnggg, hunnnnnggghhh«, ein Geräusch, als würde sie immer noch versuchen, die Tränen fließen zu lassen, obwohl der Brunnen ausgetrocknet war. Er ließ sie sich an den Küchentisch setzen, während er das Dossier betrachtete, es aber weniger las, sondern sich mehr ganze Wortgruppen ins Gedächtnis rief, und dann beschäftigte er sich damit, nach der Flasche zu suchen, die sie, wie er wußte, irgendwo in der Küche aufbewahrte. Er fand sie in einem der Hochschränke bei den Crackern und Frühstücksflocken, eine noch fast volle Flasche Seagram's, und er schenkte ein wenig in eine Kaffeetasse, freute sich, daß es nicht für ihn war, empfand jedoch Mitleid mit der süßen Dame seines Herzens. Er verdünnte den Whiskey mit etwas Leitungswasser.

»Trink einen kleinen Schluck.« Er stellte die Tasse vor ihr hin.

Es erforderte alles, daß sie die Tasse mit beiden Händen hochheben und einen Spatzenschluck nehmen konnte, und dann machte sie »Bäääääääh«, erschauerte und schob die Tasse weg, während sie den Kopf schüttelte, und er nahm ihr die Tasse aus den zitternden Händen und goß den Rest des Inhalts in das Spülbecken. Und er griff wieder nach dem Dossier und las die Phrasen und Wortgruppen mit verschwommenem Blick und würfelte sie in seinem Gehirn durcheinander, während er dieses Gesicht betrachtete, das vermutlich nicht einmal eine Mutter rückhaltlos lieben konnte, ein Lächeln wie der Kühler eines 1949er Roadmaster, Zähne, die dazu geschaffen waren, Fleisch in Stücke zu reißen, große, unansehnliche Zähne – nicht eine einzige Füllung in dem seltsamen Gebiß –, perfekte, gräßlich perfekte Zähne, die eine zivilisierte Gesellschaft an sich überflüssig machten, Zähne, die die Kronkorken von Flaschen beißen konnten, obwohl es fast nur noch Schraubverschlüsse gab. Die Zähne eines menschlichen Hais. Für den Ernstfall.

Ein Gesicht wie Teigschichten, massig und seltsam konturlos. Ein weiches Gesicht mit Grübchen wie der Po eines fetten Babys, abstoßend und zugleich zum Knutschen, ohne Gesichtsbehaarung oder Narben von irgendwelchen Kämpfen. Aber es gibt solche Narben und solche Narben. Und Eichord wußte, daß manche Leute ihre Narben so tragen, wie die Yakuza ihre Drachen, verborgen. Abgesehen von Krampfadern am Bauch, die seinen Wanst umgaben wie Schwangerschaftsstreifen, trug Bunkowski seine Narben wie die verpönten Tätowierungen von Triaden, alte und verblaßte Bandensymbole, die heimlich, still und leise getragen werden. Sozial inakzeptable Makel auf zivilisierter Haut, und die schlimmsten Male tief subkutan – lebendige Erinnerungen an unvergeßliche Alpträume, mit dem grausamen Brandeisen des Folterknechts tief in den innersten Kern seiner Seele eingebrannt. Zwanzig Jahre alte Narben, die juckten und schmerzten wie halb vergessenes Schrapnell, das sich einen Weg zur Oberfläche dieses unvergleichlich bösen menschlichen Wesens bahnt.

Aber hier war etwas, und Eichord betrachtete die Wortgruppen und Datenmuster, ließ die Masse der Fakten und Mutmaßungen frei assoziieren und zusammenwirken. Ließ Leben und Streben des Daniel Edward Flowers Bunkowski gegen sein Gehirn branden, manchmal ohne Berührung, manchmal mit direktem Kontakt, fortlaufend und sequentiell und chronologisch, und manchmal ohne Verwandtschaft oder Zusammenhang. Und er wußte, es hatte keinen Sinn, wenn er versuchte, etwas zu erzwingen, daher schlug er das Dossier nicht lange danach zu, ging wieder zu ihr und nahm sie in die Arme.

Er sagte ihr zum ersten Mal, daß er sie liebte, ohne die Worte auszusprechen, ging seine erste Verpflichtung ein gegenüber ihr und dem kleinen Mädchen, das in diesem Moment durch den Garten der Nachbarn lief und einen Drachen in der leichten Brise steigen ließ, während eine junge Jagdhündin fragwürdiger Abstammung aufgeregt zu seinen Füßen bellte; er wollte für die beiden sorgen, von ganzem Herzen. Er wollte »seine Liebe in sie reinpissen«, dachte er und lächelte bei sich.

So nahe. Siebenundvierzig Minuten entfernt, wenn man alle Tempolimits beherzigte und schön brav an allen roten Ampeln hielt, nur siebenundvierzig Autominuten entfernt saß der Killer in einem engen Verschlag aus massiven Zehn-Zentimeter-Balken knapp drei Meter unter den Straßen der Stadt und betrachtete sie. Betrachtete Jack und Edie. Dann ließ er den Rest eines Rindfleisch-und-Käse-Burritos auf ihre Ebenbilder in dem grob gerasterten Foto fallen, während er weiter die recht kitschige, hysterische und weitgehend inakkurate Schilderung über den speziellen Sonderermittler und die Witwe eines der ersten Opfer des Einsame-Herzen-Killers überflog.

Den Namen Edith E. Lynch und ihre Adresse in einem Vorort von Chicago tippte er in seine geistige Datenverarbeitung ein und speicherte alles zur späteren Verwendung sorgfältig ab. Und jedes Wort des Artikels und jedes Wort, das der arrogante Polizist in dieser Fernsehsendung über ihn gesagt hatte, spürte Daniel wie die schmerzhaften Bisse einer Klapperschlange, die ihn reizte, ihn biß, bis er mit Füßen der Schuhgröße 50 auf dem

Schmierblatt herumtrampelte und die Bilder schredderte, die ihn derart in Rage brachten. Und er bildete sich ein, daß er wieder die Schreie des Schlangenmanns hören konnte. Sie lockten ihn über die Grenze. Dieselbe lila, geschwollene Wut, wegen der er an jenem Tag den Volkers das Schreckliche angetan hatte. Eben diese Wut würde ihn dazu bringen, daß er sich den Polizisten holte, und die Schlampe des Polizisten, und ihnen ein ganz besonderes Fest bereitete, bei dem ihm jetzt schon das Wasser im Mund zusammenlief.

Und exakt in diesem Moment, als der grotesk brillante Verstand des Killers die erste vage Vorstellung von seinem neuen Schachzug hatte, hörte Jack den Hund im Garten bellen, und ein fast übersehener Sachverhalt schnellte wie eine rote Fahne aus der Flut der Nebensächlichkeiten in seinem Gehirn empor, und da wußte er – wie er es immer wußte –, wußte ohne den Hauch eines Zweifels ganz genau, wie er diesen Mann schnappen konnte.

Aber erst nach dem Anruf spät am nächsten Abend, als Edie um dreiundzwanzig Uhr dreißig mit ihm telefoniert hatte, nach einem Tag, zu dem ein weiteres, langes Verhör mit einem Biker-Punk gehörte, nach einer Reihe weiterer fruchtloser und frustrierender Versuche, mehr Informationen aus den Leuten im Gefängnis von Marion rauszukitzeln, als er sich gerade aufs Ohr hauen wollte und Edie ihn anrief, erst da fügte sich alles zusammen und sein eigener Plan nahm allmählich Gestalt an.

»He, Baby!«

»Hmmm, ja?« Eine Stimme wie ein Mund voll Baumwolle.

»Tut mir leid, Süßer. Warst du gerade eingeschlafen?«

»Nein. Bin eben heimgekommen. Was ist los, Liebes?«

»Ooooh«, seufzte sie hörbar und hauchte in das Telefon. »Der Mann. Das Gesicht des Mannes, den du mir gestern abend gezeigt hast. Ich glaube, ich habe ihn schon mal gesehen.«

»Wie war das?« Er war hellwach.

»Jack, mir ist klar, wie sich das anhören muß, aber ich muß es dir sagen. Ich weiß nicht – fast hätte ich gar nichts gesagt, aber –

ich meine, etwas an diesem Gesicht kam mir bekannt vor, als ich es gesehen habe, aber – ich meine nur …«

»Hm?«

»Ich konnte es einfach nicht in die richtige Schublade einordnen, aber dann fiel mir ein, wie ich mit Sandi darüber gesprochen habe, zum Zentrum zu gehen, und da fiel mir wieder ein, wo ich ihn schon gesehen habe.«

»Du redest von dem Killer?«

»Ja. Die Gefängnisfotos des Mannes, die du mir gezeigt hast. Wie ist sein Name?«

»Bunkowski.«

»Ich glaube, ich habe ihn gesehen. Ich kenne das Gesicht. Ich habe ihn neulich nachts beim Zentrum gesehen.«

»Welches Zentrum? Was redest du denn da?«

»Das Krisenzentrum, wo ich ehrenamtlich arbeite.« Sie nannte ihm eine Adresse in der Innenstadt von Chicago. »Ich habe dieses Gesicht gesehen. Ich weiß es genau.«

»Du – äh, bist du dir auch wirklich ganz sicher? Ich meine, hör zu –«

»Nein, Jack. Ich weiß, wie sich das für dich anhören muß, aber ja, ich denke – ich *bin* sicher. Ich weiß, er sieht jetzt ein wenig anders aus, aber er ist ja schließlich auch älter, oder nicht?« Es war eigentlich keine Frage. »Aber trotzdem, das Gesicht ist dasselbe. Vielleicht dicker. Ich habe ihn bei ausreichend Licht gesehen. Es war eine dunkle Nacht, aber das Licht reichte aus, daß ich sein Gesicht sehen konnte, und es machte mir Angst. Er war riesig. Ich stieg gerade ins Auto ein und sah dieses – ich sah ihn, wie er zum Arbeiten einen Kanaldeckel runterkletterte. Er war angezogen wie ein, wiesagtmangleich? Wie ein Kanalarbeiter? Die Leute, die in der Kanalisation arbeiten?«

»Du glaubst, du hast *Bunkowski* gesehen, wie er gegenüber des Krisenzentrums in einen *Kanalschacht* eingestiegen ist?« Allmählich glaubte er, daß er dieses Telefongespräch nur halluzinierte.

»Ich schwöre dir, das ist kein Scherz, Süßer. Er trug eine Art von – einen Overall oder so was, und er hatte diese große – äh,

Leiter dabei, und einen Sack. Und natürlich dachte ich mir, daß er eben ein Kanalarbeiter ist. Mir kam nur komisch vor, daß er so spät in der Nacht noch in der Kanalisation arbeitete. Es muß gegen zehn, halb elf gewesen sein, so um den Dreh. Und du weißt ja, ich war müde und so. Aber ich glaube, daß er es war. Ich meine, seine Größe. Er war *riesig*. Es kann nicht viele Leute geben, die so groß sind und so aussehen. Oder doch? Ich –«

»Edie. Bist du dir wirklich hundertprozentig sicher?«

»Jack, ich spiele keine Spielchen. Fast hätte ich es für mich behalten, aber ich mußte es dir sagen. Ich glaube, daß er es war. Wirklich. Ich wette, er *war* es. Liebling?« Keine Antwort. »Ist es möglich?« Eine lange Pause. Sie konnte hören, wie er atmete. Nachdachte.

»Verdammt, ich weiß es nicht.«

Aber er zog schon die Hose wieder an, während er ihr sagte, daß er gleich als erstes am nächsten Morgen mit ihr reden würde. Und um 01:15:00 Uhr standen Eichord und drei weitere bewaffnete Detectives, plus zwei Einheiten uniformierte Polizisten als Verstärkung, plus Lieutenant Arlen persönlich mit gezückten Waffen da, blickten in die unheimlichen Schatten der Kanalisation hinab, betrachteten die Reste der letzten Mahlzeit des Killers und spürten die eiskalten Finger der Furcht, die im flakkernden Licht der Laternen und in den Lichtkreisen der Taschenlampen und Scheinwerfer zu ihnen heraufgriffen, während sie in das Nest hinabsahen, in dem die Bestie hauste.

Eichord verspürte zweierlei. Einen Nervenkitzel, nicht gerade ein Hochgefühl, aber einen heftigen Adrenalinstoß – und Furcht. Er hatte Angst. Ein nervöses Zucken befiel sein rechtes Auge, wie bei einer Facialislähmung, und er konnte spüren, wie die Seite seines Gesichts pochte, während er mitten auf der Straße stand und in das Panorama einer anderen Welt hinabschaute. Und er wollte etwas Richtiges zu trinken.

LEROY UND ALBERT

Also, Sie wissen vielleicht, wie das ist, wenn der Tisch sich irgendwie in Gummi verwandelt und die Fensterscheiben schmelzen und flüssig werden. So war es jedenfalls hinter der grünen Tür von Dr. Geronimos KRÄUTER, WURZELN, TRÄUME, KERZEN UND – ELIXIERE in der Southside. Aus eben diesem Grund schlug der fette schwarze Kerl mit den wackeligen Beinen auch nicht auf den Tisch. Wenn ein Tisch zu Gummi wird, ist man vermutlich ganz gut beraten, wenn man sich einfach nur an dem Scheißding festhält, und genau das war hier der Fall. Alles verflüssigte sich, schmolz dahin, geriet in Bewegung.

Es war entweder der Blutdruck, Fallsucht, das Schlottern, ein böser Zauber oder Fluch, Migräne, offene Tuberkulose, eine gravierende Störung der Wahrnehmung oder einer dieser Fälle von Spofus sporium, über die man immer wieder liest. Es konnte freilich auch sein, daß die halbe Pille, die er geschluckt hatte, irgendein alter Hippie-Sunshine, den er irgendwo geraucht hatte, die Scheiß-Hippies verkaufen einem ja jeden Dreck, und zusätzlich noch die Monsterlinien, die er sich hochschniefte, nicht zu vergessen die gute alte Dröhnung mit dem Gras Marke Eigenbau von Boones Farm, ihm irgendwie zu schaffen machten.

Was immer es war, es machte Dr. Geronimo jedenfalls ganz bedröööööööööselt. Herrgott, dachte er, ich verlier jede Minute die Bodenhaftung, als er sah, wie die grüne Tür aufging und ein Mann mit der stacheligen grün-rosa Haartracht eines Marsianers hereingeglibbert kam.

»Oh, nein. Herr erbarme dich meiner, großegütenochmal, lieber Gott im Himmel ich bin auf einem Hoooooorrortrip.«

»Hallo«, sagte der Marsianer.

»Ommma gowaamba, mumbo-jumbo, bopovauni –« Es war die erste Anrufung, die Dr. Geronimo in den Sinn kam. Blanker Unsinn, aber, verdammt, vielleicht bemerkte der Marsianer den

Unterschied ja nicht, und der improvisierte Fluch schlug ihn in die Flucht. »Fepoapalula zawfram paradiddel umgawa b'wana melloroni«, intonierte er, fuchtelte mit den Händen in Richtung des Marsianers und hoffte, damit könnte er den Bösen Blick, das Voodoo-Hoodoo und welche bösen Schwingungen auch immer bannen, mit denen der Marsianer ihn belegen wollte.

»Alles senkrecht?« fragte der Mann vom Mars mit dem rosagrünen Haar liebenswürdig und verflüssigte sich dabei ein wenig und waberte, während es in typisch gummiartiger Acidweise von ihm herabtropfte.

»Ich warne dich, extraterrestrischer heidnischer Schleim, ich bin ein geweihter Medizinmann der Indianer vom Stamme der Komantschen mit der Lizenz, durch Voodoo zu töten, und wenn du noch näherkommst, dann verfluche ich den ganzen Planeten, von dem du stammst, ganz zu schweigen von jedweden möglichen Nachkommen und Offizieren, die du auf deinem marsianischen Raumschiff zurückgelassen haben könntest. Also bleib, wo du bist, oomala maxamiliani mohikana schalali verschwindibus gilavauni oomaschabadoo«, rief er, immer noch mit fuchtelnden Händen und in der abgestandenen Luft des Ladens zappelnden Fingern, um die bösen marsianischen Schwingungen abzuwehren.

»Verflixt, Dr. Gee, ich bin nicht vom Mars. Ich bin es nur, Woody!« Der Mann mit dem stacheligen grün-rosa Haar kam ein paar Schritte näher.

»Sei verdammt in alle Ewigkeit, du triefendes, giftiges Arschgesicht, ich schleudere dir so eine Anrufung entgegen, daß deine ganze Familie ... Woody? Woody wer?«

»Wassnlos, Dr. Gee, hasse deine Brille zerdeppert oder so was?«

»Hmmm. Ähem, ah, wart mal eben, nur einen Moment.« Der Raum verfestigte sich ein wenig, die Woge der Übelkeit klang ab. Der Mann namens Dr. Geronimo stützte sich auf den wieder erstarrenden Gummitisch und betrachtete die Erscheinung, die vor ihm stand, mit zusammengekniffenen Augen. Das verschwommene Bild wurde klarer, und er konnte sehen, daß es sich wirklich um einen Mann mit stacheliger, rosa-grüner Haartracht handelte, und es war nur Woody Woodpecker und kein böser lanzschwutzender marsianischer Mordbube.

»Woody, alte Keule. Hüstel – ähem, ich hab da nur mal eben was Hexenkram gesülzt – wie läuft's denn so, Bruder?« fragte er liebenswürdig und spürte, wie seine Eier vor Erleichterung kribbelten.

»Kann nich' klagen, Dr. Geronimo, echt nich'«, ließ er den Mann hinter dem Tresen wissen, der ungefähr die Figur einer zu groß geratenen Kanonenkugel hatte. »Ich muß dich um deinen beruflichen Rat bitten.«

»Dann rhabarber mal fröhlich los, Mann«, sagte Geronimo großspurig, während das Gummi zunehmend fester wurde.

»Also, ich hab mir da so 'ne kleine Freundin angelacht. Na ja. So klein isse eigentlich gar nich'. Es ist May Seebaugh. Kennst du May? Von drüben bei Wells?« May war eine Pennerin.

»Ich glaub nich', daß ich schon mal das Vergnügen hatte.«

»Eine reizende Blume. Aber zur Sache. Dr. Gee, ich weiß du bist ein Mann von Welt, darum muß ich mich für dieses Eingeständnis nicht schämen, aber manchmal, in einem gewissen Alter, hat ein Mann Probleme mit –« Er verstummte, als er merkte, wie Dr. Geronimo verstohlen versuchte, auf seine Uhr zu sehen, die nicht mehr wie bei einer Dali'schen Schmelze von seinem Handgelenk tropfte, sondern sich wieder schön, wie es sich gehörte, zu lesbaren Ziffern verfestigte.

»Harnwegsinfektionen«, half ihm der gute Doktor aus, »Prostataprobleme, verschiedene Krankheiten und soziale Störungen, Fehlfunktionen, Dysfunktionen, Nichtfunktionen –«

»Ich krieg kaum noch einen hoch.«

»Und da ist ein Afro-Hokuspokus vollkommen in Ordnung. Jedenfalls, Woody, du bist, wie man so sagt, genau an der richtigen Stelle gelandet. Ich hab was, das ist so fantastisch, so unglaublich, so narrensicher, daß es sogar den Piller von 'nem toten Eunuchen steif machen würde. Es ist der geheimste psst-psst Afro-Hokuspokus, der je erfunden wurde. Es heißt Arura.«

»Was kostet es?« Woody Woodpecker war siebenundfünfzig und hatte tatsächlich grün-rosa Haare. Sein richtiger Name lautete Albert Sharma.

»Is' nich' billig«, antwortete Dr. Geronimo alias LeRoy Towels.

»Was denn nu'?« Woody Woodpecker war einigermaßen intelligent, jedenfalls war er es gewesen, bevor er seinen Denkapparat mit einer Vielzahl von Substanzen und Stimulanzien gepiesackt hatte; dazu gehörten unter anderem, aber nicht ausschließlich, Wodka, Gin, Tequila, Tinctura opii camphorata, Weinverschnitt, Sangria, White Tiger, Black Panther, Green Dragon, Absinth, Brut, Franzbranntwein, Mundwasser, Old Spice – die Liste ist lang. Am Ende hatte er eine Vorliebe für LSD entwickelt, die süße Lucy in the Sky with Diamonds, und brauchte nur einen Schluck Kölnisch zu kippen, und schon befand er sich in einer Art halbpermanentem Tran.

»Zweihundert die Kapsel«, teilte ihm der kanonenkugelförmige Unternehmer mit.

»Auuuu Backe«, lamentierte Woody, »Scheiße.«

»Ich weiß, mein Freund. Aber du mußt wissen, es ist nicht so, daß es davon unbegrenzte Vorräte gäbe. Wenn diese Kapseln weg sind, dann hat sich's ausgeflötet. Dies war eine streng geheime Entdeckung der Abteilung für Sexualforschung und Entwicklung der CIA. Es heißt Arura, das ist die Abkürzung für Autoerotisches Rutenbelebendes Reagens. Es wurde nur eine ganz kleine Mengen davon für impotente Spione zusammengebraut, damit die Frauen verführen konnten, um an Informationen ranzukommen. Das macht dein Teil so hart, daß du es als Kratzbaum für deine Katze benutzen kannst. Zweihundert für eine Kapsel dieses Wundermittels ist ein Schnäppchen.«

»Puh«, sagte Albert Sharma, der sich überlegte, wie, zum Teufel, er genügend Kassetten und Scheiß verkaufen konnte, damit er zwei Lappen bekam. Woody Woodpecker war der Name, den er jetzt schon seit sechs, sieben Jahren trug, seit man ihn nicht mehr Wood Man nannte. Aber Woody Woodpecker schien noch zutreffender zu sein, es klang nach einem guten Straßennamen, und so blieb es dabei. Jetzt bemühte er sich, seinem Image treu zu sein, machte Witze und erzählte den Leuten, daß sein Piller aus Holz wäre, ein echter Woodpecker eben, und all so was. Manchmal machten Punks ihm eine Zackenfrisur, und die grünrosa Farbe war das Überbleibsel der letzten Woodpecker-Haarkur.

Er wurde Woodpecker genannt, und Woody, und davor war er der Wood Man gewesen, weil er Leute in Holz sah. Darum hatte Albert Sharma ja überhaupt erst mit dem Trinken angefangen – vor Jahren. Er konnte kein Stück Holz mehr ansehen, ohne daß er ein Gesicht darin erkannte. Und wenn man Zimmermann von Beruf ist, kann das ein äußerst unangenehmes Erlebnis werden, und so führte eines zum anderen, und es dauerte nicht lange, da war der Wood Man im Arsch und lebte auf der Straße. Wie es eben manchmal so geht.

»Was meinst du, Bruder?« fragte Dr. Geronimo, der von sich behauptete, daß er viele Jahre beim Stamme der Komantschen gelebt und dort alles über Tränke, Zauberei und verschiedene Formen von Hellsehen und Medizinmannzeug gelernt hatte. In Wahrheit jedoch hatte er bei einigen Schlachthofarbeitern in Omaha gelebt, von denen er eine Variante der Hellsehernummer abgekupfert hatte, die er in seinem aktuellen Traum-Emporium abzog. Das war ein lukrativer kleiner Nebenverdienst, zusätzlich zu der Wurzel-und-Kräuter-Sache.

»Ich hab die zweihundert nicht. Aber du kennst doch Deuce, oder?«

»Ja, ja«, gab er zu, »dös is' ziemlich teuer, aber das is' nun mal der Preis.«

»Nein, Doktor. Ich sag, kennst du den Kerl, der sich *Deuce* nennt? Deuce Younger?«

»Was?«

»Du weißt schon, Mann. Der Biker-Typ. Der Boss der Flames?«

»Oh, ja. Den Mann kenn ich. Und?«

»Ich hab da was.«

»Ja?«

»Ich hab gehört, er zahlt jedem, der ihm den Kerl ans Messer liefert, der Mr. Tree alle gemacht hat, dreihundert bar auf die Kralle.«

»Also, Woody, du bist ein netter alter Herr und solltest dich lieber nicht mit den Jungs anlegen.«

»Schon, aber ich brauch das Zeug. Und wenn er mir die dreihundert gibt, dann könnt' ich mir so 'ne Kapsel Arura kaufen, und May und ich hätten sogar richtige Flitterwochen.«

»Hm-hmm.«

»Paß auf.« Er beugte sich ganz nahe zu Dr. Geronimo und hüllte ihn in eine tödliche Wolke von Mundgeruch, Old Spice und eitrigen Schwären ein, während er verschwörerisch flüsterte: »Ich weiß was.«

»Hä?«

»Ich weiß, wo er haust.«

»Wer, Deuce?«

»Nein. Ich weiß, wo der Kerl steckt, der Leute kalt macht.«

»Echt?« sagte er und fühlte sich schlagartig völlig nüchtern. »Wo denn?«

»Unter der Straße«, sagte Woody Woodpecker mit vor Stolz brüchiger Stimme.

Dr. Geronimo wußte instinktiv, daß Woody nicht log, und plötzlich roch er Geld und wünschte sich, er hätte dieses gräßliche alte Hippie-Sunshine nicht gekauft und sich einen anderen Tag ausgesucht, um die halbe Pille einzuwerfen, denn er mußte einen klaren Kopf haben, wenn er aus dieser Sache Kapital schlagen wollte.

»Unter der Straße«, sagte er mit fragend hochgezogenen Brauen.

»Unter der Straße. Ich weiß, wohin er geht. Und ich hab gesehen, wie er Mr. Tree mit so 'ner großen Kette getötet hat. Und ich hab gesehen, wie er den abmurksen wollte, der Lester genannt wird, und dann hab ich beobachtet, wohin er verschwunden ist. Und May und ich ham das Loch beobachtet, wo er runter ist, und wir sehen ihn nie da raufkommen, aber May hat ihn etwa einen Häuserblock entfernt raufkommen sehen, reiner Zufall. Und dann ham wir uns überlegt, daß er sich da unten in der Kanalisation und in den Abwasserkloaken verstecken muß und so. Kannst du nicht zu Deuce Younger geh'n und ihm sagen, daß ich ihm sagen kann, wo der Kerl steckt, der die Leute abmurkst?«

»Hör mal, Woody, du bist dir doch auch ganz sicher, oder? He, Bruder, das ist sehr wichtig. Ich meine, du und May, ihr habt euch doch nicht 'ne miese Lucy eingepfiffen und wart auf so 'nem Phantom-der-Oper-Trip, oder?«

»Hä? Fat Man in der Oper? Nee, der Kerl steigt die Kanaldekkel runter, weißte. Ich kann Deuce direkt zu ihm führen. Aber ich muß das Geld kriegen, das die auf ihn ausgesetzt haben. Die dreihundert. Okay?«

»He. Von *meiner* Seite aus geht das klar, Mann. Aber ich muß dich wieder rufen. Ich kann dir auf die Schnelle nicht sagen, wo Deuce steckt, das geht nicht einfach so.« Er versuchte, mit den Fingern zu schnippen, verfehlte aber den Daumen mit dem Mittelfinger. »Aber klar. Ich werd' versuchen, ihn aufzuspüren. Is' nur so, dafür muß ich 'nen kleinen Finderlohn kriegen. Sagen wir dreißig Prozent der ausgesetzten Summe?«

»Was heißt'n das nu wieder?«

»Wenn du dreihundert kriegst, dann krieg ich hundert davon. Das ist nur recht und billig, Woody. Auf die Weise kriegst du eine Pille von deinem kostbaren Rohrversteifer, und ich krieg 'n Hunni dafür, daß ich dich mit den Flames zusammenbringe. Was sagst du dazu?«

»Äh, ja, geht wohl klar.«

»Gut. Und jetzt, Mistah Woody, müssen wir abso-posi-lut zu hundertundeinem Prozent sicher sein.«

»Hä?«

»Du kannst diesen Kerl finden, der Leute umbringt. Er ist immer noch da. Unter der Straße, meine ich.«

»Jou.«

»Bist du *sicher?* Ich will nämlich nicht Deuce Younger und ein halbes Dutzend durchgeknallte Biker am Arsch haben, weil du einen *Fehler* gemacht hast, ist das klar?«

»Kein Fehler, Dr. Gee. Ich hab ihn da runterklettern und wieder raufklettern sehen. Nicht immer aus demselben Kaninchenloch, aber ich weiß, daß er da unten ist. Ich weiß, wo er sich verkriecht«, flüsterte Woody Woodpecker, »aber ich will zuerst mein Geld.« Der Doktor nickte. Und so wurde wieder eine seltsame Allianz geschmiedet.

Und der kanonenkugelförmige schwarze Mann kratzte sich am Kopf, dachte eine Minute nach, sah durchdringend in das strahlende Gesicht von Woody dem Wood Man und fragte noch einmal: »Kein Irrtum möglich?«

»Nn-nnn, Dr. Geronimo. Ich weiß, wo der große Mann, der Leute abmurkst, unter der Erde haust. Wie schnell wirkt dieses Zeug eigentlich?«

»Ja, hm-hmm«, antwortete ihm der Mann und griff nach einem dicken Telefonbuch.

»Dr. Gee.«

»Hm«, sagte er, blätterte die Seiten um und suchte nach Wathenas Schrottplatz.

»Dieses Arura. Ich meine, wie schnell wirkt das eigentlich?«

»Sofort«, antwortete LeRoy Towers dem Wermutbruder nicht ohne ein gewisses Maß an Ungeduld, während er nach dem Telefonhörer griff, eine letzte Pause machte und sich fragte, ob er wählen sollte oder nicht.

»So-*fort?*« fragte Woody fassungslos.

»Wenn du dir ein kleines bißchen von diesem Baby einpfeifst« – er nickte vage, während er den Finger in die Wählscheibe steckte – »hast du schlagartig ein Ding, mit dem du jeden Schrottplatzhund ficken kannst.«

DIE FLAMES

Vier Flames lungerten um den schmutzigen Schuppen herum, der als Büro von Wathenas Schrottplatz diente, dessen Inhaber, jedenfalls auf dem Papier, Pop Meiswinkle war. Den Schrottplatz hatte er, wie er immer gern erzählte, »ratz, fatz und Handschlag drauf« von den Gebrüdern Wathena übernommen, als der ältere Bruder den Komplikationen einer schlimmen Bleivergiftung erlag, die er sich als Folge von akutem Siehtuns zugezogen hatte (wie in »Ich war mit meiner Freundin aus und meine Ehefrau siehtuns«).

Doch schon wenige Monate später kam es zu einer feindlichen Übernahme durch einen Entrepreneur namens Deuce Younger, der ihm ein Angebot machte, das in Erwägung zu ziehen er durchaus für wert erachtete. Etwas in der Art von »wir schmeißen den Laden und geben dir einen Anteil, andernfalls kommen wir eines nachts hierher, schlitzen dir die Kehle von einem Ohr zum anderen auf und begraben dich in der Schrottpresse.«

Und so wurde Wathenas Schrottplatz und Bike-Shop zu einer Frisierstube und einem Umschlagplatz für die Schieberbande, die gestohlene Autos vertickte und ihr Hauptquartier in Cook County, Illinois, hatte. Ganz im Geiste der freien Marktwirtschaft hatte der Biker-Club Flames das Geschäft diversifiziert, so daß die Mitglieder nicht nur einen maßgeblichen Teil des Methamphetaminmarkts kontrollierten, sondern obendrein noch beachtlich Kohle in der Schrottverwertungsbranche scheffelten. Als das Unternehmerduo Dr. Geronimo und Woody Woodpecker, der Partner seines Vertrauens, auf dem Schrottplatz aufkreuzte, war Deuce Younger gerade mitten in einer wichtigen Firmenkonferenz mit seinen Top-Vorstandsmitgliedern.

»Dieser elende, dreckige, schwanzlutschende Linkswichser«, sagte er gerade und meinte damit einen Mitbewerber in der Schrottverwertungsbranche. »Der kommt hier wer-weiß-wie-oft, vielleicht alle sechs Monate, mit seiner fahrbaren Schrottpresse her, und du weißt ja, man kann keinen Scheiß nich' zu dem arschfickenden Blödpisser sagen, und der fährt mit seinem Anhänger hier rein, als würde ihm der Scheißschrottplatz gehören, und dir ist schon klar, Mann, ich kann mich nich' eben mal so hinstellen und jedes vollgewichste Auto zählen, das reinkommt. Angefangen ham wir mit hundertzweiundsiebzig. So was in der Art. Und am Ende kommen wir auf hundertvierundsechzig – dieser habgierige Schwanzlutscher hat uns acht Scheißautos gestohlen. *Acht gottverdammte Scheißfahrzeuge, Mann.* Ich kann die Scheiße einfach nicht glauben.«

»Echt unwirklich«, stimmte ein Bodyguard der Flames zu.

»Und man kann keinen Scheiß nich' zu dem Drecksack sagen. Du weißt ja, wie es ist. Scheißdreck, was sollte man denn auch sagen? Den Fotzenlecker einen Lügner nennen? Man ist halt auf ihn angewiesen. Scheiße.«

»Trotzdem würde ich ihm gern in den Arsch treten«, sagte einer der Flames, der Demenzio genannt wurde.

»Schwanzlutscher. Der bringt einen unter den Scheißboden, wenn man dem verlogenen kackebraunen Arschgesicht auch nur den Rücken zudreht.«

»Der Wichser kommt zu Billy und lädt dreiundzwanzig von Billys Autos auf. Er quetscht die kleinen zwischen die großen. Und wenn der Schwanzlutscher rausfährt, macht er der ahnungslosen Schnarchnase weis, daß er nur achtzehn Autos hat. So was wie diesen hurenfickenden hinterhältigen Scheißhaufen hab ich *in meinem Leben* noch nie zu Gesicht gekriegt, also ich würd' ja am liebsten –«

»Und du weißt ja, wenn man 'n kleinen Mittelklassewagen zwischen zwei so riesige Schlachtschiffe quetscht, Scheiße, dann kann keine Sau mehr sagen, was man da alles in dem Stapel hat. Herrgott, sogar die verblödete Fotze, die für Billy arbeitet, sagt noch, also das ist der höchste Scheißstapel von achtzehn Autos, den ich je gesehen hab.« Brüllendes Gelächter übertönte das Klopfen an der Tür.

Aber zwei Flames, die an ihren Motorrädern arbeiteten, sahen die beiden seltsamen Vögel drüben beim Schuppen und gingen hin zu ihnen »Braucht ihr Jungs was?« fragten sie.

»Ja, Sir.« Woody ergriff das Wort, bevor Dr. G. etwas sagen konnte. »Ich bin Woody Woodpecker.«

»Ohne Scheiß«, sagte derjenige, der Mingus genannt wurde, »und ich bin Donald Arschloch Duck. Habt ihr hier was zu suchen?«

»Durchaus«, antwortete der kanonenkugelförmige Doktor der Kräuterheilkunde und okkulten Wissenschaften, »wir sind hergekommen, weil wir Mr. Younger in einer wichtigen Angelegenheit sprechen müssen.«

»Na klar doch«, sagte Mingus zu ihm, »du solltest schleunigst die Flatter machen, Schwarzbacke, und diesen alten Penner am besten gleich mitnehmen, Schrott gibt's hier nämlich schon genug.« Darüber mußten beide Männer brüllend lachen und schlugen sich auf die Schenkel, als wäre es das Bonmot des Jahrhunderts gewesen.

»Sir«, sagte Woody Woodpecker und betrachtete die Holztür des Schuppens, »ich hoffe, Ihnen sind die Probleme vertraut, die eine Tür wie diese hier aufwerfen kann. Sie haben es hier oberflächlich gesehen mit lächelnden Gesichtern zu tun, aber« – er trat näher an die Tür heran – »genau hier haben wir zwei böse. Und sehen Sie sich das an« – er zeigte auf den Wirbel eines Astes in der zerkratzten Maserung des Holzes – »ein paar richtige Trolle, das Profil eines Totenschädel mit langen Fangzähnen und ein stirnrunzelnder Kopf ohne Augen, und der ist, wie Sie mir sicher zustimmen werden, besonders –«

»Verdammte Scheiße, mach 'n Abgang, du durchgeknallter alter Spinner, und nimm dieses fette schwarze Brikett gleich mit, wenn du deinen knochigen Arsch von hier fortschleppst, bevor wir dir in deine verschrumpelten alten Eier treten!« schrie der Biker mit dem stieren Blick, während sein Bandenkamerad vergeblich versuchte, sein Gelächter zu unterdrücken.

»Laß mich das bitte machen«, sagte Dr. Geronimo zu Woody.

»Also, Sir, wir haben einen Termin bei Mr. Younger, und wenn die Herren den Aufenthaltsort des Mannes erfahren möchten, der diese schreckliche Untat an Mr. Tree begangen hat, dann schlage ich vor, Sie teilen ihm mit, daß Dr. Geronimo hier ist, um mit ihm zu sprechen.« Das Kichern verstummte.

»Was faselst du da von Tree?«

»Ich habe versucht, Ihnen zu sagen, daß es sich bei uns um diejenigen handelt, die hierher gekommen sind, um Mr. Younger in seinen Bemühungen zu unterstützen, nach der jüngsten Tragödie der Gerechtigkeit zum Sieg zu verhelfen.«

Im Inneren des Schuppens hatte die Generalversammlung der Schrottverwertungsfirma eine unerwartete Wendung genommen, da jetzt unfreiwillige Verbrennung Gegenstand der Diskussion war. Demenzio wandte sich gerade an die Anwesenden:

»Habt ihr alle das von Greasy gehört?« Es war eine rhetorische Frage, da er dem gebannten Publikum keine Gelegenheit für eine Antwort gab. »Der Wichser hat seinem Bruder 'nen Brief geschrieben und ihm mitgeteilt, daß er heiratet.«

»Wo steckt der verrückte Pisser überhaupt – unten in Jeff City oder wo, verdammt?«

»Leavenworth, oder nicht?« fragte ein anderer.

»Nee. Der ist doch noch 'n Kind. Der war im Jugendknast, als er in Booneville oder so aus 'nem Kinderbunker ausgebüchst ist, und dann ham sie ihn nach Algoa gebracht. Der war aus dem Scheißalgoa ausgebrochen, als er hier gewesen ist.« Sie lachten.

»Verscheißerst du uns, Mann?«

»Der Wichser hat sechs Jahre aufgebrummt bekommen. Drei mußte er noch absitzen, und da überredet ihn diese Arschgeige zu 'nem Bruch. Drei Jahre. Er macht die Flatter. Drum ham wir den Schwanzlutscher nie gesehen. Die ham ihn da oben auf offener Straße umgenietet.« Die Aufsichtsratsmitglieder fanden das alles recht witzig.

»Jedenfalls kriegt sein Bruder 'nen Brief aus Algoa. Er sagt, daß er heiraten wird. Bruderherz schreibt zurück, daß das toll ist, und er soll mal 'n Bild von der Schlampe schicken.«

Ein Klopfen an der Tür unterbrach die Geschichte.

»Wir sind hier mitten in einer Besprechung«, brüllte Deuce durch die Tür zu ihnen hinaus. »Okay?«

»Er schreibt also, schick mir 'n Bild von der Schlampe.« Gelächter. »Und sein Bruder schickt ihm eins. Und Greasy ist vollkommen im Arsch. Hat sich 'ne achtzehnjährige Schwuchtel namens Ronnie angelacht.« In dem Raum bricht völlige Hysterie aus. Ein ausgelassener Augenblick fröhlicher Schwulenwitze im sonst so drögen Alltag der Chefetage einer vielbeschäftigten Firma.

»Könnt ihr die Scheiße glauben? Sagte, der Kerl sah echt wie 'ne Frau aus. Sah aus wie 'ne Muschi, die sich schneller bückt, als man ihr die Hose runterziehen kann.« Brüllendes Gejohle schallt durch den Raum. »Na ja, vermutlich würd kein junger Stecher, der gerade die Hälfte von 'nem Scheiß-Sixpack in Algoa abgerissen hat, so 'n knackiges Hinterteil verschmähen. Scheiße!«

»Was für ein verdammter Blödian.« Das johlende Gelächter klingt schließlich soweit ab, daß sie wieder das laute, beharrliche Klopfen hören können.

»Scheiße noch mal, was ist denn?« fragte Deuce.

»Ey, Deuce.« Die Tür geht auf und sie können eine Menge Gesichter sehen. Mingus meint: »Das solltest du dir mal anhören.« Er kommt rein und macht die Tür hinter sich zu. »Die Knallschote nennt sich Geronimo oder so 'ne verdammte Kacke. Hat 'n alten Wermutbruder dabei. Die behaupten, daß du dreihundert Scheine für jeden ausgesetzt hast, der uns zu dem Kerl führen kann, der Tree alle gemacht hat. Die schwören, daß sie uns den Pisser ans Messer liefern können.« Totenstille im Schuppen, und alle Augen sind auf die Tür gerichtet, als Deuce mit einem Nicken zu verstehen gibt, daß man sie reinbringen soll.

»Ihr zwei bewegt eure Ärsche hier rein«, befiehlt Mingus, worauf Dr. Geronimo und Woody mit soviel Würde und Ernst, wie die Situation eben zuläßt, zur Tür hereinkommen.

»Mr. Younger«, sagte der kanonenkugelgleiche Mann, »dieser werte Herr hier weiß, wo der Mann haust, den Sie suchen. Er kann Ihnen den Mann zeigen und Sie direkt zu ihm führen.«

»Ja, Sir«, sagte Woody Woodpecker. »Ich weiß, wo der Mann ist, der die Leute umbringt.«

»Tatsächlich, hm«, sagte Deuce leise.

»Ja, Sir. Wenn ich es Ihnen zeige, krieg ich dann die dreihundert Dollar, von denen überall gesprochen wird?«

»Wo ist er?«

»In der Kanalisation. Er hält sich in der Kanalisation auf.«

»Schmeißt diese verdammten Penner raus, Herrgott noch mal«, schlägt einer der Vizepräsidenten der Firma auf die ihm eigene subtile Weise vor.

»Nein. Immer schön langsam.« Deuce lächelte. »Ich spür meine Schwingungen. Meine Schwingungen lügen nie. Ich hab 'n gutes Gefühl, was die beiden da angeht.« Er betrachtete den Wood Man mit Augen, die wie das Ende einer doppelläufigen Schrotflinte aussahen, das Bumm macht, wenige Augenblicke später lächelte er. »Ich sage, keine Anrufe mehr durchstellen. Ich glaube, wir haben da einen Sieger.«

CHAINGANG

Daniel Bunkowski schläft. RY-7/ZUFLUSS 20 ist ein rechteckiges Sammelbecken für Regenwasser knapp vier Meter unter den Straßen der Stadt und an einer Kreuzung von Rohrleitungen gelegen, die zu einem System von Sturmdrainagen führen, die ihrerseits wiederum mit dem Hauptauffangbecken verbunden sind. Könnte man diese Rohre aus der Luft erkennen, würden sie wie ein großes Y aussehen, dessen unteres Ende direkt zu dem O des Auffangbeckens führt. Das größere Becken ist sehr tief, und in diesen Bereich fließt der Überlauf der Gewitterstürme letztendlich ab, die andernfalls die tiefergelegenen Stadtgebiete mit Regen-, Schmelz- oder Überschwemmungswasser fluten würden. Bunkowski schläft in dem kleinsten Auffangtank, von dem aus das Wasser in einen Kanal abfließt, der sich in der Mitte des Buchstaben Y auftut.

Er schläft in dem Verschlag, den er sich selbst am Hals des Auffangtanks gebaut hat, aber nur sein Körper. Danny Boy selbst ist weit weg und träumt von einer anderen Zeit, einem anderen Ort. Einem Ort, der Sektor Echo genannt wird, im Tiefland der Provinz Quang Tri, Republik Südvietnam, wo ein voll mit Männern besetzter Kamikazelastwagen einen überaus gefährlichen Straßenabschnitt entlangbrettert. Der Lastwagen, der, wie es der Zufall will, die Bezeichnung Halb-Deuce trägt, wird von einem mürrischen, pickeligen, höhnischen jungen Mann mit schlechten Zähnen gefahren, der nur eine Geschwindigkeit kennt, Gaspedal bis auf den Boden durchgetreten, und anhält, indem er gegen irgendein Hindernis fährt.

»Stop!« brüllt Chaingang um die Seite herum. Nichts. Eine Faust von der Größe und Beschaffenheit eines soliden Vorschlaghammers haut riesige Dellen in den Lastwagen. »Rechts ran!« Chaingang hat etwas gesehen. Der Lastwagen wird fast unmerklich langsamer, der mürrische junge Mann sucht nach etwas, wogegen er fahren kann, damit die schrottreife Rostlaube zum Stillstand kommt, doch Chain hinkt schon zu seinem Rucksack zurück.

»Hol dir ein paar«, rufen sie, und es folgen noch mehr Spötteleien und Schimpfnamen, während der Lastwagen davonbraust. Er lächelt, als er sich überlegt, wie leicht es wäre, eine Splittergranate in ihre Richtung zu werfen, einfach so zum Spaß, und genau mitzuzählen, damit sie schön mitten in der Luft explodiert – einfach so –, und in seinem Traumschlaf grinst er angesichts der Vorstellung der explodierenden Granate und der überraschten Schreie der Soldaten.

Er watschelt mit einem M-60 und einem Rucksack, der mehr wiegt als jeder einzelne der Männer auf dem Lastwagen, in Richtung der nahegelegenen Baumgrenze.

Er trägt ein M-60 LMG und sechs überkreuzte Patronengurte. Jeder enthält mehr als hundert Schuß Munition. Er ist buchstäblich mit Splittergranaten gespickt. Seine umwickelte Kette wölbt den Stoff einer speziellen Tasche. Er hat ein Bowiemesser von der Größe einer mittleren Machete dabei. Sein Rucksack ist eine Art tragbares Wohnhaus.

Der Rucksack ist folgendermaßen gepackt: Ponchos (2), Ausfütterung (2), Planen (2), sein extragroßes Moskitonetz, das er so sorgfältig und methodisch wie einen Fallschirm zusammengelegt und dann in eine 4 mm starke Plastikfolie eingewickelt hat, Tarnnetz, Zündhütchen, Drahtschere, Elektrokabel, Zündschnüre, eine M-18-Rauchgranate, Brennpaste, John Wayne (Dosenöffner), Feldbesteck, extra Socken, extra Insektenspray, Tabletten, Streichhölzer, C-4, und so weiter – eine Menge Kleinkram.

Und dann sind da seine »Kuchen«. Er nennt sie kleine Kuchen, da sie in ihrem Aussehen Kuchenstücken ein wenig ähnlich sehen. Die liebt er. Er weiß, daß die kleinen Leute gern in der Nacht kommen und sich durch die lächerlich einfach zu überwindenden Drahtsperren der stümperhaften Soldaten schleichen, und daß sie die Kuchen gern herumdrehen, so daß der Feind dann fliegende, tödliche Stahlsplitter als unerwartetes Geschenk bekommt, wenn sie zur Detonation gebracht werden. Sie werden Claymores genannt, jede wiegt dreieinhalb Pfund, und Chaingang trägt sechs davon bei sich.

Sein tragbares Wohnhaus enthält einfach alles, von einer Rolle Seil bis zu einer speziellen Plastikschachtel mit den Drehringen, die er braucht, um seine Granatenfalle aufzubauen.

Über dieser Schicht ist sein Rucksack vollgestopft mit dreißig Fertiggerichten, Instantreis mit Shrimps, Rindfleisch, Schweinefleisch, Spaghetti, das sind die allerbesten gefriergetrockneten Lauf-Rationen (LAUF – Langstrecken-Aufklärungspatrouille), die von den Soldaten »Laufratten« genannt werden. Man bereitet sie zu, indem man einfach gewöhnliches kaltes Wasser zugibt. Außerdem hat er kleine Tupperschüsseln mit Salz, Zucker, Kaffee und anderen Zutaten dabei, die er benutzen kann, wenn er seine Rationen um die landesübliche Diät aus Reis und Fisch und heimischen Lebensmitteln ergänzen will. Die Rückseite des Rucksacks ist mit Plastikflaschen bestückt, die zweiundzwanzig Liter Wasser und zwei Liter Wild Turkey enthalten. Darüber hinaus trägt er zahlreiche Ausrüstungsgegenstände in verschiedenen Gürteln, Beuteln, und dergleichen bei sich, wie zum Beispiel Insektengift, Tarnfarbe und andere Hilfsmittel, die ihm ermöglichen, als autarke Killereinheit durch das Land zu streifen.

Er ist eine sechshundert-und-ein-paar-zerquetschte Pfund schwere mobile Ein-Mann-Kampfeinheit, geladen und entsichert, und er hat einfach alles dabei, von Tabasco bis zu einer Zahnbürste und Toilettenpapier, alles fein säuberlich in einem Rucksack verstaut, den Sie nicht mal vom Boden hochheben könnten. Nicht zu vergessen das, was er in den Händen trägt. In der linken Hand, oder an einem speziellen Gurt über der Schulter, das M-60, und in der rechten Hand eine riesige Plastikspule Draht. Das ist sein Ein-Mann-Hinterhalt-Draht.

Er wußte schon, als er die dichten Reihen der Bäume aus der Ferne sah, daß er heute nacht wieder Menschen töten würde, und zwar viele, viele. Er kann es spüren und fühlt es als einen heißen, weißglühenden Strudel und Wirbel, der über ihn kommt, bevor er ihn kontrollieren kann. Noch nicht. Er hält sich gerade noch im Zaum und denkt darüber nach, wie einfach es gewesen wäre, die Insassen des Halb-Deuce zu erledigen, als er davonraste.

Es wird schnell dunkel, und er geht schneller, ohne zu hinken, aber mit einem glückseligen Lächeln im Gesicht. Grübchen und ein Grinsen. Dies ist sein Ding. Dafür wurde er geboren. Und wenn ihm das Glück hold ist, kann er heute nacht wieder ein Blutbad anrichten. Sein Ziel ist es, im Alleingang eine ganze Platoon der kleinen Menschen auszuschalten. Und er weiß, wie sich das bewerkstelligen ließe.

Er hofft, daß heute nacht welche kommen. Wenn es nur einer oder zwei sind, kann er einen langsam töten, ein bißchen mit ihm spielen, bevor er ihn alle macht. Ihm das Licht ganz langsam ausknipsen. Er erinnert sich an den, den er gestern kaltgemacht hat, und lacht fast laut auf. Er hängt sich das M-60 über die Schulter und hält einen Moment die Drahtspule, als er seine Tasche nach der Kette abtastet, dann nach den Ringen, was hab ich nur mit den Ringen gemacht? Ah, ja, im Rucksack.

Feuchtigkeit tropft vom Laub. Sie landet auf dem Boden, versickert in der vietnamesischen Erde, läßt die Bäume höher wachsen, wird von den Bäumen aufgenommen und wässert sie, damit sie größere Blätter bekommen, von denen es tropft, damit sie noch mehr Feuchtigkeit in sich aufnehmen können, und so geht es immer weiter in dem endlosen Kreislauf der Selbstregeneration, der sein Interesse immer wieder aufs neue weckt. Er betrachtet Bäume als Menschen. Wenn er sich lange genug an einer Stelle im Dschungel aufhält, wird er so vertraut mit allen wichtigen Aspekten von Bäumen und Gras und Vegetation und allem, daß es ihm so vorkommt, als hätte er sein ganzes Leben hier verbracht. Er tauft die Bäume, gibt ihnen eine Identität und führt im Geiste Gespräche mit ihnen. Manchmal spürt er, wie die Bäume ihm ihre Gedanken mitteilen.

Die rote Kugel ist wieder untergegangen. Er hat die Stelle gefunden, die er sich vorgestellt hat, hier an der Straße. Er wird ein Lager unter den Bäumen aufschlagen, am Schnittpunkt eines

Trampelpfads und eines, wie es aussieht, ziemlich überwucherten Nachschubwegs.

Heute nacht will er seinen Plan in die Tat umsetzen, wenn sie kommen. Er hat einen Plan, der für bis zu acht, vielleicht sogar zehn der kleinen Leute tauglich sein könnte, wenn er vorsichtig ist und die Sache sorgfältig durchdenkt, und natürlich, wenn das Glück auf seiner Seite ist. Er ist überzeugt, daß er sogar ein Dutzend Schlitzaugen erledigen kann, wenn er seinen gründlich recherchierten und sorgsam ausgeklügelten Hinterhalt aufbaut.

Dies ist Chaingangs Granatenhinterhalt. Als erstes lädt er Patronengürtel seines M-60 und die Splittergranaten ab, legt alles sorgfältig neben seine Drahtrolle. Als nächstes nimmt er den Rucksack ab und kramt nach der Drahtzange. Den unverzichtbaren Drehringen. Er tastet seine Taschen ab. Jetzt kann er loslegen. Er nimmt die Splittergranaten und einen abgebrochenen Zweig und schreitet leicht hinkend den Trampelpfad entlang.

Wieder schlägt eine Welle über ihm zusammen und ertränkt sein Gehirn in rotglühender Mordlust. Er wird viele Menschen töten, ehe die Nacht vorüber ist, und es ist ihm von Herzen egal, welche das sind. Doch dies sind die Augenblicke, in denen ihm klar wird, daß er größte Vorsicht walten lassen muß. In den Zeiten, unmittelbar bevor er die schlimmen Taten begeht, muß er seine Pläne mit der allergrößten Sorgfalt und enormer Konzentration in die Tat umsetzen.

Es ist dunkel, als er die Granaten auf beiden Seiten des Nachschubwegs und vorne und hinten angebracht hat. Die Splittergranaten sind »eingedost«, das heißt, er hat sie in Blechdosen gesteckt, bevor er sie scharf gemacht hat, und diese Dosen sind gerade groß genug, daß sie die Granaten mit niedergedrücktem Auslösestift halten, aber nicht so eng, daß sie nicht hochgehen würden, wenn ruckartig an dem Draht gezogen wird. Parallele Drehringe werden angebracht und so gut es geht getarnt.

Als sie alle fest verdrahtet und in Position und verdeckt sind, werden sämtliche Drähte ausgelegt und bis zum Kontrollpunkt in dem Hinterhalt gespannt, und dazu zieht Chaingang sie gerade straff genug, aber nicht zu sehr; das ist außerordentlich diffizil und er würde es lieber bei Tage machen. Aber die Dunkelheit gereicht ihm auch zum Vorteil. In den letzten Minuten, bevor es vollkommen finster wird, kann er gerade noch erkennen, was sichtbar ist und was nicht.

Jetzt läuft er hastig zurück und beginnt am anderen Ende, bedeckt alle Spuren der Drähte mit Erde und Zweigen und Blättern. Darin ist er ein Meister. Er hat es schon Hunderte Male gemacht. Jetzt erst zieht er die Stifte aus allen Splittergranaten, überprüft die Drähte und Drehringe zum letztenmal, geht den Nachschubweg zurück, den er gekommen ist, diesmal rückwärts, und verwischt alle Spuren, die er möglicherweise hinterlassen haben könnte.

Er breitet das Moskitonetz neben dem Kontrollpunkt seines Hinterhalts aus, breitet seine Planen aus und rafft schnell einen großen Haufen von Laub, Zweigen und anderem Tarnmaterial auf, das er im Schutz der Dunkelheit von anderen Stellen herbeischafft, wobei er seine Spuren jedesmal gründlich verwischt. Jetzt herrscht keine Spur von Licht mehr.

Er geht ein letztes Mal den Trampelpfad entlang, bis zu der Stelle, wo der völlig von Ranken und Unterholz überwuchert ist. Einmal stolpert er und fällt um ein Haar auf seinen fetten Arsch, erlangt aber gerade noch rechtzeitig das Gleichgewicht wieder. Schließlich, nach einer gefühlten Ewigkeit, hat er die Minen ausgelegt. Diesmal benutzt er ein neues System mit den Claymores, einen Zugdraht, um den Mechanismus auszulösen, der ein komplexes System paralleler Ringe beinhaltet, aber den größten Teil davon hat er schon vorher verkabelt. Doch jetzt bleibt ihm keine Zeit mehr. Er läßt alles so, wie es ist, bereit oder nicht, und geht zu der Stelle seines Hinterhalts zurück.

Er bleibt stehen, atmet tief durch und denkt nach. Er geht seine sämtlichen Bewegungen noch einmal durch. Er hat acht Splittergranaten und zwei der Claymores in Position gebracht. Die Drähte sind gerade richtig straffgezogen und führen allesamt zu zwei Hauptdrähten, die wiederum zu den Drehringen führen, mit denen die Minen auf dem Trampelpfad und die Splittergranaten auf dem Nachschubweg zur Detonation gebracht werden, da er glaubt, daß die kleinen Leute heute nacht von dort kommen werden, wenn sie sich überhaupt sehen lassen.

Er ist ein gründlicher Handwerker, soweit es seine Arbeit betrifft. Und irgendwie ist etwas nicht richtig. Etwas fehlt oder ist unvollständig oder falsch. Etwas macht nicht den richtigen Eindruck. Aber Fehler darf er sich nicht leisten.

Penibel wiederholt er die gesamte Prozedur nochmals im Geiste, konzentriert sich verbissen und geht jeden einzelnen Schritt seines Vorgehens von neuem durch, von dem Moment an, als er die Stelle für seinen Hinterhalt ausgewählt hat, über das Auspakken seines Rucksacks bis hin zur Plazierung der parallel montierten Drehringe und der Verkabelung der eingedosten Granaten. Er denkt noch einmal über die Tarnung nach, über die Positionierung der Claymores, die Beseitigung seiner Spuren, das Aufsammeln des Tarnmaterials. Er erinnert sich, daß er die Sicherungsstifte und Ringe der Handgranaten in der Tasche hat und vergißt sie wieder.

Es sind die Hauptdrähte. Das Problem besteht darin, wie der Hauptdraht zu den Splittergranaten auf dem Nachschubweg an den Drähten befestigt ist, die von den Granaten zu den Drehringen und durch diese Ringe hindurch führen, damit die Granaten aus den Dosen schnellen, wenn am Hauptdraht gezogen wird, so daß die Sicherungsstifte herausspringen und sie detonieren. Alle Granaten, bis auf zwei, haben kurze Stifte. Diese beiden sollen mit ihrer verzögerten Detonation lediglich als zusätzliche Rückversicherung dienen.

Allmählich kommt er ein wenig zur Ruhe und nimmt seine Umgebung deutlicher wahr, und es ist, als würde, wie bei einer metamorphen Verwandlung, der wahre Chaingang hinter dem an der Oberfläche zum Vorschein kommen. Danny ist ein lethargisches Wesen. Reglos. Er blickt nicht einmal mehr in die undurchdringliche Schwärze. Eigentlich sieht er überhaupt nichts mehr.

Er hat die Augen halb geschlossen, seine Lider sind schwer, er befindet sich in einem Zustand der Entspannung, ist so ruhig wie ein Stein, horcht.

Die nächtliche Symphonie hat begonnen. Insekten. Tiere. Vögel. Von Fröschen bis hin zu zirpenden Grillen trägt alles Schicht für Schicht zu der nichtmenschlichen Geräuschkulisse bei. Es gibt große Katzen da draußen. Er mag sie und will ihnen kein Leid zufügen, allerdings denkt er manchmal gern an die wenigen, die er töten mußte. Er horcht geduldig und steht immer noch auf seinen müden und wunden Füßen. Seine körperliche Existenz spürt er kaum noch. Bald wird er schwerelos werden. Bald wird er den Bäumen zuhören.

Er stellt fest, daß er einen Blutegel an sich hat. Er ist nicht unempfindlich gegen den Schmerz und das Brennen und Jucken, aber das ist ein Faktor, den er so eisern unter Kontrolle hat, daß er zur Bedeutungslosigkeit dahinschrumpft, so wie Sie vielleicht einen ganz leichten Schmerz im Rücken zur Kenntnis nehmen würden. Er spürt, daß er von Moskitos gestochen wird, aber während Sie und ich nach ihnen schlagen und durch ihre Angriffe rasend werden und wegen ihren juckenden Stichen den Verstand verlieren würden, läßt ihn das vollkommen kalt. Manchmal trägt er ein wenig Insektenschutz auf, aber nicht heute nacht. Er geht kein Risiko ein. Er will Nuoc Mam und die Gerüche der kleinen Leute wittern.

Er hat den vollkommenen Zustand innerer Ruhe fast erreicht. Er sieht sich selbst abgeklärt, friedlich, eins mit der Nacht. Sein Knöchel kümmert ihn in seinem Glücksgefühl und der Vorfreude auf die bevorstehende Nacht nicht mehr. Auf diese Weise wird er unermüdlich, und seine Wachsamkeit nimmt zu. Er merkt, daß ein dichter, klebriger Dunst sich um ihn kräuselt. Nicht mehr lange, und daraus wird richtiger Nebel. Das gefällt ihm. Verdammt, das gefällt ihm so sehr, daß er sich darin suhlen könnte. Er ist nicht dumm. Er hat von Jack the Ripper gelesen. In seiner Phantasie *ist* er natürlich Jack the Ripper, allein und sicher in dem kreisenden Nebel. Kommt jetzt endlich, ihr kleinen Leute, damit ich euch töten kann, tötentötentötentötentötentöööööööten. Er kämpft gegen die heiße Welle an. Noch nicht.

Die Welle schwappt wieder zurück. Aber mit ein wenig Glück nicht mehr lange. Er läßt seinen Körper den zeitlosen Rhythmus der Bäume und des Nebels und der Nacht in sich aufsaugen. Er horcht über den Kreis seines Gehörs hinaus, wie es alle Geschöpfe der Nacht können. Er sieht weit über seinen Sehbereich hinaus, der momentan praktisch gleich null ist. Das alles ist ohne Bedeutung.

Er tätschelt seine Kette, zieht sie liebevoll heraus, rollt sie wieder zusammen und steckt wie zurück in die spezielle Tasche aus Drillichstoff und Leder, die er hat. Er überkreuzt zwei Patronengurte mit Munition auf seiner Brust, überlegt es sich anders und legt sie wieder ab. Er bringt sein M-60 mit einem geladenen Patronengurt in Stellung. Er vergewissert sich, wo die beiden übrigen Splittergranaten sind. Er erinnert sich, was er vergessen hat, er wollte seine Pistole mit dem Schalldämpfer mitbringen. Ach, vergiß es. Ein andermal. Er tätschelt das riesige Bowiemesser.

Einen Moment gönnt er sich die Erinnerung daran, wie er diesen einen von hinten gepackt und ihm das Kinn nach links gedreht hat, wie man den Verschluß einer Coladose abreißen würde, sogar mit noch weniger Kraftaufwand, wie er ihm den Kopf nach hinten bog und mit der scharfen Edelstahlklinge den Schnitt führte, wie das Blut spritzte und er das Messer herumdrehte und wieder und immer wieder zustach, überall. Den hatte er im Zeitraum von nicht mehr als einem langsamen Herzschlag in einen dampfenden, tropfenden Haufen Scheiße verwandelt. Schöne Erinnerungen.

Er spürt, wie sein Gesicht ein wenig kneift, entspannt die Muskeln und merkt, daß er breit gegrinst hat, und darüber muß er lächeln. Er läßt die warme Welle noch eine Winzigkeit näher heranrollen, dann blockt er sie wieder ab.

Er verstreut den Abfall und das Material, das er als Deckung für sich eingesammelt hat, während er das Tarnnetz in Position zieht. Wie immer hat er sich seine Stelle mit unfehlbarem Gespür ausgesucht. Er hat den nahezu undurchdringlichen Dschungel im Rücken, ein dorniges Dickicht, das ihm ein hinreichendes Maß an Sicherheit bietet. Vor ihm sieht es kaum anders aus. Er weiß, daß sie von rechts oder von links kommen, wenn sie heute nacht überhaupt kommen. Jetzt läßt er es geschehen.

Klein Danny dreht es auf wie einen Wasserhahn. Er macht seinen Geist zu einer Vision von reinstem, jungfräulichem Weiß. Es ist makellos, glatt, heiß, eine brennende Glut weißer Hitze in Form einer perfekten runden Kugel, und dann sticht er diese Kugel an, einfach so, da im linkeren unteren Teil, sticht mit einer winzigkleinen Nadel hinein und durchbohrt sie, wie Sie in einen weißen Luftballon pieksen würden, läßt das Schwarz ganz langsam in die Kugel einströmen, sie füllen und mit seiner flüssigen Tinte abkühlen.

Er stellt sich den ruhig fließenden schwarzen Strom vor, der die Vision langsam füllt wie der Pegel schwarzen Wassers, der in einer weißen Vase steigt und fällt und jetzt allmählich anschwillt, als die weiße Hitze durch das Wasser abkühlt, und die Mitte der schwarzen Rundung wird zum abgerundeten, glänzenden Deckel des Konzertflügels, den seine Mutter spielt, und auf dem Dekkel dieses Flügels steht ein tickendes Metronom, das Metronom seiner Mommy:

Danny atmet die Essenz der Schwärze ein, während das Metronom hin und her tickt.

Tick … Tack … Tick …

Das subtile, kaum wahrnehmbare Herunterfahren beginnt. Immer langsamer, mit jedem gemessenen Tick verlangsamt er seinen Herzschlag durch reine Willenskraft, mit jedem Tack pocht es langsamer, und als er seinen Puls schlagen spürt, da verlangsamt er auch diesen Pulsschlag durch reine Willenskraft, verlangsamt das pulsierende, pochende, klopfende Tick seiner Lebenskraft.

Danny macht tiefere, längere Atemzüge, fährt seinen Herzschlag und den Puls herunter, inhaliert die schwarze Essenz und Macht mit längeren, gewaltigen, langsamen und gemessenen Zügen, während er zusieht, wie das tickende Metronom seiner Mutter so langsam wird, daß es fast stillzustehen scheint.

Tick …

Tack …

Er ist beruhigt und still in den dunklen Schatten, als die Patrouille wenige Meter entfernt auf der linken Seite erscheint, auf der Anhöhe des Nachschubwegs, im Geäst. Sie werden nicht einmal in die Nähe der Claymores kommen, was ihm die Möglichkeit verwehrt, tatsächlich einen Hinterhalt für ein ganzes Platoon zu legen. Das muß er auf ein andermal verschieben. Als Angriffswaffe sind die Claymores jetzt so gut wie wertlos, es sei denn …

Jetzt erwacht sein Geist zum Leben, als der erste Mann sich seiner Position nähert. Sie sind sehr gut, leise. Nordvietnamesisches Militär, wird ihm ziemlich schnell klar. Sie tragen zusammengewürfelte, recht fadenscheinige Uniformen, aber Danny bewundert ihre Verstohlenheit. Sie sind gute Soldaten, das stellt er oft fest, im Vergleich mit diesen …

Doch er hat keine Zeit, da sie in der Dunkelheit an ihm vorbeiziehen. Er fühlt sich losgelöst von sich selbst und verspürt nur ein vages Gefühl, daß er bereit ist, aber keine Hektik. Die Männer, und bis jetzt kann er nur vier von ihnen erkennen, tragen winzige Dschungellaternen, was die Prozession durch das Zusammenspiel von Licht und Schatten in ein surrealistisches Leuchten hüllt. Sie tragen Tropenhelme, was er als absurd empfindet. Turnschuhe.

Seine innere Uhr verrät ihm, daß sie ein wenig zu schnell vorübergehen, und er vielleicht einen oder zwei mit Schüssen niederstrecken muß, das entwickelt sich nicht so, wie er gedacht hat, und oh, noch einer, komm schon, beeil dich, das macht fünf, und dann sieht er einen sechsten Mann langsam daherkommen und betet eine Sekunde daß er nicht uriniert aber er geht weiter und das dauert alles viel zu lang das Zeitelement hat er nicht berücksichtigt das hatte er vergessen der Zeitplan mit den Drähten muß perfekt und ausgeklügelt sein denkt er und dann spürt er daß jemand die Drähte bemerkt hat aber der sechste Soldat ist an ihm vorbei und er hebt die feisten dicken riesigen Zigarrenfinger und schlägt mit den Gliedern der tödlichen Kette zu und macht gerade die richtige schlenkernde Bewegung mit dem dikken, muskulösen Handgelenk die er so lange geübt hat bis sie ihm in Fleisch und Blut übergegangen ist und läßt die Kette sich entrollen wie eine riesige stählerne Schlange die er aus seiner Tasche reißt und dem Mann mit einem fast lautlosen Schlag den Schädel zertrümmert wie man eine Grapefruit durchtrennt und noch ehe der Mann unwillkürlich einen Todesschrei von sich geben kann und vornüber kippt schleudert Danny auch schon die Kette und wirft sie mit aller Kraft die er aufbringen kann und hört einen Schrei in Vietnamesisch und während eine wirbelnde schwarze Traktorkette den fünften Mann wie ein Peitschenhieb trifft so daß er vom heimtückischen blutig-feuchten Striemen einer Bola aus Stahl geblendet wird die ihn auf den Rücken schleudert derweil Danny schon den Abzug des M-60 betätigt und einen verheerenden explodierenden Hagel von Hohlmantelgeschossen in den vierten und dann den dritten Soldaten ballert aber die anderen verfehlt und sich mit einem sorgfältig choreografierten Sturz rückwärts fallen läßt während er die enorme linke Hand mit der er die straff gespannten Drähte mit dem Lederhandschuh festhält und jetzt mit einer heftigen ruckartigen Bewegung von Arm und Oberkörper daran zieht während die Soldaten ihre Gewehre in Anschlag bringen um zu schießen und eine wuchtige Ramme von Detonationen so dicht hintereinander daß sie sich wie die Explosion einer einzigen gewaltigen Bombe anhören die Nacht zerreißt und durch den stillen Dschungel hallt und ein heißer blendender Sturm von rasiermesserscharfen Schrapnellteilen und Fetzen von Menschen und Knochensplittern und Gedärmen auseinanderfliegt und die Bäume mit einer weiteren Schicht schwarzer klebriger Feuchtigkeit überzieht und das alles vom ohrenbetäubenden Donnern explodierender Ladungen untermalt wird während Danny immer noch am Boden liegt und die Hauptdrähte und ein leergeschossenes M-60 in Händen hält und er schüttelt die Betäubung ab wie ein großer Neufundländer Wasser abschüttelt und bemüht sich wieder auf die Beine zu kommen obwohl seine Ohren pfeifen und er Spinnweben im Kopf hat und Sterne sieht.

Er läßt die Drähte und das Maschinengewehr los, läßt sie fallen, ohne daß er es richtig bemerkt, bewegt sich schneller als ihn irgend jemand je bewegen gesehen hat, hält das große Kampfmesser in der rechten Hand und hofft, daß einer von ihnen noch atmet, damit er sich das Herz holen kann, oh, ja – bleib am Leben, stirb noch nicht –, und er ist ganz wild und wahnsinnig, und der brodelnde rote Dampfkochtopf seiner Mordlust hält dem Druck nicht mehr stand und läuft über und explodiert und überschwemmt ihn wieder mit dem Verlangen nach frischen menschlichen Herzen.

Früher einmal, in einer vergangenen Zeit, hat Danny blutiges Gemetzel verabscheut und wollte nicht einmal ein Messer benutzen. Aber die Zeiten ändern sich. Und jetzt tropft, fern aller menschlichen Blicke, Blut wie Tränen von den Bäumen.

»Ich gewinne Herzen und Hirne«, murmelt er laut und sticht dabei mit dem riesigen Bowiemesser zu, »aber ich lasse die Hirne und nehme die Herzen, ich lasse die Hirne, nehme die Herzen.«

Und während die tropfenden Bäume Zeugen einer Wahnsinnstat werden, hört Danny Boy die herrlichen, belebenden, kraftspendenden Schreie des Schlangenmanns hier durch die Dunkelheit hallen und das

»AAAAAAAAAAAAAAAAAAAAAAAAAH!« des geblendeten Schlangenmanns erschallt ringsum, und das Ding grinst und labt sich.

Als er in RY-7/ZUFLUSS 20 erwachte, verspürte er einen Heißhunger und schlang die vier kalten Tacos hinunter, die noch von den zwei Dutzend übrig waren, die er sich am Vorabend geholt hatte. Er stopfte sich das Essen in den Mund, verschlang das geronnene, fettige Fleisch und den Käse so gierig, daß ihm Salatblätter und Teigbrösel und Saft von seinem stoppeligen Kinn tropften, dann spülte er alles mit abgestandenem Wasser aus einer Zwei-Liter-Milchtüte hinunter. Sein riesiger, überdehnter Magen gab ein knurrendes Geräusch von sich, als er das Appetithäppchen akzeptierte, und Daniel versprach ihm in Kürze ein ausgiebiges Frühstück. Aber vorher hatte er dieses Gefühl der Kälte in sich und mußte einiges an Arbeit erledigen.

Er überprüfte sein Arsenal und die Vorräte gewissenhaft, aber irgendwie war er im Geiste immer noch in dem Traum. Er sah den Hinterhalt so deutlich vor seinem geistigen Auge, als wäre er tatsächlich erst gestern nacht gewesen, als könnte er immer noch den salzigen Geschmack der Herzen kosten, bei dem ihm das Wasser im Mund zusammenlief, und das rauchige, heiße Kupferaroma von Schwarzpulver, Pepsin und frisch zerfetzten Eingeweiden riechen, die Gerüche und Düfte unaussprechlicher Gemetzel, die ihn heute mit so großer Freude erfüllten.

Aber für Daniel waren das mehr als angenehme Erinnerungen. Er hatte nicht ohne Grund von diesem Hinterhalt geträumt. Und als er sein Arsenal überprüfte, geschah das mit einem Gefühl, als wäre Eile geboten, als würde ein Schatten sich ihm nähern. Es waren nur noch fünf der gestohlenen Claymores übrig. Egal. Er würde mit vieren auskommen, eine brauchte er für einen anderen Plan, den er durchziehen würde, aber zusammen mit dem Dynamit, das er auf einer Baustelle hatte mitgehen lassen, würde er schon bewerkstelligen können, was ihm vorschwebte. Mit den Krachern und den Kuchenstücken konnte er den Gästen, die er erwartete, einen hübschen Willkommensgruß bereiten.

CHAINGANG UND DIE FLAMES

Es war nicht so, daß Daniel von der Ankunft von Eindringlingen wußte. Es gab kein Warnzeichen, das in seinem Kopf aufleuchtete und ihm verriet, daß Feinde auf dem Weg zu ihm waren. Es war nur das plötzliche Bedürfnis, Vorbereitungen zu treffen. Ein irgendwie geartetes inneres Signal, das seine Masse veranlaßte, zu handeln, und zwar schnell. Auf einer unterschwelligen Ebene spürte er das Herannahen von Gefahr.

Als physikalischer Präkognat, das seltenste aller vernunftbegabten Wesen, bewirkten diese paranormalen Warnsignale noch etwas bei ihm. Sie beförderten ihn auf eine Hochebene der Konzentration, die den meisten Menschen unbekannt ist. Die Heftigkeit und Zielstrebigkeit seiner Aufmerksamkeitsspanne entzogen sich jedem vernunftmäßig erfaßbaren Maß. Sie ermöglichten ihm, seine Wahrnehmung in Kategorien einzuteilen, auf bestimmte Einzelheiten zu fokussieren, Gerüche, Geräusche und optische Wahrnehmungen zu schärfen. Der beste Vergleich war vielleicht der mit einem Ninja, der mit seinem Meister in einem geschlossenen und dunklen Raum sitzt, stundenlang stumm dasitzt und darauf wartet, daß sein Sensei eine Nadel fallen läßt, der sich anstrengt, den Aufprall dieser winzigen Nadel zu hören und sich dabei mit geschlossenen Augen verbissen auf dieses eine Geräusch konzentriert, der auf das krachend laute, metallische Klirren horcht, das er durch reine Willenskraft verstärkt.

Während Chaingang seinen Hinterhalt vorbereitete, ohne daß er eine klare Vorstellung davon gehabt hätte, was ihn erwartete, konzentrierte er sich mit einer beängstigenden Aufbietung laserscharfer Willenskraft und ehrfurchtgebietender Anstrengung. Kein anderes menschliches Wesen auf der Welt war, in der ursprünglichen Definition des Ausdrucks, so ausschließlich auf sich selbst konzentriert wie Daniel, wenn die Warnsignale kribbelten. Ein Arzt des Resozialisierungsprogramms von

Marion hatte dieses Phänomen identifiziert, stufte es jedoch falsch ein.

Er hatte halb im Scherz zu einem Kollegen gesagt: »Wenn du dermaßen fett bist, dann wird dein Wanst zum physikalischen Mittelpunkt der Welt, und alle Entscheidungen strahlen geozentrisch davon aus.« Sie lachten, weil es sich im Kontext ihrer Diskussion lustig anhörte, aber selbst in dieser Übertreibung lag ein Körnchen Wahrheit. Die Gabe des physikalischen Präkognaten entzog sich herkömmlichen Definitionen. Welchen Namen man den übernatürlichen Kräften, die für Daniel Bunkowskis Vorahnungen verantwortlich waren, auch immer geben mochte, man wußte, mit der furchteinflößenden Schärfe der absoluten, perniziösen Unfehlbarkeit, die ihn auf eine Ebene leitete, die die Wissenschaft noch nicht einmal angekratzt hatte, war nicht zu spaßen.

Er ruhte wirklich und wahrhaftig in sich. Er war eine menschliche Datenverarbeitungsmaschine, die rohe Daten und Beobachtungen verschlang und Erfahrungen abspeicherte, wie nebensächlich sie auch sein mochten, um sie als Handlungsmodelle für künftiges Vorgehen abzurufen, die alle Bewegungen und Veränderungen und Vorfälle in Beziehung setzte zur Position seiner eigenen Person in dem Teil des Universums, der Einfluß auf seine Existenz hatte, die die ständig wechselnden Daten auswertete und mit allen räumlichen und zeitlichen Variablen daraus das Ausmaß einer Bedrohung und alle möglichen Folgen berechnete. Verderblich, voller Haß, sogar böse – ja. Aber brillant und über die Maßen tödlich.

Er spürte, daß Eile geboten war, und bewegte sich unglaublich schnell und wendig. Als erstes kümmerte er sich um die grundsätzlichen Elemente, zwängte seine enorme Leibesfülle durch die Rohrleitungen und vergewisserte sich, daß seine früheren Arbeiten noch nicht von eventuellen Spionen entdeckt worden waren. Im Lichtstrahl einer starken Taschenlampe baute er seinen Granatenhinterhalt auf, eine Variation aus »im Einsatz erprobten« Materialien ... Draht, Kabel, Zündschnur, Lunten, gestohlenen

Sprengkapseln, Zündern, dann tarnte er seine Fallen wie der perfekteste Jäger. Danach folgte das kitzelige Unterfangen, denn jetzt mußte er die Zünder ganz vorsichtig mit den verschiedenen Sprengladungen verbinden. Mit ruhigen, präzisen, erstaunlich sicheren Bewegungen seiner Hände mit den zigarrenähnlichen Fingern machte er die Sprengsätze scharf, so geschickt wie ein Goldschmied.

Und als die dreifache Falle aufgebaut war, nach einer letzten hastigen Überprüfung seines Werks, einem abschließenden Abhaken seiner geistigen Liste, ist er fort. Aber der riesige Mann kommt nicht bei RY-7/ZUFLUSS 20 heraus, er kommt weit entfernt heraus, aus dem Ablaufbecken, wo sich sein geheimer Fluchtweg befindet, weil er weiß, daß in der Nähe Gefahr droht, und wenn er eines ist, dann ein Überlebenstyp.

Als er zurückkehrt, sich seinen Weg durch eine Gasse zwischen einem leerstehenden Laden und Reinigungen und Waschsalons bahnt, sieht er plötzlich Leute und erstarrt, dreht sich um und schleicht vorsichtig zurück durch die Gasse, und weg ist er, als der, den sie Demenzio nennen, gerade zu Billy sagt:

»He, Bruder, sag Deuce, daß ich die Dinger hab«, und er geht zu den Satteltaschen einer riesigen Maschine.

»Deuce.«

»Jou.«

»Demenzio hat das Zeug. Willst du was?«

»Ich hol mir was«, sagt Deuce und kommt die Straße entlang. »Nicht – he, wart's doch ab«, ruft er dem zu, den sie Demenzio nennen. »Laß sie noch 'ne Minute da drin. Hast du die Wummen?«

»Ja. Ich hab sechs. Die Zweiundzwanziger ist keinen Scheißdreck wert, aber ich hab sie mitgebracht. Verdammtes Drecksding.«

»Gib sie Larry, der trifft mit dem Scheißding sowieso rein gar nix.«

»Ich hab keine«, sagt einer der Biker und gesellt sich zu den Männern.

»Hier.« Deuce zieht einen Revolver aus der Satteltasche und drückt ihn dem Mann in die Hand.

»Ist das Scheißding geladen?«

»Logo.«

»Wer hat noch keine Wumme? Mach dich schlau.«

»Hä?«

»Scheiße – vergiß es«, ganz der vielbeschäftigte General. »He, Billy.« Der Biker näherte sich ihm. »Frag mal rum, wer noch nicht bestückt ist. Und sag Nitro und Jim, daß sie herkommen sollen.«

»*He, Nitro!*« brüllt der Mann los.

»Schnauze, du Pisser«, sagt Deuce im Bühnenflüsterton, »geh rüber und *sag* es dem Kerl, und brüll hier nicht so rum. Scheiße, die Arschgeige herbrüllen könnte ich selber. Großer Gott.« Er schüttelte den Kopf, während der große, bärtige Mann die Achseln zuckte und davonstapfte.

»Deuce, Earl hat nichts als 'n Messer.«

»Hier.« Er gab dem Mann eine kleine ausländische Automatik und steckte sich selbst einen Wildwestrevolver in den Gürtel. Dann überlegte er es sich anders und gab ihn dem Mann. »Gib eine davon Earl und frag rum, wer sonst noch kein anständiges Ding hat.«

»Earl hat auch dann kein anständiges Ding, wenn ich dem Wichser das Teil hier gebe«, und alle die nahe genug waren, daß sie es hören konnten, fingen hysterisch an zu lachen, da Earl bekanntermaßen etwas zu kurz gekommen war, als der liebe Gott den Männern ihre Henkel gegeben hatte.

»Wo, zum Henker, sind Nitro und Jimbo?«

»Kommen. Jim fährt den Siebentonner, wie du gesagt hast.«

»Ach ja?«

»Brauchste was, Partner?« flüsterte jemand mit einem abscheulich vernarbten Gesicht in Deuces Ohr, worauf der zusammenzuckte und sie beide lachten. »Tut mir leid.«

»Schon gut. Sobald Jim da ist, zeigen wir's dem Scheißkerl. Sind alle da?«

»Und wie. Schnappen wir uns den Wichser.«

»Deuce«, sagte ein junger, langhaariger Biker, der über die Straße gelaufen kam. »Ich hab den alten Ford voll mit Scheiß geladen und auf dem mittleren Kanaldeckel abgestellt.«

»Gehen wir, Jimbo.« Deuce versammelte seine Leutnants um sich und malte ein großes Kreuz in den Staub auf einer alten Motorhaube. »Nitro, du nimmst Billy und die Kerle da und fängst hier an.« Er zeigte auf das eine Ende der Linie die er gemalt hatte. Hätte man aus der Vogelperspektive herabgeblickt und durch die Straße sehen können, dann hätte man festgestellt, daß die Kanaldeckel nicht in einer geraden Linie verliefen, parallel zur Straße selbst, sondern leicht angewinkelt, wie bei einem Y, aber aus der Perspektive der Biker, auf Straßenhöhe, schienen sie in einer Linie angeordnet zu sein. »Da drüben fängt der Parkplatz an.«

»He, Deuce. Er ist da unten. Der Kanalschacht ist schon im nächsten Häuserblock, ganz da drüb...«

»Verdammt, wer hat denn hier jetzt das Scheißsagen, verflucht, willst du den Scheiß durchziehen?«

»Scheiße, nein, ich mein doch nur –«

»He! Larry.« Ein großer Mann rief He, und Deuce sagte: »Wo steckt dieser alte – wie war dem sein Scheißnamen noch mal, Bugs Bunny oder was? *Woody*, ja – Woody, wo steckt der Wichser?«

»Ich bin doch hier, Mr. Younger«, sagte da scheißfreundlich der Wermutbruder, in dessen Kopf Visionen von dreihundert Dollar tanzten, ganz zu schweigen von der Aussicht auf eine wenn auch nur vorübergehend steinharte Prachtlatte.

»Wo, haste gesagt, kommt der Schwanzlutscher raus?«

»Genau da.« Albert Sharma zeigte nach rechts und den Häuserblock runter. »Der Kanaldeckel dort. Ich wette, er ist jetzt grad da unten –«

»Ja. Gut. Okay, später. Gottverdammt, geht da runter, na los, und wenn ihr dort seid, geht ihr da lang auf uns zu, aber paßt auf, daß ihr nicht einen von uns erwischt, gottverdammt. Wenn ihr 'n Schatten oder 'ne Kacke seht, dann ballert nicht einfach nur drauflos, sonst wird noch einer von uns in dem Scheißkugelhagel getroffen. Wir fangen hier an – und wir kommen euch entgegen – und wenn dieses Arschloch da drin ist, nehmen wir ihn in die Zange. Also, Jim, du hast doch mal in dem Dreckloch da unten malocht – kann er da raus?«

»Nee. Wir kesseln den linkswichsenden Schwanzlutscher ein und prügeln seinen fetten Arsch raus, Mann. Aus dem Loch hier kann er nich' raus, also muß er da oder dort raufkommen – richtig?«

»Klaro, okay, *gehen wir!*«

Als er sich in Bewegung setzt, ruft jemand: *»Deuce! Warte!«*

»Was denn?«

»Wär's nich' besser, wenn wir irgendwie Scheißrauch oder so was da runterpusten, an jedem Ende Feuer legen und den Arsch ausräuchern?«

»Ja, wir können ihn AUSRÄUCHERN, den Wichser.«

»Genau, AUSRÄUCHERN, die Fotze«, bekräftigt ein anderer. Sie sind nicht gerade erpicht darauf, ihn in der dunklen Kanalisation und den Abwasserrohren zu verfolgen, aber der furchtlose Anführer kreischt:

»Laßt den Scheiß, holt euch den Wichser!« Und die Flames brüllen wie aus einem Munde zurück, Ketten, Baseballschläger, Schußwaffen bereit, Nitro und Jim schieben Haken unter ihre jeweiligen Kanaldeckel, und dann steigen neunzehn Mann, der gesamte Flames MotorCycle Club von Oldtown, neunzehn erfahrene Veteranen unzähliger Schlägereien, deren Laternen und Taschenlampen gruselige Lichtstrahlen in das Dunkel werfen, in die pechschwarze Finsternis hinab, verschwinden unter den Straßen von Chicago, um zu kämpfen und Rache zu nehmen.

Und Dr. Geronimo und Woody Woodpecker, die in »sicherer Entfernung« vom Geschehen stehen, werden plötzlich von den Füßen gerissen, als eine gräßliche, unbeschreibliche Explosion, die an sich aus vielen einzelnen Explosionen besteht, aber so dicht nacheinander, daß sie sich anhören wie eine einzige fantastische unterirdische Sprengung, die sich durch den Beton fräst wie ein schreckliches Erdbeben, die Straße unter ihren Füßen mit einem donnernden und ohrenbetäubenden Knall aufreißt, worauf ein heftiger Regen von Betontrümmern und verbogenen Metallrohren und Kugellagern und Asphalt und Metall und Blut und Eingeweiden einsetzt; und das alles ist um so grauenhafter, weil es wie aus heiterem Himmel kommt, weil es von lautlosen Stolperdrähten kommt, die wasserfeste und wetterfeste Ringauslöser des US-Militärs entsichern, die bewirken, daß Schlagbolzen auf Zündhütchen rammen, die wiederum einen aus fünf Komponenten bestehenden Pulverkern zur Explosion bringen; weil es von nichtelektrischen, chemischen, pyrotechnischen Zündern kommt, die von einem mit einer Batterie verbundenen Stolperdraht ausgelöst werden; und weil es von ferngezündeten Claymore-Minen kommt, die im Grenzverteidigungs-Modus synchronisiert wurden; und dazu stelle man sich zwei zwölfkalibrige Schrotflinten vor ... man gebe eine Patrone in jede Waffe ... jetzt stelle man neun Kakerlaken vor einen Lauf ... zehn vor den anderen ... montiere die Waffen in Schraubstöcke, die einander gegenüber stehen, und richte die Läufe so aus, daß sie ineinander zielen ... Und dann betätige man beide Abzüge gleichzeitig mit Hilfe einer durch Drähte betätigten Fernsteuerung, die beide Waffen in derselben Millisekunde ineinander feuern läßt. WWWWWWWU-UUUUUUUUUUUUUUUUUMMMMMMMMMMMMM!

Und so haut man neunzehn Kakerlaken auf einmal in die Pfanne.

CHAINGANG, EDIE UND LEE ANNE

Er weiß nichts über Biker-Banden oder bärtige Flames in Lederjacken, die Chopper fahren. Für ihn gehören sie alle in dieselbe Kategorie von wertlosem Abfall, wie die pogo-tanzenden Taugenichtse von Punks mit ihren Irokesenschnitten. Punks, die einen wie die anderen. Ihn interessiert nicht, ob seine Falle neunzehn Biker, neunzehn verdeckte Ermittler, neunzehn Rock'n'Roller oder neunzehn flötenspielende Liliputaner erledigt. Hauptsache, die kleinen tödlichen Kuchen machen Punks alle.

Er fährt jetzt durch fremde, unbekannte, feindliche Straßen und weiß, jedesmal, wenn er ein Auto stiehlt, kommt er der roten Linie ein Stück näher. Alles hat seine Grenzen. Ohne Belang. In seiner rotglühenden Mordlust konzentriert er sich ganz auf den Artikel in der Zeitung. Das grob gerasterte Foto und die Lügen, dieser absurde und nervtötende Mist hat sich in seinen Kopf eingebrannt, in seine verqueren Gedanken eingraviert, in die Seele eines Dings geprägt, das nur lebt, um zu bestrafen und zu zerstören.

Sein Plan ist, sich den Polizisten zu schnappen. Du ... dich krieg ich ... Er konzentriert sich auf diesen Stachel in seinem Fleisch. Diesen verlogenen und arroganten Inbegriff der kastrierten Punks in ihren schicken Anzügen, die er so sehr verabscheut. Er wird diesem rückgratlosen, posierenden Lügner zeigen, was es heißt, Angst in ihrer reinsten Form zu kosten. Und die Pißnelke des Punks soll der Köder für seine Falle werden; der Mann soll um ihr Leben betteln.

Killerfinger, dick wie Zigarren, drücken das bruchsichere Plastik des Lenkrads so fest, daß er plötzlich merkt, was er da tut, und den Griff lockert, bevor er das Lenkrad entzweibricht. Er möchte gern, daß ihm der Mann dabei zuschaut, wenn er sich die Frau vornimmt, und ihm dann mit diesen Fingern die Rippen auseinanderziehen, so daß er die Haut abreißen und in die

Höhlung greifen kann, wo die Lebensquelle die Körperflüssigkeit des Lügners pumpt, und das heiße, wogende Ding erstickt ihn, spült über ihn hinweg, aber er zwingt eisern wieder seine Selbstbeherrschung herbei. Er wird sich einen Platz suchen, wo er warten kann, bis er im Schutz der Dunkelheit seine erste Aufklärungsmission beginnen kann.

Er kommt zum ersten Mal in der Nacht. Dieser Ein-Mann-Hinterhalt. Pirscht. Isoliert sein Opfer. Beobachtet. Sucht Zeichen. Bewegung. Die verräterische Signatur eines anderen Spähers. Den parkenden Lastwagen oder Kleinbus oder Personenwagen. Das Detail, das nicht paßt. Das städtebauliche Muster der Siedlung. Ihren Geschmack. Die Fluchtwege. Die Möglichkeiten der Infiltration, Exfiltration. Die Optionen für den Notfall. Sein Herz schlägt langsam, er atmet Luft in enormen Zügen, ein tiefes, behäbiges, gemessenes, unbeschwertes, ominöses Heben und Senken der tonnenförmigen Brust und der enormen Wampe. Er hält den Sauerstoff lange Zeit in der Lunge, ehe er ihn wieder ausstößt. Gefaßt. Ruhig. Reglos. Unerschütterlich. Unverwundbar. Wittert die Gerüche der Nacht. Peilt nach Zeichen. Spürt dem Pulsschlag von Menschen nach. Horcht nach Stimmen, Fahrzeugen, von Menschen verursachten Geräuschen, Störungen im nächtlichen Konzert der Grillen, die Kontrapunkte singen zum vorstädtischen, froschartigen Murmeln von wirbeltierigen Amphibien. Tick … Tack …

Zufrieden geht er zu dem gestohlenen Auto zurück und wuchtet seine Leibesfülle mit einem Stöhnen und Quietschen zerquetschter Sprungfedern auf den Sitz. Er läßt den Motor knirschend an und macht sich auf die Suche nach einem Motel, dessen Neonschrift ZIMMER FREI verkündet. Er findet ein kleines, geeignetes Motel, wo sie vermutlich nicht allzu viele Fragen stellen, und läutet die Nachtglocke. Der Mann im Bademantel wirft zum Glück keinen Blick heraus, bevor er auf den Türsummer drückt, und Chaingang betritt die Hotelhalle in einer Wolke von Kloakengestank.

»Ooh, Herrgott!« sagt der Mann laut, ehe er sich auf die Zunge beißen kann. »Sie müssen direkt von der Arbeit kommen.«

»Ja. Ich will ein Zimmer nur für heute nacht«, brummelt er. »Ich zahle im voraus«, und er wirft einige Zwanzigdollarscheine auf den Tresen.

»Hmmm.« Der Mann beäugt die zerknüllten, schmutzigen Banknoten und zwingt sich, das Geld zu nehmen. Er fragt sich, wie lange sie brauchen werden, um den Gestank wieder aus dem Zimmer zu kriegen. Aber er wagt nicht, dem fetten Mann zu sagen, daß sie voll belegt sind. Außerdem stehen nur zwei Autos vor dem Haus. Also schiebt er das Gästebuch rüber, damit Chaingang sich eintragen kann, was der sorgfältig macht und seine gerade erst erworbene Autonummer sowie weitere, rein fiktive Angaben hineinschreibt.

Der Mann schiebt ihm einen Zimmerschlüssel hin und sagt: »Auschecken bis Punkt elf.«

»Ja.« Er denkt bei sich, wie mühelos er den Mann alle machen könnte, indem er ihn an den Segelfliegerohren packt und ihm den Kopf auf den Tresen haut, und wie schön es wäre, mit anzusehen, wie das Gesicht die Glasplatte des Tresens blutig färbt, und es immer und immer wieder auf das Glas zu klatschen, um dann vielleicht das Genick zu brechen, wie man einen morschen Besenstiel entzwei knacken würde, indem man ihn über das Bein bricht, das befriedigende Knacken von Knochen zu hören und den Schmerzensschrei, und dann die Lichter endgültig auszupusten.

Aber er ist in wichtigeren Mordgeschäften hier. Und er wird sich diesen Abschaum für später aufheben und nicht daran denken, wie der Mann ihn angesehen hat, als er eintrat, damit die rote Flut nicht wieder über ihm zusammenschlägt und ihn zwingt, schlimme Sachen anzustellen.

Er geht in das Zimmer und zieht den schmutzigen Overall aus, den er in den Mülleimer wirft, und geht ins Bad. Er pißt ins Waschbecken, so daß sein stinkender Urin über die Ränder auf den Fußboden des Badezimmers tropft, und läßt ohne ersichtlichen Grund noch einen Strahl Pisse den Papierhandtuchspender streifen.

Er dreht das heiße Wasser auf, geht in die Duschkabine, seift die gewaltigen Fettmassen ein, so weit er sie erreichen kann, und läßt die Schicht des Kloakendrecks von sich abfließen und den Boden der Duschwanne zu einer giftiggrauen Klärschlammwüste werden, während er die seifenduftende, unvertraute Wärme genießt.

Heute schläft er bestimmt wie ein Murmeltier. Und entweder am frühen Morgen oder am Nachmittag wird er die Frau und das Mädchen holen. Das kommt ganz auf die Schwingungen an, diesen sechsten Sinn, von dem sein Überleben abhängt. Aber er wird sie holen – wann auch immer. Sie sind jetzt keine zwei Meilen von der Bestie entfernt, und er schläft traumlos, hat seine innere Uhr so eingestellt, daß sie ihn um sechs weckt, in wenigen Stunden.

Diese innere Uhr ist kein Scherz, sondern etwas durch und durch Reales, das man nicht erklären kann, und sie geht so exakt, daß sie mit ihrer Genauigkeit manchmal sogar ihn selbst überrascht. Und er richtet sich eine Minute vor sechs Uhr auf und ist erfrischt und bereit. Er kann sich jetzt zum ersten Mal seit sehr langer Zeit selbst riechen, und er stapft wieder in die Dusche, tränkt auf dem Weg dorthin den schmutzigen Teppich mit Urin und läßt sein Gesicht im schönsten Grübchenlächeln erstrahlen, so sehr muntert ihn die Vorfreude auf.

Siebenundzwanzig Minuten später parkt er ein Stück entfernt auf der Straße, wartet und sieht das Kind herauskommen, aber die Silhouette der Frau zeichnet sich im Türrahmen ab, und dann kommt gleichzeitig noch ein Kind aus der Tür nebenan heraus, und es sieht nicht gut für ihn aus. Seine Enttäuschung hält sich in Grenzen. Heute Nachmittag soll es denn sein. Das weiß er. Er checkt aus dem Motel aus, während der Mann an der Rezeption ein stummes Dankgebet spricht, und checkt gleich wieder in einem neuen ein, wo er ausruhen und auf den Nachmittag warten wird.

In dem gestohlenen Auto, das eine kurze Strecke vom Haus der Lynchs entfernt parkt, wartet er auf das Kind, als es aus der

Schule kommt. Es sieht aus, als würde er Zeitung lesen, zweifellos ein Arbeiter, der auf jemanden wartet, aber er läßt seine Ströme in die Bäume rings um ihn herum einfließen. Er hat das seltsame und akute Gefühl, daß er in Harmonie mit der Natur ist. Der Lebenszyklus von Verfall, Erneuerung und Wiedergeburt ist eine nicht enden wollende Quelle der Faszination für ihn. Pflanzen gelten ihm mehr als Tiere und Tiere mehr als Menschen. Für ihn stehen Menschen weit, weit unten auf der Liste der Evolution.

Plötzlich konzentrieren sich seine sämtlichen Sinne auf das kleine Mädchen, das sich auf dem Bürgersteig der Stelle nähert, wo er parkt. Zwei weitere Kinder sind bei ihr, ein Junge und ein Mädchen, und alle reden mehr oder weniger gleichzeitig mit lauten, durchdringenden Stimmen, die ihn ärgern. Sein Zeitgefühl ist Perfektion in Reinkultur. Der kleine Junge geht vorbei, die beiden Mädchen sagen einander auf Wiedersehen, und als sein Ziel sich dem Haus nähert, spricht er es mit seiner tiefen Stimme an:

»He? Entschuldige«, und winkt sie mit seinem freundlichsten und herzlichsten Lächeln zum Auto. Er weiß ganz genau, wie andere ihn sehen, und wenn er will, setzt er sein Äußeres mit dem untrüglichen Gespür eines Schauspielers für Kinematik und Illusion ein. Höchstens ein vollkommen hirnloser oder allzu übervorsichtiger Mensch könnte Daniel Bunkowski widerstehen, wenn er ihm zuwinkt und dabei dieses offene, unschuldige Babylächeln eines netten und vertrauenswürdigen Onkels mit unwiderstehlichen Grübchen sehen läßt. Und Lee Anne Lynch ist ein liebes Kind, das noch nie einem Fremden begegnet ist, wie man so sagt, und so werden im Angesicht dieses drängenden Winkens und des aufrichtigen, gütigen Lächelns hundert Ermahnungen in den Wind geschlagen, und sie nähert sich dem Auto und will sich anhören, was er zu sagen hat.

Ein wahrer Wortschwall sprudelt aus ihm heraus, eine Lawine der Überredungskunst, die nur dazu dienen soll, sie freundlich zu stimmen und zu verhexen, und sie kommt noch näher, etwas in der Art von du mußt das Mädchen der Lynchs sein, und daß er ein guter Freund von Jack wäre, und daß es ungeheuer wichtig ist, daß sie murmel murmel, und sie kann nicht recht verstehen, was er sagt, und Lee Anne geht näher zu dem offenen Fenster, aus dem er sie freundlich angrinst und so herzlich, schnell und drängend von Jack und ihrer Mom spricht.

»Was?« fragt sie und strengt sich an, damit sie ihn verstehen kann, während sie noch näher zu ihm geht.

»Ich sagte, Jack möchte, daß du deiner Mom diese Nachricht bringst. Es ist echt wichtig.« Er hält ihr ein gefaltetes Stück Papier in seiner großen Pranke hin, aber er hat den Arm nicht so weit ausgestreckt, wie er könnte, obwohl es so aussieht. Und als sie sich streckt, um ihm den Zettel aus der Hand zu nehmen, geschieht zweierlei. Sein halbkreisförmiges Sehvermögen und seine 180-Grad-Präkognition gehen auf Tuchfühlung und stellen fest, daß keine unerwünschten Zeugen anwesend sind, er umklammert ihren zierlichen Arm mit seiner mächtigen Pranke wie ein Schraubstock, reißt sie so gleichgültig, wie Sie einen Sack Kartoffeln herumwuchten würden, durch das offene Fenster, während er mit dem Ballen der anderen Hand, die ein schwieliges und stahlhartes und furchteinflößendes Ding ist, fast makellos präzise auf ihr kleines Kinn haut und sie bewußtlos schlägt.

Und sie liegt auf dem Boden des Autos, reglos, und er zerreißt mit einer einzigen sicheren Bewegung den dünnen Stoff ihres Kleides und setzt sich in Bewegung, steigt aus, geht in Richtung des Hauses. Der Killer bewegt sich schnell. Hüpft schnell durch den Vorgarten, überraschend schnell und leise, die riesigen, auswärts gebogenen Spreizfüße befördern den großen, schwabbelnden Körper mit geschwinden, plattfüßigen, schlurfenden Schritten, wie Schleppkähne, die einen gigantischen Luxusdampfer geleiten, so bringen die Füße die Massen voran.

Der Gesamteindruck ist der eines unerwartet anmutigen Tanzbären, eines graziösen Fettleibigen, einer Jumbo-Ballettratte, das XXXL-T-Shirt gebauscht wie ein Segel oder ein wandelndes Zirkuszelt, angedeutete Hinweise auf Wendigkeit und Kraft, Balance und einen seltsamen Auftrieb, während die baumstammgleichen

Beine die enorme Last des Körpers mit ungeheurer, unaufhaltsamer Anstrengung zum Haus tragen, da der magnetische Pol eines menschlichen Herzschlags die Kompaßnadel des großen Mannes unbeirrbar anzieht.

Er wird die Frau und das Kind hinunter an den ganz speziellen Ort bringen, den er im Hauptüberlaufbecken für sie angelegt hat. Und dorthin wird er auch diesen besserwisserischen Polizisten rufen, und dann werden wir schon sehen, wie es ihm gefällt, wenn er da runter kommt, um seine Hure und das Gör zu holen, wie es ihm in der geheimen Unterwelt gefällt. Er schreitet durch den Vorgarten zu dem Haus, wo die Frau ist, und er kann sie schon riechen und grinst vor Freude über diesen gesegneten Augenblick.

Blutdurstig und unersättlich nähert er sich der Frau, die ihn ohne es zu wissen anzieht. Und das pulsierende, konstante Pochen eines Herzens ist der Beat, zu dem sein Blutrausch tanzt.

JACK EICHORD UND CHAINGANG

So, wie sich die CIA zu den Pfadfinderinnen Amerikas verhält; so, wie sich die NSA zur CIA verhält; so, wie sich Lee Iacocca zu Mad Man Cal's Gebrauchtwagenhandel verhält; so ungefähr verhält sich der Direktor der Abteilung für geheime Ermittlungen/Öffentlicher Dienst von Illinois zu einem gewöhnlichen U-Bahn-Polizisten. Dieses Individuum, dem die Mitglieder seines Stabs den Spitznamen Captain Kloake verliehen hatten, war der Chef des Nachrichtendienstes öffentlicher Versorgungsunternehmen der Oligopole im Großraum Chicago.

Schon seit vielen Jahren unterhält jedes der großen Versorgungsunternehmen ein extrem geheimes, höchst sensibles Büro. Sinn und Zweck jedes dieser Büros ist es, geheimdienstliche Rohdaten zu sammeln, Gefährdungseinstufungen vorzunehmen und – in Ermangelung eines treffenderen Ausdrucks – Gegenmaßnahmen zu ergreifen. Gegenmaßnahmen der »Telefongesellschaft«, zum Beispiel, sind da draußen, auf dem heiß umkämpften Markt, inzwischen recht aggressiv geworden. Niemand spricht über diese speziellen Abteilungen, und tatsächlich wissen viele Angestellte dieser weitverzweigten Konzerne nicht einmal etwas von ihrer Existenz. Aber sie existieren.

Die Drähte aller besagten Geheimdienstabteilungen laufen in einer gemeinsamen Zentrale zusammen, die »Abteilung für geheime Ermittlungen/Öffentlicher Dienst von Illinois« genannt wird, und der Direktor dieser streng geheimen Einrichtung setzte gerade Eichord ins Bild, als Jack den Anruf entgegennahm.

»Was Sie hier also sehen«, sagte er gerade, als sie eine unauslotbar komplexe Karte einander überkreuzender Linien betrachteten, »sind die Positionen aller Zuflüsse der Hauptabwasserader Y. Und hier sehen Sie die Auffangbecken, wo –«, als er von seinem Assistenten unterbrochen wurde, der durch eine Geste zu verstehen gab, daß der Anruf für Jack war.

»Jack Eichord?« sagte Jack zaghaft, als er den Hörer am Schreibtisch des anderen Mannes abgenommen hatte, und wunderte sich, daß man ihn selbst hier, im Büro des Direktors anrief.

»Ja, ich bin es«, teilte Arlen ihm mit. »Jack, wir haben einen persönlichen Notruf für Sie. Sie müssen raus zum Auto gehen und ihn auf Kanal zwei entgegennehmen.«

»Verstanden. Lou, wer ist es? Hast du eine Ahnung?«

»Nein. Die unten wissen Bescheid. Ich hab dich nur für sie aufgespürt. Die stellen dich nur auf spezielle Anweisung durch.«

»Danke.« Er drehte sich zu dem Mann um. »Tut mir leid, ich bin gleich wieder da.« Er hatte sich schon in Bewegung gesetzt. »Eine Art Notfall, ich muß mich entschuldigen« – er blieb in Bewegung und war, noch während er sprach, zur Tür hinaus, so daß seine Worte wie eine Handvoll Münzen in den Raum hinter ihm fielen, während er hinaussprintete und noch »sorry« sagte und den Mann, den sie Captain Kloake nannten, etwas murmeln hörte, aber da war er schon weg und draußen auf dem Kopfsteinpflaster und auf dem Weg zum Auto.

Er wartete, während die Vermittlung den Anruf (in Sekunden) über ein Fernamt durch die Festnetzleitung auf den taktischen Funkkanal umleitete, und da wußte er schon, daß es schlimm war, als er »Hallo« sagte und hörte, wie Edie irgendwo seinen Namen ins andere Ende der Leitung hauchte.

»Jack ...« Ein Wort, das sie schluchzte, schrie, buchstäblich hinausweinte, wie unter Schmerzen weinte, und er wußte, es war sehr schlimm, und da bekam er Angst. Angst davor, wie ihre nächsten Worte lauten würden, und er konnte die Häme seiner inneren Dämonen spüren, als sie seine Eingeweide packten und quetschten und herumdrehten.

Er spürte, wie sich die Zeit auf jene gräßliche Weise dehnte, wie es die Zeit eben manchmal an sich hat. Spürte, wie eine Sekunde zu einer Stunde und die Stunde selbst zu einer Ewigkeit wurde, spürte, wie sich die Zeit in Embryonalhaltung zusammenkrümmte und in dieser Position verharrte. Spürte, wie sie kriechend zum Stillstand kam, als er Edie seinen

Namen schluchzen hörte. Hörte die Dämonen in Zeitlupe brüllen.

Glauben Sie an Schwarze Magie? Hatte sie ihn von jenem dunklen Ort heraufbeschworen – ihn herbeigerufen, mochte man fast denken –, dies alles herbeigeführt, weil sie ihn auf dem grob gerasterten Foto zum ersten Mal in all seiner Häßlichkeit gesehen hatte? Weil sie Jack gezwungen hatte, es ihr zu zeigen, dieses Ding, das Ed geholt und die Quelle seines Lebens in eine blutige Masse aus Knorpel und zerfetztem Fleisch verwandelt hatte? Und als sie das Bild gesehen hatte, schien es tatsächlich so, als hätte sie es selbst heraufbeschworen. Denn binnen weniger Stunden hatte er Lee und hatte sie. Hatte sie beide und konnte mit ihnen anstellen, *was er wollte.*

So leicht hatte sie es ihm gemacht. Sie hatte einen altbekannten Schatten am Fenster gesehen und wußte ganz genau, wer da draußen war und im Dunkel des überdachten Vorbaus herumlungerte, während die Kinder von der Schule nach Hause gingen – es war der alte Bock – ihr alter Freund, der ihr wieder einmal einen Anstandsbesuch machte. Und sie verspürte keine Angst, nur Zorn, und ein wenig Mitgefühl, aber dann überwog doch der Zorn, als sie zur Hintertür hinausstapfte und um das Haus herumging, um den alten Perversling zur Rede zu stellen, und er hatte sie in ihrer Zerstreutheit kalt erwischt, hatte sie mitten in der Bewegung überrumpelt und hochgerissen, ihr eine Riesenpranke auf den Mund gedrückt und sie plötzlich, wie mit Hilfe schwarzer Magie, rückwärts durch die Luft gewirbelt.

Er zog sie wieder hinein, so mühelos, wie man einen Fünfzigpfundsack Getreide tragen würde, ohne Anstrengung, und ihr kam es so vor, als würde er ihr jeden Moment das Genick brechen, als er sie wieder ins Innere trug, zum Zentrum des Hauses, und sie da festhielt, während sie mit den Händen nach ihm schlug und versuchte, ihn zu kratzen, und ihr schreckliche Dinge ins Ohr flüsterte, ihr verriet, wie es sein würde, Edie haarklein berichtete, was für schlimme Sachen er mit ihrer Tochter anstellen, was ihnen beiden Böses zustoßen würde, wenn Mommy nicht ruhig und leise mit ihm kam und ein freundliches Lächeln für die Nachbarn aufsetzte, damit alle es sehen konnten.

Der Schrecken, den sie mit nichts anderem als einem Blick auf ein altes und grob gerastertes Foto heraufbeschworen hatte, dieser Schrecken war gekommen und hatte sie geholt. Und er hatte auch ihr liebes, unschuldiges Kind, und dann zeigte er ihr etwas, das so häßlich war, daß sie kaum glauben konnte, wie abstoßend und grauenerregend und garstig ein gewöhnlicher Gegenstand wirken konnte. Er fischte ein kleines, abgerissenes Stück Stoff aus der Tasche und hielt es ihr unter die Nase, und sie erkannte auf den ersten Blick, daß es ein Stück von Lee Annes rosa Kleid war, das sie heute in der Schule getragen hatte, und da wußte sie, der Schrecken hatte tatsächlich ihr Kind, und sie nickte niedergeschlagen und zustimmend.

Und schon setzte sie sich in Bewegung und setzte ein gezwungenes Lächeln über das ganze Gesicht auf, als er ihr durch grimmig zusammengebissene Zähne L Ä C H L E zuflüsterte und sie gerade mit dem Maß an Hilfsbereitschaft, das man von einem guten Freund erwarten würde, am Arm hielt, nichts, das einen zufälligen Beobachter mißtrauisch stimmen würde, und plötzlich war sie drinnen bei Lee und wurde gezwungen, sich auf den Boden zu kauern und spürte, wie ein Seil in ihr Fleisch schnitt und ihr ein schmutziger Knebel in den Mund gestopft wurde, und sie hörte, wie der Motor vor ihr ansprang und sie losfuhren und ihre sichere Welt hinter sich ließen.

»Jack«, weinte sie und schluchzte ihm einen ganzen Satz entgegen, aber er konnte nicht ein Wort davon verstehen. »Jack, Jack …« Sie weinte, und es ließ sie ein paar Sekunden weinen, dieses Ding, das sie irgendwo neben einem Telefon festhielt, und dann machte es etwas mit ihr, daß sie vor Schmerzen aufschrie, und er hörte, wie sehr sie sich bemühte, nicht die Fassung zu verlieren, während sie schluchzte: »Ich – oh, ich, äh, Jack … O Gott … Ah-aaaaaaah – er haaaaa – er hat *Lee*, aaaah, ich mußte … AAAAAAH hilf mir, ich … Oh, Jack, hilf mit BIIIIIIIIITTE, es tut mir leid, es tut mir leid« – und dann konnte sie einfach nicht mehr, und er hörte, wie sie weggezerrt und geschlagen wurde, wie das Telefon mit einem lauten, metallischen Scheppern herunterfiel und sie wieder schluchzte, dann Stille, und dann spricht das Ding zu Eichord.

»Hören Sie?«

»Ja«, antwortete er der überraschend tiefen Stimme. »Ich kann Sie hören«, fügte er geistlos hinzu, aber sein Verstand war nach dem Schock dieses Augenblicks wie gelähmt.

»Hören Sie zu. Bringen Sie keine weiteren Polizisten mit. Sie kommen allein, oder sie sterben, und ich lasse mir von Ihrer Hure einen blasen, während ich das Herz der Plage esse.« Jack glaubte einen Moment, daß der Mann das gesagt hatte, aber dann ging ihm auf, daß er Lee eine Blage genannt hatte. Er würde das Herz der Blage essen. Hatte der Mann das gesagt? Aber warum sollte er das tun wollen? Jack bemühte sich, sein Gehirn wieder funktionstüchtig zu bekommen. Er fühlte sich wie gelähmt. Betrunken. Er fühlte sich, als wäre er vom Alkohol vollkommen benebelt. Er konnte nicht denken, sich nicht bewegen. Er klammerte sich am Telefon fest, drückte den Hörer ans Ohr, bis ihm klar wurde, daß er da ein Funkmikrofon in Händen hielt, als das Rauschen im Lautsprecher des Polizeifunks zu ihm durchdrang.

»Was?«

»Sie haben mich verstanden. Und versuchen Sie nicht, den Anruf zurückzuverfolgen. Und seien Sie nicht dumm. Wenn ich andere sehe, sterben diese Schlampen einen gräßlichen Tod.« Der Schrecken nannte einen Ort, und Jack legte das Mikro auf den Sitz und ließ den Motor an, und das Getriebe knirschte, weil er vergessen hatte, daß der Motor schon lief, und er rammte den Gang rein und fädelte sich mit quietschenden Reifen in den Verkehr ein; er sagte sich, daß er tief durchatmen und etwas Sauerstoff inhalieren und sein Gehirn wieder in Gang bringen mußte. Hirntot. Das war der einzige Ausdruck, der ihm in den Sinn kam. Der Patient ist hirntot.

Das Polizeigenie, Jack Eichord, der Verbrechensbekämpfer des Jahrhunderts. Bulldog Drummond, Scheißpolizist des Jahres, und nichts lief, wie es sollte. Gähnende Leere. Ein klaffendes Nichts zwischen den Ohren. *Komm schon,* Herrgott noch mal. Er glotzte die Scheibenwischer an, die sinnlos über die Scheibe glitten, war wie hypnotisiert von den Wischblättern, und dann schüttelte er alles von sich ab wie Wasser, als er feststellte, daß es ihm irgendwie gelungen war, nicht nur die Wischer, sondern auch die Scheinwerfer einzuschalten, und er machte das rückgängig, während er durch den dichten Verkehr fuhr, ohne das rote Blinklicht einzuschalten. Er konnte immer noch die tiefe Stimme hören, die ihm fast das Blut in den Adern gefrieren ließ, ein akzentfreies Grollen von Worten, die ihm immer noch durch den Kopf gingen, während er fuhr.

»Mommy ...« hörte er irgendwo, auf einer Wellenlänge, die die Menschheit noch nicht entdeckt hatte, malte sich aus, daß Lee Anne das zu ihrer Mutter sagen könnte: »Es ist naß hier drin«, und das Grauen, das er empfand, war unbeschreiblich, aber auf wundersame Weise stand er das alles durch und konnte endlich die Lähmung und seine persönlichen Ängste abschütteln, und er trat einfach das Bremspedal durch; ein Charger fuhr auf sein Heck auf, ein potentieller Fall von Schleudertrauma, und der Fahrer versuchte, einen Blick auf seine Nummernschilder zu werfen, damit er ihn bei der Polizei anzeigen konnte, während er das Auto schon mit quietschenden Reifen um hundertachtzig Grad herumriß und gegen den Strom von hupenden, aufgebrachten und wütenden Verkehrsteilnehmern Chicagos fuhr – er raste dorthin zurück, wohin er von Anfang an hätte fahren müssen, um sich zu holen, was er brauchte, damit der Schrecken sich seinen Wünschen fügte.

Die Gedanken, die ihm in den endlosen sechs oder sieben Minuten durch den Kopf gingen, bis er schließlich zu der Stelle kam, wo das Monster auf ihn wartete, waren rein geschäftliche Gedanken. Er hatte jetzt seine Hauptwaffe, und die befand sich in einer Kiste mit Tragegriff neben ihm. Und auf dem Rücksitz lag eine uneben abgesägte Schrotflinte; er überlegte, ob er sich die in den Gürtel stecken sollte. Und auf dem Sitz hatte er eine offene Schachtel Patronen, Kaliber zwölf, mit größter Körnung, und er hatte seine Schnellader bereit, und noch während er das Auto an den Bordstein steuerte, steckte er sich einen Schnellader in jede Tasche und zog die Schrotflinte zu sich und stieg aus.

Und er nahm die Schrotflinte, bei der es sich nicht einmal um eine Remington handelte, sondern nur um eine alte Winchester Defender aus dem Pfandhaus, die er eigenhändig mit der Säge traktiert hatte, und zog seinen Gürtel so straff, wie er nur konnte, und steckte sie hinten hinein, so daß sie nach unten zeigte. Sie bestand praktisch nur noch aus Kolben, Abzug und Kammern. Zwei häßliche Magazine wie Zigarren zwischen den Finger, fünf der heißen Zwölfkaliberpatronen geladen, und er spannte sie, fingerte an der Sicherung herum und ließ in seiner Nervosität die beiden Ersatzpatronen, die er in der linken Hand hielt, auf die Straße fallen. Er zog die Dienstwaffe aus dem praktischen Lederhalfter, spannte auch sie so leise er konnte, und fragte sich, ob nicht jeden Moment die Jungs vom SWAT-Team und ein taktisches Einsatzkommando mit qualmenden Reifen angebraust kommen und alles ruinieren würden, während er die Tragekiste vom Beifahrersitz nahm. Sie war schwerer, als er erwartet hatte, und die Bewegungen im Inneren machten es noch schwerer, die Last zu tragen.

»He!« tönte die tiefe Stimme ihm entgegen. »Kommen Sie her.« Und das alles spielte sich am hellichten Tag ab, und es war gar kein Monster, sondern ein ganz normales menschliches Wesen, das er da gerade gesehen hatte, dessen Kopf gerade wieder in der Kanalöffnung verschwand. Wie, zum Teufel, hatte der Mann seine Fettwülste durch das winzige Loch zwängen können? fragte sich Eichord. Und er setzte die Kiste am Rand des offenen Kanaldeckels ab, zog behutsam die Schrotflinte aus dem Gürtel, da er jetzt wußte, daß sie nutzlos sein würde, und legte sie neben die Kiste. Dann rief der Mann aus der Dunkelheit unten zu ihm herauf, und seine Stimme klang wie Donnergrollen, ein tiefer, kräftiger, metallisch hallender Ton.

»Ich weiß nicht, was Sie da drin haben, aber fassen Sie sie nicht noch mal an. Klettern Sie die Leiter runter, wenn Sie nicht wollen, daß ich der dürren Fotze den Hals umdrehe«, brüllte er wütend zu Jack hinauf.

»Ich kann nichts sehen, bitte! Warten Sie!« Jack leuchtete mit seiner Taschenlampe in das Loch runter und rief: »Sie wollen, daß ich da runterklettere?«

»Nehmen Sie dieses Licht aus meinen Augen, und kommen Sie hier runter!« brüllte der Mann ihn an. Aber Eichord hatte schon gesehen, daß die Frau sich hinter ihm befand und noch lebte. *»Verarschen Sie mich nicht, sonst töte ich sie –* SOFORT*!«* drohte er, und er machte etwas mit Edie, und sie schrie, und Jack griff in die Kiste, packte das erstbeste weiche Ding, das er zu fassen bekam, und warf es in das Loch.

»Siehst du das? Ich habe eine ganze *Kiste* davon. Hast du mich verstanden, du großer, fetter Scheißhaufen, *eine ganze Kiste davon!«* Er schlotterte jetzt und griff in die Kiste und schnappte sich noch eines der kleinen, pelzigen Wesen und warf es zappelnd in das Loch hinunter. Jetzt spielte er mit Menschenleben, und da durfte nichts schiefgehen. Er mußte glaubwürdig genug sein, daß der Mann es ihm abkaufte und herauskam. Das zweite reichte aus; er hörte das Brüllen eines wütenden Stiers da unten.

»Ich TÖTE diese Schlampen, wenn du noch einen runterwirfst!«

»Hör zu, du fette Schweinebacke, für jede Scheißsekunde, die du sie da unten festhältst, breche ich einem dieser Köter eine Pfote und werf ihn zu dir runter, hast du mich verstanden? Jede Sekunde, du Schweinepriester, ich zähle jetzt bis zehn, und wenn ich dann das kleine Mädchen und die Frau nicht hier oben sehe, dann breche ich Pfoten. Willst du einen Beweis? Hör her.«

Er griff hinein und machte etwas mit einem der kleinen Welpen in der Kiste, der vor Schmerzen aufschrie, und Chaingang brüllte:

»ALSO GUT GOTTVERDAMMT DU SCHWANZLUTSCHER TU DEN HUNDEN NICHT WEH HIER SIE KOMMEN JETZT RAUF ABER NICHT MEHR –« und sein Kopf lugte aus der Öffnung heraus, und seine Kette schnellte wie ein silberner Blitz in Eichords Richtung, als der Mann die Leiter schneller heraufkam, als es je ein lebender Mensch zuvor gesehen hatte, er kam schwabbelnd und wogend mit diesen baumstammdicken Beinen herauf, und die Glieder der Kette verfingen sich am Rand der Kanalisationsöffnung, als er versuchte, sie zu schleudern, und Jack schoß dreimal auf ihn, so schnell er den Abzug betätigen konnte, traf ihn mit dem ersten Schuß ins Gesicht und feuerte dann noch zweimal, und Jack zwang sich, in die Gänge zu kommen, als der Mann mit einem lauten, weithin hallenden Klatschen in die Dunkelheit fiel, und versuchte zuerst, mit nach hinten gedrehtem Gesicht die Leiter hinunter zu klettern, was ihm jedoch nicht gelang, daher drehte er sich halb um und leuchtete mit dem Lichtstrahl der Taschenlampe in den Gestank hinab und sah Lee gefesselt und geknebelt und die offenbar unverletzte Frau, und dann sagte er zu ihnen:

»Oh! Okay, Baby, wir holen dich jetzt hier raus.« Er ging zu ihr, hielt aber Waffe und Taschenlampe immer auf das Monster gerichtet und hielt sie und machte sich an Lees Seil zu schaffen, als der Mann sich wieder aus seiner Schleimpfütze aufrichtete und aufstand und losstürmte wie ein brüllender, nashorngroßer Güterzug des Todes und auf sie zugerannt kam in diesem engen, übelriechenden Loch; eine Wange war weggeschossen, doch die beiden anderen Kugeln waren von einer schußsicheren Weste aus Kevlar aufgehalten worden, und Jack schoß eiskalt und ruhig aus allernächster Nähe, und die wahnsinnige Monstrosität brüllte, dampfte, schnaubte, griff nach Jack, während dessen fünfter Schuß danebenging, und er packte Eichord mit diesem kraftvollen und tödlichen Schraubstockgriff, während Jack seinen letzten Schuß auf diese Bestie in Menschengestalt abfeuerte.

Und ohne auf Lee Anne zu achten, die sich zu einem engen, von Grauen geschüttelten Ball zusammengerollt hatte, und taub für Edies Schreie, wollte Jack einen Schnellader in die Waffe rammen, aber seine Hände zitterten so sehr, daß er die kostbaren, lebensrettenden Patronen in die stinkende Jauche fallen ließ, und dann zwang er sich zu präzisen Bewegungen, als er den letzten

Schnellader aus der Tasche zog und die Patronen mit den Fingern, wie ein Blinder, in den Zylinder schob, den Schnellader losließ, den Zylinder zuklappte, das Klicken des Einrastens spürte, den Zylinder den entscheidenden Millimeter weiter drehte, den Lauf in die Überreste von Daniel Bunkowskis Mund stieß und blindlings abdrückte, da er weder etwas sehen konnte noch wollte, feuerte, die Waffe wieder in das Halfter steckte und sich daran machte, sie alle hier rauszubringen, derweil die Explosionen der lauten Schüsse noch in ihren geschundenen, tauben Gehörgängen widerhallten wie Kanonenkugeln.

Dann half er Edie, damit sie die Leiter hinauf und über den Rand auf das Kopfsteinpflaster klettern konnte, wo sie gleich neben dem offenen Kanaldeckel und der Kiste mit den Hundewelpen aus dem Tierheim liegenblieb und schluchzte, während Autos vorbeifuhren. Und Jack holte Lee Anne heraus, trug sie wie einen zusammengerollten Teppich, und half Edie hoch, und alle blinzelten im grellen Sonnenlicht, als sie zum Bordstein gingen, und Jack half ihnen, sich ins Auto zu setzen, und meldete sich über Funk. Er mußte sich zwingen, in Bewegung zu bleiben. Er wußte, wenn er sich jetzt auch nur einen Moment Ruhe gönnte, würde er es nicht mehr schaffen, noch einmal da runterzugehen, aber er mußte noch mal da runtergehen und die Welpen herausholen.

Er mußte ganz tief durchatmen, damit ihm nicht übel wurde, dann stieg er die Leiter wieder hinunter. Er spürte, wie Wasser ihm um die Füße spülte, als er hastig die kleinen Hunde aufhob und erneut zur Straße emporkletterte. Das Wasser, das vermutlich von einer der nicht weit entfernten Pumpstationen durch die Kanalisation in die Auffangbecken geleitet wurde, strömte jetzt deutlich reißender dahin. Aber Eichord war schon wieder oben und die Welpen in Sicherheit. Ihnen schien nichts geschehen zu sein.

Unten stieg der Pegel immer weiter, bis das dunkle Wasser über den riesigen Leichnam spülte, ihm mehr Auftrieb gab und die reglose Gestalt schließlich mit der Kraft seines Sogs tiefer in die pechschwarze Dunkelheit des Hauptkanalisationsschachts hineinriß.

»Wo ist der Tote?« fragte der erste Mann der Spurensicherung, der am Tatort eintraf.

»Da unten.« Eichord zeigte zu der Kanalisationsöffnung.

»Wenn dieser Hauptkanal mit den Sturmdrainagen und allem verbunden ist, kann man unmöglich sagen, wo der rauskommen könnte.«

»Vermutlich taucht er als Wasserleiche auf«, sagte Eichord zu dem Mann, »draußen im See.«

»Kann sein«, sagte der Techniker, der in das dunkle, fließende Wasser hinabsah. »Aber wahrscheinlich endet er da unten im Kanalisationssystem beim Rest der Riesenalligatoren und der Scheiße.«

»Nicht ausgeschlossen«, sagte Jack und legte den Kopf schief. »Auch gut.«

»Stimmt. Viel Glück«, sagte er und ging zum Auto, wo die Frau und das Kind in Decken eingemummt saßen.

»Ihnen auch«, sagte der Mann.

John Shirley
IN DER HÖLLE
152 Seiten
Klappenbroschur
Phantasia Horror 3008
ISBN 978-3-937897-22-6
12,90 EUR
Deutsche Erstausgabe

H, ein Wesen aus einer anderen Dimension, führt schreckliche Experimente mit Menschen durch und zwingt sie zu irrsinnigen Bluttaten. Als er die Kontrolle über seine Versuchsanordnung verliert, streben die Experimente einem ebenso bizarren wie mörderischen Höhepunkt entgegen. Aus der privaten Hölle eines jeden einzelnen wird unversehens eine kollektive Hölle, ein versiegeltes Versuchslabor, aus dem es kein Entrinnen gibt …
Was als konventioneller Thriller beginnt, wird schnell ein blutiges Kammerspiel, das Anklänge an Jean Paul Sartres Drama *Geschlossene Gesellschaft* und Luis Buñuels cineastisches Meisterwerk *Der Würgeengel* erkennen läßt.

»John Shirleys *In der Hölle* ist ein kleines Highlight der phantastischen Literatur. Schnell, hart, abgrundtief böse […] Spitzen-Unterhaltung und Gänsehaut pur.« *Phantastik-couch August 2007*

Clive Barker
HELLRAISER
128 Seiten
Klappenbroschur
Phantasia Horror 3007
ISBN 978-3-937897-17-2
11,90 EUR
Erste ungekürzte
deutsche Ausgabe
mit Illustrationen von
Clive Barker

Mit Hilfe eines chinesischen Zauberwürfels ruft der rastlose Abenteurer und Lebemann Frank Cotton die Zenobiten herbei, seltsame Dämonen aus einer anderen Welt, die sinnliche Lust und Freuden des Fleisches versprechen, wie sie noch kein lebender Mensch erfahren hat. Doch die Grenzen zwischen Lust und Schmerz sind fließend, wie Frank bald feststellen muß, und wer sich erst einmal in den Händen der höllischen Mächte befindet, den lassen sie so leicht nicht wieder los. Um in seine Welt zurückzukehren und seinen geschundenen Körper wieder aufzubauen, benötigt Frank die Hilfe der Frau seines Bruders, mit der er heimlich ein Verhältnis hatte … und Blut. Viel Blut.

Clive Barker schuf mit *Hellraiser* einen der Klassiker des modernen Horrrors.